白鳥随筆

masamune hakuchō

正宗白鳥

坪内祐三・選

講談社文芸文庫

目次

空想としての新婚旅行　九
如何にして文壇の人となりし乎　一一
静的に物を観る　一三
行く処が無い　一七
勤勉にして着実なる青年　一九
演奏会の休憩室　二一
モデル　二六
日常生活　三一
「処女作」の回顧　三七
予がよみうり抄記者たりし頃　四〇
初夏の頃　四四
蠟燭の光にて　五二
歳晩の感　五七

断片語　六三
角力を見る　六九
読売新聞と文学　七二
故郷にて　八〇
女連れの旅　八四
私も講演をした　九二
評論家として　九六
身辺小景　一〇二
墓　一〇七
読書について　一一〇
故人の追憶　一一六
思い出　一二三
故人数人　一二五
私の青年時代　一二九
弔辞（徳田秋声）　一三五
八月十五日の記　一三六

新年の思い出　一四〇
少しずつ世にかぶれて　一四五
処女作の頃　一五三
すべて路傍の人？　一六〇
漱石と私　一六九
座談会出席の記　一八一
御前座談会の記　一九三
身辺記　一九七
円本のことなど　一九九
明治三十年代　二〇五
我が悪口雑言　二〇九
小杉天外翁と語る　二一七
天外翁と私　二三一
編集者今昔　二三七
今年を回顧して　二四八
「新潮」と私　二五五

人生おとぎばなし　二六二
恐怖と利益　二六五
新春に思う　二六九
知人あれど友人なし　二七二
弔辞（室生犀星）　二七四
滅びゆくもの　二七六

解説　坪内祐三　二八〇
年譜　中島河太郎　二八九
著書目録　中島河太郎　三〇一

白鳥随筆

空想としての新婚旅行

新婚旅行とは噂を聞いても歯が浮くような気がするが、僕でも女房を娶ったら、悦《うれ》しくて可愛くて、蜜月旅行《ハネムーン》を企てたくなるかも知れん。どうせ我々貧者の妻君になりたいと云う奴なら、ろくな容貌を備えていよう筈はないが、其処は人情で、自分の妻と思うと、まんざらの顔でもないような気がする。品性に於いては当世稀に見る所だ、などと、腹の中ではほく〳〵喜んでる。で、旅行となると、原稿料の前借をして、五十円ばかり懐ろに入れて、妻君の赤い顔に白粉《おしろい》をぬらせ、生れて初めての中等列車に乗る。これが艶麗なる芸者でも連れて乗ったのなら、乗客が注目して、僕の艶福を羨むであろうが、縮れっ毛の坊主襟の愚妻を見て涎《よだれ》を垂らす奴もないんだが、其処が人情だ。誰れも眼中に置いていなくても、自分には人が見ているような気がして、極りが悪かったり又一種異様の悦楽を覚ゆる。愚妻に至っては一層甚しい、妙に品をつくって、お姫様然と構えている。時々僕が妻の歓心を買わんが為に、小声で面白い話をすると、妻君は伏目になって、大きな口をすぼめて、買い立ての絹手巾《きぬはんけち》を当てて、ホホホホホと笑う。やがて新婚旅行の本場たる箱根へつく。秀麗なる山水も愚妻によって画竜点睛となる、湯本から二つ車を命じて、僕が後から妻君の後ろ姿を拝して坂を上って行く。苦学生時代に来た安値な宿屋へ留る。浴後美人と欄に凭れて纏綿の情を語るとは、僕が屢々小説に書いたことだが、実行はこれが初めてである。旅だから遠慮は入らぬ純然たる夫婦気取り。互いに過去現在将来を語る、殊に友人の悪口を頻りに云う、「あの男は駄目だよ、理想が卑低《ひく》いから、妻君も下品で話しにならん。」と、友人の浅学無識を罵り、その妻君の容貌の攻撃までずると、僕のワイフは一々これを真理と信じて聞き惚れている。又妻君も自分の友人の悪口を婉曲にいって、僕が「そちの申す通り。」とやる。つまり天下の大才子は「貴郎《あなた》だわ。」天下の美人は「お前だよ。」と、以心伝心に極ってしまう、そこで僕が前途の抱負を述べると、愚妻は殊勝にも、「私生活の苦労なんか少しも厭《いと》わないわ、何々子さんのようにお金持を望んで結婚したって、ハズバンドが無能で、何んにも理想の事業は出来なくっちゃつまらないことよ。」という。僕は悦し涙が出る。北条早雲が箱根山の頂上で関八州を睥睨して、大丈夫何々と叫んだそうだが、僕も塔の沢の六畳で理想がいよ〳〵固くなった。兎《と》かくする間に一週間を過して、懐中殆んど無一物、帰途についたが、茶代僅かに二円置いたので、旅館でもお世辞一つも云わなかったから、愚妻は大いに不平で、「宿屋の女は品性が低いのね、お金次第でどうでもなるんだから。」と、目を三角にして呟いた。品性高き妻君は旅行後十月にして子を生んだ。僕は原稿稼ぎに余念なく、「新婚旅行」の小説も書いたが、その中の女主人公は沈魚落雁的で気前もいい。

（「趣味」明治四〇年五月）

如何にして文壇の人となりし乎

私が文壇の人となったのは、別に際立った動機がある訳でもなく、又、特に感じたことがあってでもない、要するに極く平凡なもので、文壇の人となるより外仕方がなくてなったのである。

私は子供の時から読書が非常に好きで、家にあった蔵書などは、大抵読み尽したものである。先祖には歌読みが多く殊に祖父が盛んに読んだものだ。祖父の伯父と云うのは文化文政の頃、六樹園の門弟で、狂歌だの和歌などの自費出版を企て、それが出来ない中に死んだが、其為随分種々な本が集められて、三馬時代の木版本や大千世界楽屋何とか云うようなものもあった。明治時代の活版物なども大分あった。自分はそれ等の書物を盛んに読み、八犬伝と日本外史は十歳ぐらいの時の愛読書であった。

学校に行くようになってからは、少年園や、民友社の出版物などを読んで、小説を書いて見たいと思ったこともある。

私の青年時代は熱心なるクリスチャンであった。文学上の感化と云うものは別に受けたこともないが、宗教上の感化は内村鑑三氏、植村正久氏などに依って受け、殊に内村氏の『基督信徒の慰め』などは、紙の破れるまで繰り返し繰り返し読んだものである。出京後植村正久氏に依って洗礼は受けた。

郷里を出る時にも、同志社にしようか、早稲田にしようかと考えたぐらいである。然し、東京が好くて早稲田の文科に入学することにしたが、まだ宗教の方をやろうかなどと云う気もあって、一時は小説を読むのを全く止めたこともある。で、早稲田在学中其図書館へ入っても、日本の小説などは些《ちつ》とも読まず、只、英語を覚える為に、スコットとかヂッケンスとかエリオットとか、ヂスレリーなどと云う充《つま》らん英国文学に眼をさらした。それも文学を味う為ではなく、只英語を覚える為に読んだのだから、今に為《な》っては何等記憶に残って居る所はない。ツルゲネエフとかモウパッサンなどは漸く二三年前から読み初めたものである。

日本の文学は出京する迄に読んだばかりである。十八の二月に出京して、五月から大病になり、医者からは死を宣告される。国に帰ったり、又出京したり、全快して後もそれ迄自分の読んだ所のものは、皆忘れ果てたような気がする。

私の小説を書くのは、初めは好きで書こうと思ったが、之れが自分の天分だとは決して思わない。自分の成すべき天分は他に何かあろうと思った。が、今になって見ると、年を取って之れをやるより外仕方ない。文学に最も天分があると云う抱負はないが、実業もやらなければ、労働もやれない、と云って今から宗教家でもない、外に逃げ道がないから仕方なくやって居るのだ。評論を書くのも、私自身には書く気はない、初めの考えは文学をやるにしても、詩でも小説でも、創作をやろうと思った。評論が私に適して居るとは思わないが、境遇上余儀なく評論の筆も執って居る。

要するに私が文学をやって居るのは、やり度い為でもなければ、自信のある為でもない。只余儀なくやって居るのである。

（「新潮」明治四一年八月）

静的に物を観る

私は是まで態々観察してものを書いたことはない。こういうものが材料になるだろうと思って、研究的に立ち入って見たりなんかするのは面倒臭かった。もと〳〵小説など作ろうとは思って居なかったので、唯折にふれて眼に見、耳に聞き、心に感じたことを後から思い出して書いた。言わば回顧的である。それも今言う通り態々調べたりなんかして置いて書くのではないから、唯その事に就いて自分の頭に在るだけの事実に自分の主観を加えて纏めるに過ぎない。実際のその人がほんとにそうかどうかは分らないが、自分の見たその人は確かにそうだと思って書く。田山君などよく平面描写ということを言われるが、私は平面ばかりではもの足りない。矢張り主観を加えたい。ある人の一日なら一日を朝から晩まで写しただけでは小説にはならないような気がする。例えば『六号記事』だ。あれはああいう人が実際に居ることは居た。けれども手紙を書いて呉れと言って来たことはない。又あの人は私が殺したので、ほんとはその人はまだ生きて居る。つまり私の空想が混って居るのである。『六号記事』のみならず、『塵埃』の主人公もあんな人が居たので、それに興味を持って書きは書いたが、あれにも矢張り私の空想が入って居る。と言うと甚だ不自然のように聞えるけれども、我々は日常平凡普通なことばかりは考えて居ない。ヒョッとすると飛んでもない、思いも寄らない、不自然な事を考える時がある。そしてそういう考えが社会の表面に実現されつつあるということも亦事実である。だから私はそういうことを考えるということも不自然の自然と言わるべきものだと思う。従って空想を混じえた作も、それが自然にシックリ行って居ればいい訳である。また世間では作中に私の経験の一部が出て居るので、直ぐその人の全部を私自身の事実として見る者もあるが、私に言わせると私自身を観察し研究して書いたのでなくて、唯その一部分が入って居るというまでである。『何処へ』などもそうだ。決して私ではない。尤も作全体には私が書いたのだから私の色合いが出て居ることは言うまでもない。然しみんな空想の混ったものばかりかというに、そうではない。『二階の窓』や『玉突屋』などは事実その儘《まま》である。事実その儘と言っても、私は是を一つ書いてやろうなどと思って観て居たのではなかった。唯雑誌などから頼まれた時に、その事を思い出して書いたまでである。『二階の窓』は此部屋から向うの家を眺めたり、此処で話を聞いたり——間が近いからよく聞える——したのが頭に残って居たのをその儘出したので、別に此方《こっち》からどうこうして調べて書いたというのでも何でもない。『玉突屋』も半年ばかり通って居た時のことを思い出して書いたので、一寸見て一寸書いた訳でもなければ、通って居るうちはあんなところを見て置こうなどと思って居たのではなかった。尤もあの中のボーイは初めから何となく私の注意を惹いて居た。十五六になる田舎出の少年で、人が物をうまそうに食うのを側で、つまらなそうな、欲しそうな眼で見て居たり、ひもじさを怺《こら》えて居てやっと自分の飯時になって食ったりするようなところを見て居て、何等かの印象を私に与えて居た。その他の特色ある人物も、その場所も皆その儘である。尤もあれを書こうと思った動機は、チェホフのスリーピイへッドからヒントを得たのであった。私は事実からのみならず、本の上からヒントを得て書くことがある。

一体が私は人から冷酷と言われる程で、それが処世上のみならず、物を観るという上に於いてもそうである。些とも熱するということもなければ、同情して血を沸かすということがない。唯冷静に対して居る。所謂観察という場合には同情して立ち入って見るのが本当かも知れないが、是までは矢張り私の冷静な眼の前を通る物をその儘平気で心に映して見て居るという風であった。この態度を推して行ったら、他人とは全然没交渉になるので、そうなったら小説は書けぬかも知れないが、それは私の性質だから何とも言えない。つまり私の実社会に対する観察の仕方は静的に物を観て居るというだけで、それが作物の上に、是を見て置いて書くというのではなくて、そんな者があったから小説になしたというのである。自分に有るだけの知識と才能で色を塗って行くのである。だから観察の仕方と言ってはないが、書いたものを後から見て、こういう風に観て居るということがやがて私の観察の仕方と言わば言えるだろう。そんな風だから今までは他に対しても此人はどんな人だろうかということを第一に考えて、着物なんぞ別に注意もせず、顔もどんな顔だったか忘れて了うことが多かった。『五月幟』の中の画工など、実際に画を教わったことも何もないが、ああいう風に書ける天才が居たので、名利に少しも頭を悩まさず、どこか超然としたうちにも暗いにぶったところがあるというその人に興味を持って書いたが、事は私の拵えたところもある。ところが後で聞いて見ると、実際の事情にはその人の姉が真黒くなって腐れて死んだとか何だとか種々面白いことがあるということが分った。まア然し是から小説で飯でも食うようになれば、所謂観察というものもやって見ようし、手帳なども持って歩いて書きつけて置こうと思って居る。そしてなるべく事実の通り描いて見たい。けれども私の態度はあくまで冷静だ。

（「文章世界」明治四一年一〇月）

行く処が無い

私は、曾て基督教を信じて居たことがあった。然しだんだん信じられなくなって仕舞った。なぜ信じられなくなって仕舞ったのか、別にこれという原因は無い。唯自然にそうなったのである。兎に角、今は信仰の影だも無いということは事実だ。

けれども、私は若し自分を満足させ得る宗教があれば、喜んでそれを信ずる。未来ということを信じられれば、私は喜んで未来の為にはかる。現実を離れたものがあれば、其方が好い。何を苦しんで厭な現実に執着する必要があろう。私は此の意味に於いて、決して宗教心のある人を軽蔑しない。信仰のある人を嗤《わら》わない。天理教でも、黒住教でも、信じ得るならば信ずるのが寧ろ当然だと思って居る。

だから私は、中世紀時代の人の信じて居たような信仰——ああいう心持になれることならなりたい。何方《どちら》かというと、現実はきらいな方だから。然《し》かも今は宗教心も、未来、超自然の観念も、私には総て無意義となって仕舞った。信じようと思っても信じられないから、止むなく時々の肉慾を満足させて、刻々の生を続けて行くのみである。

いつか島崎（藤村）さんも言われたし、又国木田（独歩）君も言われたように覚えて居るが、我々は人生を知る為に人世を研究するのであって、必ずしも小説を書く為に人世を研究するのではないということであった。けれども、私はそうでない。私は何方かというと小説を書かなければならぬから人生を研究するという方である。現実はきらいだから、現実を知るということもいやだ。然かも小説を書く必要がある上は、現実を見るということも止むを得ない。現実は見まいと思っても、現実の上に立って居る以上、現実は直下に見えるのである。

だから私は、曾てのような単純な宗教心があるならば、無論小説を書く必要はない。現実は知らなくても可い。私は人生の為に人生を研究する必要を感じないのだ。幾ら人生を研究したって、死んで仕舞えばそれまでである。勿論、人生のことを研究せずには居られないという人は、研究するもよかろうが、私にはそんなことはない。それで、若し私に現実以上のことが考えられれば、考えることが出来るならば、其処に意義があるけれども、考えられないから、宗教も、未来も、超自然も無い。行く処が無い。

（「文章世界」明治四二年七月）

勤勉にして着実なる青年

私は十八歳の二月に上京したが、その当座は勉学の傍ら大いに体育にもつとめ、柔道もやる遠足もやる、従って身体《からだ》が硬く肥っていた。それが急に病気に罹って夏中苦しみ、それが元で遂に今のような体質になった。その時は一命にも及ぶほどであって、僕自身も屢々長からぬ生命《いのち》だと覚悟していた。しかし耶蘇教を信じていたから心の中《うち》には尠からぬ慰藉があって、却って今ほどヤキモキしていなかった。兎に角その病気が僕の一生を定めたもので、読書、学問を好みながらそれに専念一意になれぬのも、記憶力の強かったのが弱くなったのも、人並に歓楽を愛し社交を好んだ男が孤独好きで人間嫌いになったのも、社会に益もなき不健全な陰気な小説を書くようになったのも、皆あの病気から体質の変化を来したためである。尤も耶蘇教を信じた時代には、その弱いことが信仰を純潔にする縁ともなったが、その信仰を失うと共に二重に心に変化が来た。学生中は随分努力して勉強した。勉学に堪えぬ身体でありながら、壮健な人よりも多量に勉学したので、あの頃の私は今から顧みて、勇者の生涯、尊敬すべき青年であったと確信している。

小石川竹早町の寺にいて、学校へ往復した時も途々書物を読んだ。大病の揚句で絶えず熱があり、坂の上を上ると息切れがして幾度となく足を留める程であったが、一日も学校を休まなかった。同宿の友人が「あの男は先が長くない。」と言って気の毒がっていて、その一人は僕の過度の勉強を諫《いまし》めたが、僕は「どうせ長命《ながいき》をしないのだから、出来るだけ本を読む。」と答えていた。そして諫《いさ》めてくれた頑健な友人は数年前に死んで、私は未だ生きている。

冬の寒い夜火の気のない早稲田の図書館に入って読書をしていたが、その時西川光次郎氏が、私と同じような薄汚ない衣服《きもの》を着て、素足で冷たい板場を踏みながらよく本を読んでいたのを覚えている。そして「大言壮語ばかりで、読書しないのを自慢にしている政治科の学生にしては感心だ。」と思っていた。併し一度も口を利いたことはない。

その頃早稲田の図書館には最近の文学書などは少しもなかったから、僕の読んだものは、ミルトン、シェークスピア、カーライル、スコット、ヂッケンスなどで、その他は歴史物や宗教書や語学用の書類のみであった。今その頃読んだもので覚えているのは一つもない。二十二歳の夏であったが、柳田国男氏に『ベル・アミ』を借りて、初めてモーパッサンの名を識った。長田秋濤氏の紹介で上田敏氏に逢った時、何か書物を借りようとすると、『クオ・バディス』の粗末な本を貸して呉れた。それから田山花袋氏を訪《と》うて、ドーデーの『ナボッブ』と『サッホー』と『ル・ロア・ザン・エキジール』とを借りた。二十三歳で学校を卒業してからは二十八九歳頃まで、殆んど全く書物と縁を絶ったし、従って考えることも変って来た。

二十二歳の春写した写真があるので、今出して見ると哲学者染みた考え込んだような顔をしている。その裏に和歌があるが、これはあまり拙いから発表する訳に行かぬ。兎に角その頃は地味な沈んだ青年であったので、青年らしい悦楽は味わないで通った。今ではそれが残念でならぬ。病気と宗教とが、その幸福を奪ったのだと思うと、この二つが憎くないでもない。勤勉なる模範的青年と言うことは、当人に取ってはあんまり可いことでない。

（「文章世界」明治四二年一〇月）

演奏会の休憩室

（一）

外にこれをしたいと思う事もない私は、毎日コツ〳〵原稿に文字を書くか、昼寝をするか、フラ〳〵郊外や市中を歩くか、物を食べるかより外に日の暮しようがない。世の中には何か面白いことがありそうな者だと、これまでは根気よく快楽を猟《あさ》ってたものだが、この頃はそんな愚かな夢は醒めて、少なくも僕自身にはそれほど面白い者は天下にはないんだと断定を下している。

今でも来年になったら九州へ旅行しようかと思ったり、この冬一生の思い出に雪の国を見ようかと思ったり、仏蘭西語を今一度やりかけて見ようかと思ったりしているが、それが以前のように大なる快楽を予想せしめない。九州や長崎が僕には憧憬の地にはならない。これまで面白いだろうと思って、行って見て、何時も失望した経験によって充分教えられている。東京にいて感ずる寂しさ懶《ものう》さを九州まで行って感ずるまでの事であろう。しかし旅費が出来て暇が出来れば旅行でもしなくてはなるまい。どうも人間は努力の甲斐なきを知り乍らも、穴の中で昼寝許りしていられぬ様に出来ている。

今日は音楽学校の邦楽演奏会を聴きに行こうと決心した。これればかりは第一回の時から毎年聴いているし、今年も幸い切符を貰っている。プログラムを見ると、どれも一流の人ばかりらしい。踊の『越後獅子』や富本《とみもと》の『忠信』が面白そうに思われた。

（二）

唯、「羽織袴着用」と切符に書いてあるのが、机の前から立ち上るまでに私の心を苦しめた。私は礼服を着けることが、大嫌いだ。生れて以来洋服と靴とは嘗《かつ》て一度も身に着けたことがない。どうかして将来も着けたくない者だと祈っている。七年間新聞記者を勤めながら、滅多に紋付の羽織と袴とは着けたことがない。礼儀の好きな主筆に注意されながら、遂に絣《かすり》の羽織で押し通した。今に忌むべきフロックコートとか燕尾服とかを着けねば穴の中から世間へ出て行かれぬ世になるだろうが、私は幸いに礼法の乱れた過渡時代に生れたお蔭で、三十年間醜骸を飾るべき煩瑣な方法を用いなくて済んだ。

しかし今日は袴を穿かねば入れて呉れまいて。私は二三度考えて躊躇したが、遂に古袴を腰にまきつけた。今年はこれで三度目の袴着用だ。一度は帝劇開場式、二度目は結婚式。三度目が今日だ。この次は何時だろうと、袴の紐を結んで姿勢を正しながら思った。

（三）

私は其が終る前に休憩室へ行って、椅子に腰掛けて煙草に火を点けた。側《そば》に洋服を着て、どっちも肥っている人が二人、煙草を吸い乍ら、快活に話をしていた。

「掛け声なしじゃ窮屈そうで聴いて居れない。試みもこんな極端なやり方じゃいかんね。」と、一人が音曲通らしい口を利いた。「あれじゃ鼓《つづみ》の音《ね》だって本当に出ないよ。元来掛け声と云う者が一種の音楽になってるんだからね。」と、他の一人も音曲通らしい口を利いた。「殊に鶴亀のような派手な者に掛け声を抜くのは尚更不都合だよ。」と、折角の試みが何等の価値もないように罵られていた。

私は窓際へ寄って、何十台とゴム輪の俥の並んでいる庭を見下ろしていたが、間もなく楽堂の方から拍手の音が聞えた。一曲が奏し終えられたらしい。と、休憩室の廊下のあたりにぞろ〳〵聴衆が現れた。私の一寸知っている或る資産家の未亡人も、年齢《とし》に似合わぬ艶のいい顔をして其処に姿を見せた。この学校や有楽座などで演奏会のあるたびに、この人の姿を見ないことがない。

私は一寸挨拶して、「貴女《あなた》はこの頃も一中節を稽古してるんですか。」と訊くと、「お師匠さんに死なれて困ってるの。」と、若々しい声で云って、「貴下《あなた》も随分お好きなのね。こんな会へはよく来ていますね。」と云い掛けたが、其処へ二三人同じような女が通り蒐《かか》ると、目で笑って、直ぐにその人達と一緒に楽堂の方へ向いながら、私の方を振り向いて、「まあ、終いまでいらっしゃい。越後獅子の踊りが面白いでしょう。」と、お愛想を云って行った。

(四)

その姿が消えると、フロックを着たよく肥った私の知人が入って来た。

「どうだ。今の長唄は。」と、打ち融けた態度で訊いた。

「少し変だね、だけどどうでもいいね。そんな事は。」と私は答えて、「僕はこんな所へ来てても、この頃は音楽その物に心が吸い取られないから、弾き手や唄い手の顔付や身振が目ざわりになり出したよ。今も考えてたんだが、魅力を失った芸術ほど忌味《いやみ》な者はないよ。情愛を失って後に、昔の恋人を見ると、忌味で気持が悪くなるが、それと同じことだ。芸に迷ってればこそ、役者も尊く見えるが、此方《こちら》に迷う力がなくなると、鬘《かつら》をつけて白粉を塗って、色々の真似をする役者は実に気障《きざ》なものだ。僕はこの頃芝居を見てても、そんな事ばかり目についたり考えられたりして仕方がない。僕の翫賞力が衰えたか、芸術家の技倆がなくなったかどちらかだろう。」

「文学だってそうだろう。」と、知人は皮肉らしく云った。

「文学だって同じことだ。」私はそれに同意しない訳に行かなかった。「筆の先に魅力がなくなったら、小説家だの詩人だのも忌味な変な者に見えるね。学者だって宗教家だって政治家だって同じ事だ。」

その先は私は口に出さないで、心で考えていた。人間のする事に尊敬心を失い出しては、世の中は淋しい詰まらない者になってしまう……。

やがて次の曲が始ったらしかった。私は知人に随《つ》いて楽堂の方へ行った。延寿が休んで、家田太夫《やだたゆう》が頻りに声を振わせて騒々しい清元の厭な特色を発揮していた。前屈みに暢気な顔をして、さも余裕のありそうに楽に弾いていた、以前の梅吉は、後世《あのよ》の人となって、年の若い男が顔中に力を入れて苦しそうに弾いていた。

私は此処でも人の命の果敢《はか》なさを感じながら、西日が後ろのカーテンの隙間から洩れて、遠くに並んでいるKとかNとか云う有名な音曲通の禿げた頭を照らしているのを見ていた。老人は手を翳《かざ》したり頭を傾《かし》げたりして光を避けていた。

（「やまと新聞」明治四四年一二月）

モデル

まだ雑司ケ谷に住んでいた時分、確か一月の末だったと思う。或る日の午後、××工場員と名刺に肩書のある知らぬ人が私を訪ねて来た。紹介の手紙は持って来たが、その紹介者も××新聞記者という肩書で想像がつくだけで、一度も会ったことのない人であった。何の用事かと不思議に思いながら、書斎へ通すと、羽織袴で威儀を正した三十恰好の凜々《りり》しい男が入って来た。

「私は津崎です。先生のお宅が分らなくて、方々問い合せましたが、昨日ようやく××新聞で教えて貰いました。」と云う。何か重要な用事がありそうだ。が、私は只そうですかと云って、先方の言い出すのに任せていた。

「小山という男を御存じですか、あの男は私の遠縁の親類になります。」と、津崎は用事を言い出す前に訊いた。

「小説なんか書く小山君なら一寸知っています、この頃は田舎にいるんでしょう。」

「そうです。先日一寸来ていて、一度会いました。」と云って、津崎は小さい風呂敷包を開けながら、「実は先生に書いて頂きたいことがあって、お邪魔に上ったのですがね。」と巻紙に書いた厚い書物《かきもの》を前に置いて、「これを御覧下さればよく分りますが、私の小さい時分から懇意な女が伯父に虐待されて、親の遺産まで誤魔化されて、それが原因《もと》で肺病で亡くなったんです。去年の夏小田原で亡くなりました。私はその女のために随分奔走しましたが、しまいには却って私まで迫害されるようになって、無念でならんから、何時か新聞で事情を明らかにして相手を攻撃してやろうと思っていました。しかしそれよりは相手の冷酷無残な仕打ちを小説に書いて頂いて、仇打をした方がいいと思ってお訪ねすることになったのです。」と、如何にも真面目な調子で云った。

私は巻紙を披いて、系図のように書いてある主人公八重子の親戚一統の名を見ていた。八重子は或る女学校を卒業した十九歳の女としてある。若くして両親を失った羸弱《かよわ》い女が伯父に苦しめられて死ぬるという筋は通俗小説としてのいい題目だ。この津崎と云う男とその女との間にも何か訳がありそうだ。何の関係もないとすると、小説としての興味を殺ぐなどと窃《ひそ》かに想像して面白がっていたが、

「しかし、貴下のお話を承ったただけで小説に書くと云う訳にも行きません。こう入り組ん

では一寸書けそうじゃありませんね。それに小説で仇打をすると云うお考えだと、私の方で書きたくても書けませんよ。新聞の雑報だと悪い奴を叩き付けると云うことも出来るでしょうが、小説では故意に一方の肩を持って書く訳にも行かんのです。」と云った。「では先方の事を近所へ行ってお聞き下すってもよろしいんです。実際酷い奴なんで、事情を知ってる者は、誰でも八重子に同情して居ります。」と、力を入れて云って、「八重子は先生のお作と鏡花さんの小説とが好きでして、遺言にも先生に書いて頂きたいと云っていました。」と、私の心を惹くように云った。

鏡花さんの作と私の作と、丸で趣の違う者を並べて愛読するというのは少し可笑しいと思いながら、悪い気持はしなかった。十九の薄命の女にこんな遺言をされるのも、小説家なればこそと、つらい稼業も多少慰められるような気がした。で、

「兎に角最少し暇になって、詳しく貴下のお話を承ってから、書けたら書くことにしましょう。」と答えて、遠からずゆっくり会う約束をして、その人を帰した。

かの巻紙は一丈に余るほど長く、いろいろの事が順序もなく書かれてあった。私は先方の望み通りには書けぬが、何かの材料になるだろうと思っていたが、懇意でない人に会うことの嫌いな私は、容易に二度目の面会をしようとはしなかった、それに結婚などのためにゴタ〳〵して、殆んど約束を忘れたようになっていた、かの巻紙も引越しの際に無くしたのか見付からなくなった。で、或る日津崎から再会を望むとの端書が来ても、今暫らく

先にして呉れと云ってやった。

やがて夏となり秋となり、その事も自然に立ち消えとなったが、或る日近所の友人の家で、ふと小山君に会ったので、その事を思い出して、訊いて見ると、小山君は「君は小説に書きかけたというじゃありませんか。」と云う。

「いや、まだ書くどころじゃない、碌に聞きもしないんですもの。」と、私が答えると、

「しかし、津崎は君に書いて貰ったから、五十円ばかりお礼をしなけりゃならんと云って、その金を或る人に貸して呉れと云っていました。君が請求したような事を云ってた。」

「酷い奴だね。」私は呆れた。ダシに使われたようで忌々しくもあった。

「八重子と云うのはあまりいい女じゃない。」と、小山君は下らない事だと云わぬばかりに冷然として云った。

今年は今一人モデル希望者が来た。

十一月の二十日過ぎだった。珍しく一日中家にいて新年物を書いて、薄暗くなってから、風呂へ入って疲れた頭を休めて、夕餐の膳に向った。火鉢に火を盛って牛鍋を掛けて、肉を焼いていると、台所で洗い物していた下女が、手紙を持って来た。薄汚ない封筒に△△先生と書いただけで住所がないので、郵便ではないと知れた。箸を置いて披いて見ると、半紙半分へ、「日那様。まことに遣る瀬ない事情になりましたので、お助けを願い

に上りました、何卒お助け下さい。」と書いてある。貧書生か知ら。しかしそれでは旦那様とあるのは可笑しい。私は兎に角玄関へ出て見た。が、軒灯が消えていて人影が見えない。茶の間からランプを持って行くと、土間の隅に立ん棒風の男が立っている。袢纏の肩の所が大きく裂けて、股引も処々破れていて、髪も汚く延びていたが顔立ちは柔《やさ》しかった。頬がフックラ肥って微笑《えみ》を含んだ目は可愛らしかった。「何か用ですか。」と訊くと低い声で遠慮しながら、

「私は今度軍隊に取られたのですが、こんな服装《なり》で困って居ります。先生に私の身の上をお話して書いて頂くことにして、衣服《きもの》を拵《こしら》えて頂けますまいか。」と云う。

「しかし、そう早く書いて金にする訳には行かないよ。」と、私は断って、「君は今何をしてるんです。」

「毎日労働をして居ります。故郷を出る時は少しは金を持って居りましたが、人に騙されて、こんな事になりましたのです。いろ〳〵の事をして来ましたので経歴は此処に書いて持って参りました。」と、懐ろを押えた。

その顔立ちから察すると、永く労働をやって来た人らしくはなかった。話を聞いたら面白い事もあるだろうとは思われたが、直ぐに衣服を拵えてやる気にもなれぬので、体よく断ると、その男は強いてとは云わないで「では只今差し上げた手紙をお返し下さい。」と細い声で云う。で、私が手紙に添えて五十銭銀貨を渡すと幾度か斥けて、しまいに恥かし

そうに受け取って出て行った。
私はこのモデル志願者の事から、前の八重子の事を思い出しながら、夕餐を食べた。

（「東京朝日新聞」明治四五年一月）

日常生活

この頃の私の日々の生活は如何にも単調を極めて居ります。外面的にも内面的にも変化のない静かな日を送っているのです。しかし真の平和を楽んでいるのではないので、強いて目を瞑《つぶ》って前後左右を見渡さないで一時の休息を求めようとしている有様なのです。何時どんな刺激を受けてこの平和は崩されるか知れません。

私は大抵朝は早く起きます。起きると水道の水で冷水摩擦をした後、新聞を読みながら牛乳と麵麭《パン》で朝餐《あさげ》を済まします。新聞はこの頃朝日と万朝と報知と読売とを取って居りますが、その四種の新聞の記事は電報でも講談でも相場表でも殆んど残らず読み通します。世間との接触を避けている、私には今日の新聞が何だか歴史のような気がします。大隈内閣の出現でも山本伯の失脚でも、世間には今こんな動揺があるのか知らんと思われることがあります。そして、離れて見ているためか、一方を鬼の如く他方を仏のように思い込むことが出来ません。三面などで極端な私人攻撃をしているのを見るたびに厭な気がします。

新聞を読んだ後では屹度《きっと》散歩に出掛けます。今住んでいる所は牛込の矢来町ですから郊外では一番近い戸山ケ原あたりをよくぶらつきます。早稲田大学の裏手で堀部安兵衛の仇討があったり太田道灌が少女に山吹の花を貰ったりした所もこの界隈だそうですが、私には学生時代から二十年来馴染み深い土地であります。昔図書室の書物を持ち出しては土手の桜の下や、諏訪神社の森の中でよく読んでいたのでした。一週に一度ぐらいは汽車や電車を利用して日がえりの遠出をするのです。其のために東京近在の土地は略《ほぼ》知り尽して居ります。かねて大阪の近郊の方が東京のよりも名所に富み風景が傑れているだろうと予想していたので、今年初春大阪へ行っていた間屢《しばしば》郊外散歩をしましたが、比較して見ると、一概に優劣は付せられないと思いました。東京の近郊も棄てがたい風趣を帯びて居ります。武蔵野には風を遮《よ》けるためか小さい森が至る所にあって春夏秋冬季節々の面白味を見せます。

武蔵野は草茫茫たる平野という常套的の言葉が人の心に染み込んでいますが、その実平《へい》衍《えん》ではなくて小高低をつくっているので、大阪附近こそ却って平衍で変化に乏しいのです。「武蔵野の逃げ水」という古語の意味は、陽炎《かげろう》が流水のように見えると解されたり、あるいは大町桂月氏の説では縦横せる低地を流るる小川が多くて一々その流れ去る道筋が分らないと解されたりしていますが、兎に角武蔵野を彼方此方《あちらこちら》に歩いていると、自然の神秘的魅力を感じます。多摩川や利根川が枝を分っているのも面白いし、武蔵野に山がないと云うけれど、これは通俗の見方で、中々山の面白味に富んでいる所です。何でも傍へ寄って手に触って見なければ物の趣味を解しないのは甚だ幼稚な考えで、何も山へ鼻を摺り付けなくっても、遠くから望んでもまた捨てがたい趣があります。甲信の山々両毛の山々はどれほど散歩家たる私に武蔵野の価値を加えさせているか分りません。

武蔵野の平野から見た富士山は絶景です。天気の変化につれて先ず甲信の遠山の色合いが変って来ます。殊に寒中北風が吹いてよく晴れた寒い日には雪を頂いた山々が鮮明に見えて、私をして冬の散歩にも興を加えさせます。

問題外の自然観は他日に譲り、さて私は一二時間の散歩を終って帰ると、座右の雑書を読むか書き物をするかして午前中を過ごします。朝の節食と運動とのために慢性胃病患者たる私も午餐は大抵待ち遠しく思うのです。午餐の膳には年中新鮮な刺身を欠かしません。関西生れの者は鯛《たい》を好み江戸ッ子は鮪《まぐろ》を好むと云いますが、この頃の私は刺身は鮪に限るように思われます。しかし脂の強過ぎる生肌鮪《きはだまぐろ》よりも梶木《かじき》鮪の方を好くのです。鯛は三浦三崎鮪は沼津小田原あたりのが一番味《うま》いように思いますが、私の口舌の翫賞力はまだ怪しいのです。刺身の外に私には味噌汁も欠くべからざる者ですが、東京の味噌はとても上方には及びません。味噌汁と饂飩《うどん》と牛肉とは大阪へ行くたびに羨望に堪えないのです。甘《うま》い味噌汁と中脂の鮪の刺身とそれから漬物のいいのがあると、私は先ず不平なく箸を執ります。次手《ついで》にその外の私の好物を挙げると、天麩羅相鴨貝類それから海鼠腸《このわた》などの塩辛物です。元は西洋料理が好きだったが今は日本料理の方を好みます。天麩羅などは東京中の有名な店のを大抵食べていて、今も月に一二度は出掛けて居ります。酒は殆んど飲みません。近年カフェーやバーが出来てから西洋の色々の酒を飲み覚えましたが、どうせ飲むのなら芳醇な日本酒の方がいいと思います。私も歳を取るにつれていろ〳〵の点で日本趣味になるのが我ながら不思議です。それが当り前なのかも知れませんが。……

午餐後は障りのない限り昼寝をいたします。秋でも冬でもそうですが、青々とした庭の樹木の蔭から香《こうば》しいような風が吹き込むこの頃の昼寝は「華胥《かしょ》に遊ぶ。」と云った唐人の言葉我を欺かずと思われる程に快いです。一時間で醒めることもあり二三時もつづくことがあって、午睡時間の長ければ長い程醒めた後の私の精神は明快になるのですから、私は睡眠時間を惜しみません。醒めると入浴するかあるいは近所の珈琲店で紅茶を飲むかして、いよ〳〵これから机上の仕事に取り掛るのです。

所がこの仕事が並大抵の事ではありません。元来私は筆の遅い方で何時になってもすらすらと書けたことがありません。で成るべく期限に迫られて苦しい目を見ることのないようにと、依頼された者は大抵早くから着手するのですが、責任を持っているとそれが果される間は、脊に重荷を背負っているようです。一枚書き上げるために三四日机に向って煙草ばかり吸っていることが屢次《しばしば》あります。私は衛生に注意しているに関らず、どうしても禁煙だけは実行されぬので困ります。

日に芙蓉か敷島を三箱平らげるのが普通です。書こうとするには先ず煙草を銜《くわ》えていなければならないのです。晩餐後はまた神楽坂あたりまで散歩しますが、この界隈には知人が多く住んでいますから途中で誰れかに出くわします。つい誘われて珈琲店などへ寄って世間噺をすることもありますが、しかし、この頃は滅多に人を訪問せずまた訪問されもしません。郊外散歩は何時も一人で、旅行とても道連れのあったことは極めて稀です。今誰に会いたいと云う人は一寸思い当りません。

大正博覧会さえ花見がてら周囲を廻っただけで、人喰い人種とかも演芸館とかもまだ知らないほどですから、それによっても私が東京に住みながら東京に接触していないことが分るでしょう。芝居は新しい劇団から招待券を貰うため三度に一度は出掛けるけれど、一番目だけで失敬して最後まで見通したことはありません。旧劇は馬鹿々々しいし新劇はあまりに粗雑であるし、能楽はまだ味が分らないし、私の心を惹くような娯楽はないのです。音曲にはまだ多少の興味を寄せていて、小三郎の長唄延寿太夫の清元など聴きたいと思いますが、つい億劫《おっくう》でそんな者も暫らくは聴かないでいます。読書はしないではありませんが、机に向うと物を書かねばならぬような気がして、落着いて身の入った読書は出来ません。新しい舶来の書物を先走りして読むことは先ず絶無であって、有名になった大家の作物をたまに読むくらいです。この頃西洋の作家で誰れのに最も感動されたかと云えば、先ずストリンドベルヒを挙げます。この人の自伝が非常に面白い。苦労した人だと思います。人間として苦しみを嘗めた作家の中でドストエフスキーなどとは行き方を異にして居ります。聖者のようなドストエフスキーと、懐疑嫉妬恐怖妄想に苦しみ通しのストリンドベルヒとは根柢からして違います。脚本でも舞台上の効果は兎に角、イブセンのよりも人間の心理に深く立ち入っているように思います。日本の古書なども次第に興味を感ずるようになりました。

玉突きは半年ばかりやったことがあったが、手先が無器用で進歩がのろいので今は断念しています。囲碁は国民新聞社の相沢蓬莱氏を意地めるのが面白いだけで外の人と打つと些《ちっ》とも興味が持てない。その蓬莱氏とも住所が隔ったために久しく会合の機会なく、午睡から醒めた時折々懐しく思い出しています。目下の私の望みは同氏と箱根あたりの温泉へ行って、一日静かに烏鷺を闘わしたいことなのですが先方は激職に従事しているのですから、とても実行は出来ません。私も数箇月以来読売新聞記者という昔馴染みの肩書を頂くの光栄を得ましたが、出勤するには及ばないので、風塵に汚される恐しさを免れています。

私の故郷の家庭は多人数でごた〳〵していますが、東京の家庭は極めて淋しくて、夫婦と下女との三人暮しです。従って米価の昂下を気にしないでも月が越せるのですから、まあ生活難はないと云ったらいいでしょう。しかし、月々いろ〳〵の雑誌に短い物をちょいちょい書かねばならぬのは苦しいし、またそれで老いるのも厭な気がします。成ろうことなら一切生活問題から離れて、ゆっくり心のままに書いてみたいと思います。私なぞ幸いにして十年前に処女作を出して以来、世間に見捨てられないで今までこんな稼業をつづけて来たのですが、しかし今まで書いて来たような物をこの先幾つ書いたところが詰まらぬように思われます。もっと書物も読みたいし旅行もしたいと思います。

午睡をする癖に夜更しはしません。徹夜は決していたしません。……丁度今十一時になりましたから、この記事もこれだけで責を塞いで匆々《そうそう》寝床に就きます。朝からの雨が止んで蛙の声が何処からか聞えて来ます。

（「大阪朝日新聞」大正三年六月）

「処女作」の回顧

私は早稲田の文学部に在学中、殆んど一度も小説らしいものを書いたことはありません。卒業後も間違いだらけの片々たる翻訳や、偶感的の乱雑な評論を書くくらいで、創作家として身を立てようという空想は抱いていなかったのです。二十代には今よりも身体《からだ》が弱かったし、自分の才能についてはどの点からも自信を些《すこ》しも持っていなかったので、何時《いつ》も死を眼前に控えたような気持で送っていたのでした。人世に於ける華々しい活動を志すような青年の夢は私は見ないで過したのです。『寂寞』という五十枚ばかりのものが私の処女作で、「新小説」へ出して貰いましたが、これも原稿料欲しさに書いたものです。極めて蕪雑な文章で、今の文芸雑誌の創作欄には見られない無器用な作品ですが、しかし、私の本領はその作にちゃんと出ていると思います。三ツ児の魂百までとか云いますが、十数年の今日の私の気持は処女作に含まれている気持と同じことです。その後二三年間に、後藤宙外氏の勧めによって百枚足らずのものを二つ「新小説」へ出しました。以上の作は無論評判にはならなかったし、自分でも印刷に付せられるのを羞じていたくらいでした。

　しかし、人間の運は不思議なものです。日露戦争後に文芸の方面にも新しい気運が起って新しい雑誌が頻りに発刊されるにつれて、私も雑誌社の需《もと》めに応じて筆をとる機会が多くなり、何の抱負もなく書いたものが意外な好評を得て、知らず〴〵文芸を一生の事業とする人間になりました。『塵埃』という二十枚ばかりの短篇が、私が文壇で認められた意味での処女作です。新聞社の校正掛を材料とした者で、二十八歳の年末に書いて、翌年の二月の「趣味」へ出ました。

当時、私は読売新聞の美術記者をしていたので、美術上の意見を聴くためか何かで、西片町の藤岡作太郎氏を訪問すると、氏は綿で首を包んで、ゴホンゴホン咳をしながら、「塵埃を拝見しました、大変面白う御座んした。」と褒めて呉れました。私の創作に対する称讃の声を聴いたのはこれが最初で、しかも早稲田派以外の人に褒められたのだから、私のためにはただならぬ刺戟になったのです。

引き続いて極く短い短篇を彼方此方《あちらこちら》へ出しましたがその当時執筆に悩み勝ちの私を引き立てて元気をつけて呉れたのは、島村先生と片上伸君と、それから「文章世界」の田山花袋氏とです。もし、これ等の人々の奨励の言葉もなく、雑誌記者の督促がなかったなら、私は小説など続けて書いていなかったでしょう。そして幽鬱な自分の心のみ見詰めて日を送っていたでしょう。

『塵埃』など二三の短篇を執筆する以前に、偶然『独歩集』を読んで非常に感歎して、その批評を新聞に書きましたが、感歎しながらも、内心、「こういう小説なら私にでも書ける。」と思いました。高田実が団十郎の『文覚上人』を観て、あの石段の黙芸の所になって、「あれならおれにも出来る。」と思ったのが、その発奮の動機だったと、三木竹二氏から聞きましたが、私の独歩観も、高田式の考え違いかも知れません。

（「文章世界」大正五年五月）

予がよみうり抄記者たりし頃

上

よみうり抄という名前は島村抱月氏によって命名されたのだそうだが、私がこの欄の担任記者となる前には、殆んど美術方面の消息のみを伝えるところであったらしかった。よみうり抄記者即ち美術記者というような訳で、美術家の日常の報道の他に展覧会の批評などをもしていたが、次第に文学方面の動静をも伝えるように努めた。初めの間は私が熱心に駆け廻って諸方面の種をよく集めたために、よみうり抄の評判はよかった。その頃偶然植村正久先生のお宅へ伺って、自分は今こういう仕事を勤めているとお話したら、先生は例の目を忙しげに瞬きさせながら、「妙な事をやってるんですね。」と早口に云われた。詰まらない仕事をと蔑《さげす》まれたように思われて、私もいやになった。間もなく坪内鋭雄《としお》君に会った時その事を云ったら、「なに、宗教家なんかもっと下らんことをやってるじゃないか。」と慰めるように云ってくれた。しかし私自身は下らない仕事には違いないと、頭の底では何時までも思っていたのだ。それから坪内博士のお宅へ種取りに上ると、博士から、「著述の前触れをするのはいいことでない。仲間内の事は大袈裟に吹聴しない方がいい。」と戒められた。私はまた仕事がいやになった。前触れや大袈裟な吹聴が私の役目で、それを止めるには辞職しなければならない。

しかし兎に角勤め通した。抱え俥に乗って気楽に話をして呉れそうな人々を訪問した。帝大の方では登張竹風、樋口龍峡、畔柳芥舟氏等をよく訪ねた。上田敏氏や藤岡作太郎氏にもよく接した方であった。上田氏には学生時代に長田秋濤氏の紹介状をもって訪問して安本の『クオーバヂス』を借りたこともあって、比較的長い間、時々の訪問をつづけたのであったが、新聞で氏の悪口を書いたりしたので、氏は私の訪問を喜んではいられなかった。登張氏はニーチェで名を売っていた時分で、快活な面白い人として今でも時々思い出すことがある。芥舟氏から漱石氏の事をはじめて聞いて新聞にも書いたことがあった。

硯友社の消息は小栗風葉氏からよく聞いていたが、紅葉氏逝去の時のことが今も私の記憶によく残っている。私は個人的に氏に接したことはないが、三四度氏の瀟洒《しょうしゃ》たる風采を他所ながら見たことがあった。氏を見た場所やその際の私の感じは、一つの短篇小説になりそうなくらいに私の記憶に面白く残っているが、それは今は省いて置く。

氏の逝去の報が梶田半古氏の電話で社に伝わると、私は直ぐに氏の逸話でも聞こうとして社を出た。その時分の新聞は文士の死んだことなどについて仰々しい報道はしなかった頃で、高山林次郎氏の死が欄外に二三行記されただけだったことを記憶しているが、しかし紅葉氏は読売新聞と深い関係があったのだから、氏に関する記事を数日連載してもよかったのであった。今とは違って、新聞に二版三版と一日一刻を争うのではなかったから、私はゆっくり種を拾うつもりで出掛けた。

下

先ず牛込の山伏町あたりに住んでいた川上眉山氏を訪ねたが、通されたのは非常に陰気な部屋だった。来意を述べると、氏は今はそういう話はすることは出来ないと気の毒そうに断った。其処を出ると麻布の奥へ広津柳浪氏を訪ねた。が、氏も眉山氏のような態度で話はしてくれなかった。私が読売入社の際の紹介者である石橋思案氏に電話を掛けて事情を訊ねようとしたが、その時氏は不在であった。ところが翌日社へ出ると、氏の方から電話をかけてくれたので一切の内情が分った、氏は突慳貪《つっけんどん》な声で、「君の用事は紅葉に関係したことであろうが、君の社は紅葉に対して不都合なことをしたのだから、我々は向後読売とは一切交渉を絶つことになっている。」と云われた。

神経の上ずっていた当時の私は氏のツンケンした声を聞くと怒りが心頭に発したのであった。元来私は内村鑑三氏などの著書から感化を受けていて、紅葉をはじめ硯友社の作物にはむしろ反感をもっていたし、ちらと見た紅葉の風采や社交的態度にも敬意をもっていなかった時分だから、不快な感じはことに烈しかった。そして後藤宙外氏が紅葉に関して自分の知ってるだけの事を話すからそれを書けよと勧めたが、以後紅葉なんかのことは一行も新聞に書くのは厭になった。しかしその後一二年して風葉氏が読売へ『青春』を書いたり、数年後には巌谷小波氏でさえ読売の家庭顧問となられたりした。そういうことのある度に私だけはひそかに人生の皮肉を感じたのである。

その頃は文学雑誌といえば、新小説と文芸倶楽部とその他二三に過ぎなくて、作家も今とは比較にならぬ程少なかったので、文士の消息はそう多く得られなかった。従って私の努力も一二年で衰えて、よみうり抄の範囲は以前の如く美術界中心となったのである。

記者時代に会った面白かった人は依田学海翁であった。ある夏当時小川町に住んでいた佐佐木信綱氏に晩餐に招かれたことがあったが、相客は上田敏氏と学海翁とであった、二人とも話の面白い人であったが、学海翁の文壇と劇壇の罵倒は類のない面白いものであった。気焰を吐きながら麦酒のコップを持ったまま転んだりして皆んなを笑わせた。私に向って「正宗さんは役者となって女形になるといい。」と云って上田氏をして噴き出させた。帰りには当時森川町にいた私は、上田氏と道連れになったが、氏は「年を取っても依田さんのように元気でいたい。」と私に話された。私は数年前氏の葬式に列した時その言葉を思い出した。学海翁にはその後三四度佐佐木氏の家などで会ったが、会うたびに氏は私の顔を忘れていた。

（「読売新聞」大正七年九月）

初夏の頃

五月の末であった。私は東京の高島屋で浮世絵版画展覧会を観たあとで、市中をうろついて暫らく時を潰して、日暮れ頃に東京駅へ行ったが、予定の急行列車もその次のも寝台がみんな約束済みになっていた。数日来の睡眠不足で疲れていた私は、一夜を狭苦しい座席で過す気にはなれなかったので、寝台の空いている最終の列車まで待つことにした。そのために三四時間もの剰余時間の処置に窮するようになったがふと思いついて、近所の帝劇へ入って見ることにした。芝居を観るよりも、喫煙室ででも休憩して書物でも読んでいようと思って、三等切符を買って入った。

丁度『義民甚兵衛』の幕の開いた所であった。同じ物をやっている浅草の猿之助一座のよりも此処の方が遥かにまずいという噂を聞いて居たし、観劇慾は全くなかったのだが、後ろの方に立ってボンヤリ谷底の舞台を観ている中《うち》に、多少の興味が起らないではなかった。少なくとも有りふれた旧劇やこの頃観た二三の新作よりは厭みがないだけよかった。菊池君は劇道の新作家中の才人である。猿之助の甚兵衛は無論うまいのであろうが、宗十郎だって、原作を汚すほどの拙技を演じているとは思われない。私は雑誌でザッと脚本を読んだ時よりも、甚兵衛の面目がよく分ったような気がした。宗十郎は原作を生活しているのではあるまいか。薄のろで、悲喜哀歓怨恨の生活力に於いて激しさを欠いでいる人間が、周囲の事情によって知らず〳〵激しい場面を現すのだから、宗十郎のような影の薄いような言語動作がその人となりに相応《ふさわ》しい。激烈性を現したなら見物受けはいいかも知れないが、作柄を傷つけるのである。母親をはじめその他の役々こそもっと激しい空気を舞台に漂わせてこそ、甚兵衛の薄のろの凄さ恐しさ、人生の皮肉が自《おのず》から浮んで来るのに、傍《はた》がみんな駄目であった。

私はついに最後まで観尽してから停車場《ステーション》へ向った。汽車が出ると直ぐに寝台に横わって、カルモチンを四五粒飲んで目を瞑ったが、例の如くよくは眠れなかった。……私はクライスラーをも聴いた。呂昇《ろしょう》の堀川をも聴いた。写楽の役者絵、歌麿や春信の美人絵をも観た。宗十郎の「甚兵衛」をも観た。私は東京に定住していた時分よりも、却ってこの頃の方が、東京で享楽し得られる古今東西の芸術に一層よく接するようになったのであるが、それは、自分の本心の要求に迫られて、胸を躍らせ心を燃やして芸術の花園へ足を踏み入れるのではない。新聞の誇張した記事や知人の噂に唆《そその》かされて出掛けるのに過ぎない。見たり聞いたりすると、批評らしいことを云いたくもなるが、実は猿之助の甚兵衛でも宗十郎の甚兵衛でもどちらでもいいので、人生の汽車の時間を待つ間の暇潰しになりさえすればいいのである。暇潰しにしてもクライスラーのヴァイオリンは私に取っては実に退屈なものであった。私に雷同癖と知識慾とがなかったら、クライスラーやゴドウィスキーやヂンバリストなどに一瞥をも与えなかったであろうが、世界一の芸術というものはどんなものであろうかと、それを知りたい慾望をまだ滅却することが出来ないのである。角力《すもう》が衰えて野球が盛んになると同じ理窟で、浄瑠璃や人形芝居などは衰えて、活動写真やクライスラーなどが日本の男女にも喜ばれる様になるのも、栄枯盛衰の時の習いであって、世に生きて行くには、流行から超然としている訳には行かないのである。独り生きて独り亡ぶるに堪えられない我々は、活動写真を民衆芸術——即ち最新代の傑れた芸術——だなどと唱えて、老眼鏡を掛けて、無言の役者の目眩《めまぐ》ろしい挙動がスクリーンとかに映るのを見て目を痛めたり、ヴィクトルとかコロンビアとかの蓄音機を座右に具えて、外人が発明して吹き込んだ音波について喋々したりしなければならなくなった。

私は自分の職業の上から痛切に感じているのは、田舎にいる間に自分の知らない新しい用語が続々殖えて行くことで、時代の清新味を欠かないためには平生新聞や青年作家の小説などを余程よく気をつけて読んで、新語の用い所を頭に留めていなければならないことである。例えば「ブル」という言葉は大抵は相手を憎むか嘲るかする時に用いられるようだが、その言葉と反対の「プロ」という言葉は、相手を尊敬する時に用いられるのか軽蔑する時に用いられるのか、私は使い方に迷っている。(小川未明君にでも教えを乞わなければならない。）ソプラノだのテノルだのという以前は専門家だけが知っていればよかった言葉も、今は我々素人も一通り心得ていなければ、社交上の話が出来ないようになった。「水平社」というどの字引を引いても分らない言葉も出来た。近年は現代の日本人の頭脳の過重な負担を減ずる為に、漢字制限が唱えられて、多少実行されている様であるが、一方で一つや二つの文字が除《はぶ》かれたにしろ、一方で、限りなく新しい言語が殖えたのでは何にもならない。

——で、私は、タキシーとは何のことやら、カメラやキネマは何のことやら、続々出現する新用語について知るところがなくっても衷心忸怩《じくじ》たらざるくらいに、詰まらない知識慾や裟婆っ気から超脱する訳には行かないのであるかなどと、寝台の上で感想に耽っていた。歌麿などの美人絵や写楽などの似顔絵をも思い出したが、世の好尚の変遷が偲ばれた。ああいう絵画はその時代の民衆芸術で平民に愛翫されていたのであろうが、今日それ等の絵画を鑑賞するのは貴族趣味の人である。高島屋呉服店へ行くものは、女子は云うまでもなく、男子であっても、大抵は新柄の一襲ねに歌麿の彩筆よりも重きを置くにちがいない。古今の傑作と認められた芸術品を、普通の民衆が理解し得られないのは、私がクライスラーや写楽を十分に理解し得られないのによっても解っている。今日の民衆芸術にしても百年後千年後に、それを賞翫《しょうがん》するのは、考古学者や芸術上の特種の人々に限られるであろう。

「芸術の真髄を理解するのは、その方面の貴族であると云っていい。」と、私はひそかに判断を下して、今日の流行のプロレタリア的芸術観に対して、ひそかに反抗を試みていた。

正午前《ひるまえ》に京都で下車した私は、予定通りに出町まで電車に乗って、そこから俥を傭って大原へ向った。六七年前の春、此方《こちら》へ遊びに来て、石川丈山の隠居所であった詩仙堂を訪れた時に、次手に八瀬大原をも見ようと思いついたのであったが、途中で足が疲れて引き返した。

平家物語によって詩情をそそられる浮世を離れた寂光院のほとりまで、今は自動車が通っていて、一時間足らずで達せられるのだが、私はヨボ〳〵した俥夫が徐《おもむ》ろに動かす俥の上から左右の景色を眺めながら進んだ。京都の郊外のうちでもこのあたりはことに幽邃《ゆうすい》である。関東の山国にはこういう幽邃な地は珍しくないのであるが、此方の山河が一層懐しく思われるのは、歴史や文学がわれ〳〵の脳裡に動いて来るからなのであろう。比叡山という名前を聞かなければ、その山を仰いで見ても何の興味も起らないと同じように、平家物語を昔読んでいなかったなら、私が八瀬や大原を見ている気持がもっと淡いものになっていたであろう。

三千院の門前の茶畑では、田舎娘が黙々として茶を摘んでいた。人の気のない寺院の境内を一まわりして元の道へ出ると、新築の小さな家《うち》から「お休みなすっていらっしゃい。」と呼ぶ声がしたので、俥夫に訊くと、それはこの頃出来た茶店だということなので、私はそこへ寄って上り口に腰を掛けた。畳も調度も新しくって、耳隠しに結った色の白い小寺菊子女史を十歳ほど若くしたような女が一人でいた、こんな寂しい所にこんな一軒家があるのは、私には変に思われた。女の言葉はスッキリした東京語であった。お茶と共に短冊を差し出して「是非何か書け。」と強請した。墨痕の生々しい短冊が柱に掛っていた。「松根東洋城さんも先日《こないだ》いらしって書いて下さいました。」と云ってその女は墨を磨って迫って来た。私は押しの強い奴だと思ったが、この場合逃げ出すにも及ばないと覚悟をして、「かねて聞いていた大原乙女の風俗も、今来て見ると、汚らしいただの田舎女の姿だ。」というような意味を三十一文字で書いて、直ぐにそこを立った。

寂光院は人寰《じんかん》を絶している。そして時が初夏であるためか、境内に立って見ていると、四囲の風物は人間に何かを語ろうとしているように親しみをもって映って来た。池の菖蒲がところどころ花を着け、木賊《とくさ》の青い色も目の醒めるほどに美しかった。少しの間なら、こういう所に一人で住んでいたいと思われた。若い尼僧が一人、絵葉書などを置いた机の前に坐っていた。

男でも女でも独りで住んで安んじていられれば、それに越したことはないのだろうが、そうは行かないのが人間苦の根原であると、私は尼僧の身の上に思い及んだ、建礼門院の閑居も詩人が哀愁を含んだ美しい言葉で歌ったようなものではなかったのだろう。汀《みぎわ》の花も筧《かけひ》の水も、寂光院保勝会へ幾百円を寄附した茶人気取りの二三の富豪や、都門の風塵をしばし避けて詩趣を恣《ほしいまま》にしようとする歌人、俳人、文学者、画家などが見て楽むように、建礼門院をはじめ代々の尼僧は楽まなかったのにちがいない。

その夜私は梅田へ着いたが、駅の前の広告灯が来るたびにます〳〵殖えて、明るくなるのを快く思った。私は平生田舎にいるためか、お寺ばかり多くってヒッソリしている京都よりも、俗臭紛々としている大阪をこの頃は好んでいる。

その夜は天満裏の弟の家へ泊った。オリンピックとかいう日本支那ヒリッピンの東洋選手の大競技会がこの頃築港の運動場で催されていると聞いたので、私はこの機会に、生れてはじめて運動術を見物しようと思い立った。今日の日まで私は大相撲の勝負は、新聞で読んでいたが、運動の記事は一行も読んだことがなかったのであった。で、予備知識を得るために、二三の新聞の競技の記事を注意して読んだが、成るほど大変なものらしい。私の知らない用語が記事のなかに濫出していた。夜市中を散歩すると、あちらでもこちらでも、半裸体の少年等がマラソンの真似をして走っていた。当日の勝負表が至る所に貼り出されていて、その前には人が群がっていた。

入場切符は早くから売り切れていると聞いたので、私は翌日ある新聞社へ知人を訪ねて、ようやく一枚だけ融通して貰うことにした。それはトラック・フィルドの入場券であった。

その日は競技の最後の日で、野球の勝負が最も人気を惹いているとかで、私が見物した方の競技はさ程でない筈であったが、それでも爪も立たないくらいに見物人が入り込んでいた。私は十一時頃から石段の上に藁蒲団を敷いて腰掛けて、一時の開会を待っていた。煤煙宿雨名残りなく晴れて一点の雲もなく、夏の日は遮るもののない場内を照りつけた。煤煙は天の一方に漂っていた。みんなが汗を流している。私も汗にまみれて、日射病にでも罹りはしないかと気遣いながら、耐忍をつづけていた。人間の多数は寂光院で自然と親しむよりは、汗と塵に悩まされて窮屈な思いをしながらも、こういう雑沓の中へ入りたいのである。「一人で見ていたら詰まらないでしょうな。」と、後ろで云っていた人があったが、それは云うまでもないことである。大新聞が大袈裟に書き立てて、大勢が噂を騒がせて集って来たなら、犬の噛み合いでも見に来るであろう。私は午後三時まで四時間炎天と雑沓とを忍んで、ようやくバスケットボールという、遠方から見ては、煮え切らないような勝負を見たのと、マラソン競争の選手が、三四回場内を廻ったのを見ただけであった。競技について鑑識のある人々は別として普通の見物が多額な入場料を払って、何時間もの苦痛を忍んでまでこんなものを見るということについて、私はいかに人間の雷同癖、摸倣癖、社交癖の激しきかを痛感した。本物の競技よりも、女学生の団体運動の方がまだしも私には面白かった。アンダーパスキャンチングボールという、一列に股を開いてその中を球をころがす遊戯が面白かった。女学校でもいろ〳〵なことを教えているのである。

向う側の見物席を見ると、黄白紫紅さま〴〵なパラソルが五色の花が咲き揃っているようで美しかった。白い運動服に紫のスカートを穿いた何千人の少女が、アンダーパスボールをやったり、見物席に群がって拍手したりしているのを遠くから見ていると、新代の溌溂たる婦人美が烈日の下に現出されているようであった。大正時代の歌麿は画題をこういう所に捉えなければならぬのであろう。

私は次々の競技を見るに堪えなくなったので場を出て、電車で道頓堀へ出た。この頃出来た松竹座の地下食堂で食事をして冷たいものを飲んで、ようやく身体《からだ》が常態に復したのを感じた。

その翌日故郷へ帰るべく弟の家を出て梅田へ向ったが、梅田新道から停車場《ステーション》まで両側に市民が列をなしていた。何事か知らんと疑っていたが、ふと傍人の話声を耳に入れて、それが女王殿下の御来阪のためであることが分った。

（「週刊朝日」大正一二年六月）

蠟燭の光にて

震災後間もなく、私は町の鳥屋へ鶏肉を買いに行った。混雑の場合で、商売は一時中止されていたのであったが鶏は二三羽飼われていたので、私の望みによって、主人はそのうちの一羽をつぶして呉れることになった。撰ばれた一羽は主人に摑ると、自己の運命を予知したように、何とも云えない悲しげな声を出して身悶えをした。主人は鶏を逆さまにして両足を藁で縛って、かねて備えられている杙《くい》の鉤に引掛けるが早いか、鋭利な小刀《ナイフ》でその鳥の喉を突き差した。鮮血はタラ〳〵としたたった。主人は巧みに羽をむしって毛焼きをしながら平然としていたが隣人が店頭へ寄って震災の話をしかけると、恐怖を顔に現して、家々の破壊や圧死者について噂をした。

私は慈悲の心に富んだ者が、肉食を禁じようとするのは自然であると思った。平気で鶏を殺している主人の顔を見ていると、好感を寄せられなかった。しかし、私は、暫らく食料の欠乏を感じていた際だったので、滋味に富んだその肉片を、昼餐の副食物《おかず》としてうまく食べた。時候が涼しくなった時に鳥の肉や牛の肉が香のいい松茸などと一しょに、ジリジリと鍋に煮えるのを見ていると、夏のうちに衰えていた食慾が一時に回復するように、以前よく感じたことがあったが、我々は一日長く生きるためには、一日だけ多く他の生物を犠牲にしなければならないのである。美食は人生の幸福の重なる一つに違いないが、美食したいためには、他の生物に対する残虐を敢えてしなければならない。

我々人類は一方では、他の生物に対して強者として我威を揮っているかわりに、一方では地震だの火事だのと、さまざまな不慮の災厄によって苦しまなければならない。苦労の多い世の中に子を生み孫を生みつけるのは、残酷なことのように思われるが、しかし、人類の無思慮な繁殖慾は暴烈なものである。もっと激しい地震などの大災厄が湧いて来ればとに角、当分は人は殖えるばかりらしい。災厄に面した際には、これが世が末だと思っても、少し日数が立つと、太平楽を唱えて元気のいい所を見せるのは、文学者ばかりではないのである。我々は鳥屋の鶏のようにやがて雑作なく絞殺されるか圧し潰されるか知らない運を持っていながら、不断はそれを忘れて強そうな口を利いているのである。

私は、関東には四五人の肉身縁者が住んでいるのだから、今度はそのうちの誰れかが死んだであろうと気に掛けていたが、あとで一人の怪我人もなかったことを知ると、人間の容易に死なないのを不思議に思った。東京の大破滅を聞いた時には、出版業も当分は中止となって我々文筆の士は路頭に迷うだろうと私は想像していたが、その想像も外れたらしい。小さんや左団次がこの機会に隠退すると、新聞で読んだ時には、この二氏に対して、従来感じなかった懐しさを覚えたのであったが、あとで左団次が他に先んじて京都で興行するという記事を読んで、私の懐しい空想は破れてしまった。そういう私も、雑誌が滅亡しないとするとまた何かコツ〳〵書きつづけるであろう。方丈記の心読されるのもその当座だけである。

震災の話は聞き飽いた。遭難者の感想も聞き飽いた。ある博士が、俗謡に予め今度の災厄が唄われていたと生真面目で説いたり、二三の文士が、資本主義跋扈《ばっこ》のために地震が起ったような口吻を弄したりしているのを読むと文章家の頭脳の働きもいい加減なもののように感ぜられる。

私は破壊された家の中で、退屈凌ぎに、土埃で汚れた書冊を手あたり次第に引き出して読んだ。裸蠟燭の光で古書新書を読むと、今の境涯に相応しい、以前読んだ時の気持とはちがった気持で読まれた。『老子』を久し振りで読んだが、非常に空疎な感じがした。宇宙に一つの道がある、大道が存するということを彼れは本当に信じていたのであろうか。天といい神といい仏といいこの老子の謂うところの道と畢竟《ひっきょう》同じ者なのであろうが、そういう、人間が依って以って安んじられるような者が何処にあるのだろう?「奢る者久しからず。」と壁に落書したものがあったら信長か秀吉かが「奢らざるも久しからず。」と、添削したと、私は聞いているが、大道に従うも亡ぶべく、従わざるも亡ぶように思われる。古の聖人や予言者等の説法は、意味深遠らしいが、その実世を治めるための方便じゃないかと私には疑われる。老子の教えにしたところで、孔子などと同じく、治者のために説かれたものらしい。近代の道徳が資本主義の基礎に立てられたものならば、古聖人の道徳はみんな王侯のために案出されているのであろう。

これに反して、人生の憂苦を歎じた支那人の詩や、老若男女の生存の悲喜哀歓を描いた欧洲近代の文学は、直ちに我々の胸裡に響くのである「蝸牛角上争何事、石火光中寄此身、随富随貧且歓楽、不開口笑是痴人」瞬間の生存に、楽みがあるのなら、楽んだらよさそうに思われる。私は、崩壊した壁土に埋められた書冊の中から、ふと縮刷本の『八笑人』を見出したので老眼を凝らして蠟燭の光でその細字を読みだしたが、ひどく面白くなって、ついに全部読み終った。老子をはじめわが貧しき書架の真面目くさった書籍は低級なる戯作者滝亭鯉丈によって嘲られているような気がした。「不開口笑是痴人」と、左次郎やアバ公が云っていそうな気がした。

先日《こないだ》二度目の暴風雨に虐められた翌日、老いたる郵便配達が、「こんな時節には今日は今日で送るんですよ〳〵。」と、窓の側で私に向って、しみ〴〵した調子で云った。私は聖人の訓戒の如くに耳に留めたが、しかし、それはこんな時節に限ったことではない。私は八笑人中の諸子の如き態度を持して、この破壊した家に起臥し、東都の焼跡をも見、石火光中の短生涯を過ごすことは出来ないのであろうか。

鶏の絞められるのを見て肉食を恐れたり、災厄に会って今更らしく無常を感じて、道徳によって世の無常が消え失せるように思ったりするのは、左次郎や出目助には滑稽に見えるに違いない。

（「週刊朝日」大正一二年一〇月）

歳晩の感

毎年、新年物を脱稿すると、一年の仕事を済ました気持で、年内の余日を閑散に過そうと予め考えるのであるが、いつも、内外の差し障りがあって、本当の閑散な——縁側で日向ぼっこでもしながら月並の俳句でもつくると云ったような気持をまだ経験し得ないのである。

今年は、新年号へは寄稿しないで、秋晴れのつづく頃に数週間を京都ででも暮そうかと計画していたのであったが、どちらも実行が出来なかった。京都へは行かないで新年物を書いた。書いたとは云え、中央公論と改造とへ、合計百枚に足らないものを書いたに過ぎない。今月中旬に早くも脱稿したので、雑誌社に催促の手数を掛けず、忠良なる寄稿者の面目を全うした。私の執筆は事務的なようであって、急がずあわてず怠けず、五日経てば五日の仕事、十日経てば十日の仕事が出来るのである。

十月下旬から蟄居して、殆んど新聞も読まず、東京の人には会わず、玉突きもやらず、コツ〳〵と筆を動かして書き上げたものを持って、十七日に、婦人公論の談話会に出席する次手に、二大雑誌社へ原稿を届けた。社員の話によると、依頼した創作はまだ一つも出来ていないようであった。他の作家は、長い物に着手しているのか、新年には特別に傑れたものを出して雑誌に花を飾ろうとしているのか、請負仕事の数が多いのか、どちらにしても編輯者は気骨が折れることだろうと同情された。

改造への寄稿は昨今の事であるが、中央公論の附録号へは随分長い間書いて来たものだ。それは、傍目には文学者として名誉な事のように見えたかも知れないが、私に取っては心淋しいことであったのだ。僅かに中央公論という雑誌一つを、私などの重な財源として生きるのは不安に違いなかったのだ。私は新聞小説は書けなかったし、婦人雑誌にも書けなかった。ある年、何かの雑誌で、「如何にして夏を過すか。」という質問を出して文学者の答えを求めた時に、永井荷風君は、「中央公論などの附録号などへ汗水垂らして書かぬこと。」というような返答をしたことを覚えているが、永井君の如き境涯にいる人ならばこそ、そんな太平楽を云っていられたのだ。

十七日の上京の途中、汽車で時事新報を買って見ると、その日の文芸欄に広津君が、やがて通俗文学の世になって、中央公論や改造向きの文学は衰えると予言見たいなことを云って我々を警醒していたので、滝田君にその話をすると、「なあに、そんなことはありませんよ。」と、氏は一概に否定した。両氏の説のいずれが当っているか、時が来なければ分らないが、広津君の文を読んだ時に、私が考えたのは、氏が文運隆盛の時に際会して身を立てたからこそ、こんなことを考えたので、数年前でも、通俗物でない文学が迎えられたためしはなかったのである。昔のしがらみ草紙や近年の早稲田文学などで六ケしい文芸論をやっていたにしてもそれは今の同人雑誌程度で少数の文学者間の問題になるばかりであった。あの時の文壇は華やかだったと、ある時やある人を回顧して云うことがあっても、その華やかさは、小さな範囲の華やかさであったので、しかも回顧するから華やかに見えるだけだ。この数年間の文壇の現象を異例として雑誌がすべて講談社風になったとしても、それは、新傾向であると云えるとともに、昔に返ったとも云える。硯友社文学全盛期はその時の形に於いて通俗であったのだ。自然主義時代にしても、また享楽派時代とか、人道主義時代とかであったにしても、読者に多く迎えられたのは、それ〴〵の形に於いて通俗味に富んだ作物であったのだ。これからはこれからの形を持った通俗物が迎えられるのに過ぎない。講談風なものか探偵的のものか、アメリカ風のものか、活動風のものか。読者の範囲が拡がったから、いろ〳〵に変るであろうが、しかし、いくら活動写真が流行しても、能楽が消滅しないように、旧套を追った文学も、文壇の一隅に存在を保つだろうと思われる。この頃物珍しそうに人形芝居を激賞し、驚嘆する人が、新人の間にさえ現れている。

自分の事でさえ一寸先が分らない。社会や宇宙の将来に関する諸氏の言説の信ずるに足らないことはなお更だ。私は歳晩にあたって、明年の計をなすよりも、過去一年間の自分の事を回顧している。

私の家は二人きりで質素に暮しているから、生活費はいくらもかからないように、人目には見えるかも知れないが、今年などは手一杯で、余剰は殆んどなかったと云っていい。これは、地震で破壊された家の修繕を、やむを得ず次から次へとしていたためと、二人の持病を治療するために長い間病院へ入っていたためであるが、私は少家族で家を持つことの不利益を痛感し、また、多くの病人がいかに高い入院費に苦しんでいるかを痛感した。人間が生存している間、いろ〱な苦悩を経験させられていることは分っているが、自分で直接に打突からないかぎりは、真実《ほんとう》のところは分らない。私は今度、病気の苦しみや、医術の不完全などを身に染みて感じたが、それとともに病気になっても、いい病院へ入ることの出来ない人々を心の底から気の毒に感じた。相当に資力があって入院している人でも、入院費に心を悩ましているものが多い。一方病気で苦しみながら一方で金の工面で頭を悩ましている人は、見るに忍びない痛ましさを感ずる。病院が営利を目的としているのは当然のことであるが、入院患者に取っては弱身に附け込んで、金を絞られているような感じがする。病院で当てると余程儲かるらしく、代議士などに出ている人もあるが、弱い患者から絞り取った金を運動費として撒き散らして、陣笠になって得々としている医師に対して私は侮蔑の念を禁じ得ないのである。高い治療費を取られて病気の癒らなかった患者が、医師を詐欺師のように思うのは同感である。……私が社会小説を書くとすると、病院を主題として書いて見たい。

文学者が地所を買ったり家を建てたりすることが流行《はやり》だしたそうであるが私は家には懲りている。普請の好きな人なら兎に角、私のようにそれに興味を持っていないものは、職人の出入りは頭脳を苦しめる種になるのだ。そして私など普請的知識のない者に対しては、いかに職人がずるいことをするか。「別荘持ちには金があるのだから、成るべく仕事をずるけて、取れるだけ取ったらいいじゃないか。」と、職人が放言しているのを、私は知っている。社会主義者の喜びそうな言葉で、私も他人事なら同感するのであるが、私自身が金持ち並にあつかわれて、余計な労銀を取られてはたまらない。私が社会主義者になれない所以である。

私は一年間コツ〳〵稼いで、家の普請代と入院費を払ったようなもので、今年一月、大阪で関東再度の大地震の報を聞いて、あわてて帰宅して以来、東京と大磯との外へは、一度の旅行をもしなかった。馬鹿らしいことであるが、生きて行くのには、家の修繕も身体《からだ》の修繕もしなければならないので、精神の修養ばかりやって行く訳には行かない。

今年は世間が一体に不景気だったそうだが、私は、自分に関係のある雑誌や出版の甚しい不景気話によってそれを痛感することが出来た。しかし、それほど不景気であるに関らず、雑誌の数が減らないし、売れそうもない本が相変らず盛んに出版されているのは不思議である。出版屋や雑誌社が、生きんがための努力を続けて無理に持ち堪えているのであろうが、潰れそうなものは早く潰れて、残るものは、面目を一新して建て直したらいいと思う。もっと通俗にするのが日本現代の多数の読者の要求にかなっているのなら、自然にそうなるのを待つまでもなく、早くそうしたら面白いだろう。現代の日本に適しないものは自ら亡びるだろうしまた、亡びさせていい訳だ。最高の芸術とか最低の芸術とかはその時代々々で極るので、民衆的のものが最高とされる時代には、旧来の芸術は最低に落されるかも知れない。

私自身についても、雑誌などから依頼されている間は、自分の作品をまだ世間が、要求していると思い、依頼されなくなったら、世間が顧みなくなったのだと自ら諦める外はない。雑誌は時の流行によって編輯の方針を自在に変更し得られるが、作家は流行によって目まぐるしく頭脳の働き方を変えようたって変える訳に行かない。世の流れに従って浮ぶものは浮び、沈むものは沈むのである。

（「週刊朝日」大正一三年一二月）

断片語

上

滝田君も死んだ。予期していたこととはいえ、人生落ばくの感じに打たれる。

私と彼れとは二十年前からの知り合いであるが、私交は極めて淡かった。一しょに酒を飲んだのは、かつて彼れに誘われて、神楽坂の陰気な待合の一室で、真山君と三人で、貧弱な酒食を共にしたことが一度あるだけであった。私の方から彼れの家を訪問したのは、二年前彼れの病気を見舞うために顔出ししたことが一度あるだけである。

原稿執筆者と編輯者との関係だけで、二人は交りを続けて来たのだが、しかし、私にとっては、滝田君は一生のうち最も因縁の深かった人として心に刻まれている。私は二十九歳の秋『久さん』という短篇を中央公論に寄せて以来、私の小説の過半は同誌に掲げられているのである。滅多に新聞小説を書かなかったのだから、何年かの間は、中央公論が文壇人としての私の足場になっていたのだ。そして、その足場からころび落ちないように私を支持してくれたのは滝田君であった。

二度目に『五月幟』を寄せた時に、彼れは、森川町の下宿の私の部屋へ慌しく入って来て、「今度のはどうも大変いいですなあ。」とすわらぬ前から、胸一杯の思いを吐き出すようにいって、作中の文句を暗誦して褒めた。私は呆気にとられたのであった。当時の彼れはまだ角帽をかぶっていた。

作家として自信のなかった私を彼れは鼓舞奨励して、次から次へと書かせた。滝田君がなかったら、私は中途で作家稼業を止めていたかも知れなかった。最近になっても「このたびのお作は非常の御傑作にて。」というハガキをたび〳〵もらっているが、これは空お世辞ではないのだ。そこが彼れの名編輯者であるゆえんである。私は他の作家のところへも「非常の御傑作にて。」の手紙が幾つも届いていることを想像している。文芸に志している人は、身を入れて褒めてくれるものがないと張り合いがないので、ことに初めのうちはそうだ。

滝田君は私に対しては、自分のいいたいことばかりいって、相手の話はあまり耳に入れなかった。この点岩野に似ていた。朋友とすると、あまり面白くないだろうと思われた。作家は中央公論だけに書くべきものと思ったり、傑作は中央公論にだけ現れているように思ったりしていることがあった。如何に自分の雑誌を愛していたかが、それによっても察せられる。

小栗風葉氏の小説を暗記していたほどに文学に熱心だった彼れも次第に書画骨董に一層多くの興味をもつようになったが、しかし、字の拙い私には、廿年の間、さすがに何も書けとはいわなかった。

七月の初旬、偶然中央公論社で出会って、その社長などと一しょに、九階でお茶を飲んだ時が、滝田君に会った最後であった。

中

これにつけても、私は年少の頃に予期もしなかったほどに長生きをして来たことを思う。今死んでも二葉亭よりも紅葉よりも長く世を経た訳である。この後どのくらい生き延びるか分らないが、思想においても識見においても、新たに発明するところはないように思われる。「人生とは何ぞや。」という古い問題に対して、私はまだ的確な根本的答案を下すことが出来ないのである。多分百まで生きていたって、本当には分らないであろう。

私も肉体の苦痛や心の苦痛に会ったら、あるいは神仏を念じて手を合せるかも知れないが、それは人類多年の迷信に感染している結果であろう。古来聖賢と呼ばれた人の言説にしても、先入主の御信心を離れて読んだら、今日の月刊雑誌に現れる評論の文句と幾干の相違があろうか。いわしの頭も信心からというが、シミの入った支那の書物や欧洲語の舶来本にあるがために、凡庸愚拙の言説がいかに妄信されていることか。一例をいえば、

「弱きもの、なんじの名は女なり。」と、シェークスピアの中にあった文句が、万代不朽の名語の如く取り扱われ、日本でも頻りに口真似されているが、この警句だって、さして実際を道破しているのではないのだ。「弱きもの、なんじの名は男なり。」といった方がまだしも人間の真相をうがっている。ことに現代はそうだ。

欧米人がヤソ教の神を崇拝したって、日本人までもその真似をする必要のない如く、欧米人がシェークスピアを崇拝したって、我々がその真似をする必要はないのだ。自国累代のいろ〳〵な迷信でわれ〳〵の心は暗くされているのに、外国の迷信まで脊負い込んではたまらない。何百年の間世に伝わった者は必ず傑れたものであると極めるのも一つの迷信である。丙午の女が男を食うという迷信も長い間伝わって来たのではないか。ハムレットを読んで馬鹿らしく感じ、今日の日本の月刊雑誌に出ている短篇を読んで身につまされたのなら、後者の方を前者よりも傑れていると断言していい訳だが多くの人がそう断言するのに躊躇するのは、すなわち人類がいわれなき迷信に心を暗くされている証拠である。

○

シェークスピアは、可成りの資産をつくって故郷に引退しようと心掛けて、ドラマを書いていたのだそうだが、私が彼れに感心するのは、戯曲そのものよりも、この心掛けである。曾我兄弟が、「名を末代に輝かさん。」といって親の仇討をした如く文学者の多くは知己を百代後に待ったりするような虚栄心に燃えて執筆した間に、シェークスピアは真にかくも淡泊であったとすると、その点は気持がいい。彼れは後世で意外な人気作家になったが、それは生前の彼れにはどうでもいいことであったのだろう。肉体の破滅と共に自己の個性も空になってしまうのなら死後の名声も芸術も宇宙も何になるものか。願わくは、私はかかる妄執から脱したい。

下

私は絵画彫刻を深く研究したこともないし、これ等の芸術について伝統的知識を持っていないから、展覧会を見るたびに対して個々の出品に批判を下すのに躊躇するのであるが、自分だけで多年ひそかに感じていることがある。それは人間の肉体に持っている強烈なる煩悩は絵画などの取り扱うものではないのだろうかという疑問である。生活の苦しみ、愛慾の苦しみ、死の恐怖。人類はそういうものに支配されながら生きて来ているのに、展覧会芸術にはそんなものがちっとも出ていないのである。書画骨董を愛玩する人の話を聴いても、線だの色だの気品とか、構図とかを価値の標準としているに過ぎない。私は絵画について求むべからざるものを求めているのであろう。

〇

菊五郎は現代の名優である。舞踊に巧みで、旧い世話狂言もうまくて、現代物でも当てている。私は今の俳優のうちでは最もこの人をひいきにしている。しかし『亭主』を見て失望した。この脚本は雑誌で読んだ時にちょっといいもので、上演しても効果のあがるものだろうと思っていたが、実際見ると左程でもなかった。脚本の価値は別として、菊五郎の所演は浅薄なものだ。これなら、曾我の家五郎、あるいは五九郎に勝るところはあるまい。美男子で生活もぜいたくな菊五郎が、貧乏で醜い労働者の真似をしているのに過ぎない。見物もそれを意識して、滑稽視してゲラ〳〵笑いながら見ているのだ。生活苦や煩悩の影も出ていやしない。裸体を水で拭うところなどを御丁寧に見せたり、詰まらない写実らしいことをやったりして見物を喜ばせている。かつて畑中蓼坡《りょうは》が、「現代物なら菊五郎などに負けない。」と私にいったので、私は内心そのうぬぼれの強いのに驚いたのであったが『亭主』を見たあとで、蓼坡の言必ずしも当を失していないと思った。

幸四郎がオセロを演じてミソをつけたが、菊五郎にしたって欧洲近代劇を演ずる資格はあるまい。オセロやハムレットのようなボンヤリしたものならまだしも、イブセンやストリンドベリーのような内容に富んだものは、今の旧役者よりも、まだしも小劇場の俳優の方がうまいにちがいない。日本現代の作家にしても、旧俳優に上演させるつもりで新作をするのは考えものである。

◯

翻訳者は原作の心持に同感しなければならない。理解がなければならない。それと同様に俳優も、その扮する役に共鳴を感じなければならぬのではあるまいか。そうすると、ストリンドベリーなどの脚本を演ずる役者も作中の人物に同感する必要があるのだが、外国では果してそうであろうか。作者の個性の強烈にあらわれている脚本を真に生かす為には、作者自身が舞台に立つ外ないのではあるまいかと、私は思っている。従って役者が自分の好まない役を斥《しりぞ》けるのは当然のようにも思われる。団十郎が実盛や盛綱は二股武士だからそういう役に扮したくないといったのも、彼れの解釈は間違っているにしても、役者としての心持は至当である。共鳴しない役に扮してその役を生かせる訳はない。

（「報知新聞」大正一四年一一月）

角力を見る

もう七八年間角力《すもう》を見なかった。そして見たいと思ったことはなかったが、見ると面白くないことはない。兎に角、本場所の力士は、一日の勝敗が直ちに自己の生活に影響し、一生の運命に関係するのだから、土俵の上で全心全力を傾注しているに違いない。人間が全力を尽している仕事を眼前に見るのは興味のある訳だ。ことに、勝敗は宇宙や人生を根本的に支配しているので、その勝敗の光景を方何間かの土俵の上で眼前に見るのは、人に感興を起させる訳だ。宇宙人生の原則は愛に在るのかも知れないが、一面から云えば、優勝劣敗が重要な現象である。幾年も続けて力士の運命を此処で見ていたら、優勝劣敗の宇宙の現象が、他の社会で見るよりも一層明瞭に分って面白いだろう。

角力は野球のような新時代の競技に圧せられて衰えるかも知れないが、角力という裸体《はだか》の取組み合いを野蛮の遺風のように云うのは不当である。欧洲の闘牛だの拳闘だのに比べると、日本が古来角力によって人間の勝敗心理を満足させて来たことは、日本人の気品が高かったと云ってもいいであろう。

衰微しつつあると云っても、あの広大な場所に、略々《ほぼ》観客が充ちているのだから、伝統の力は侮り難い。ただ、以前のように、市中何処へ行っても角力の噂で賑うというようなことがなくなったことに時世の変遷が見られる。私など学生の時代には、常陸山梅ケ谷が注意を惹きかけた頃だったが、同宿の学生は、毎日贔負々々で論争していた。……今度久し振りに本場所を見ても、以前ほどの熱狂の様子が見られなかった。

私の見たのは、四日目であったが、出羽ケ嶽のような偉大漢が、朝響《あさひびき》のような小男に負されたり、琴ケ浦のような老衰者が池田川のような新進を破ったりして、見物に意外な感をさせた。

「池田川、お前は若いんだ。お爺さんに負けてやれ。……琴ケ浦〳〵。」という声が盛んに起ったが、この時は見物が感傷的快感に耽っている時である。しかし、衰えつつあるものに対する同情は、それを受けるものの方では淋しい。しかし、連戦連勝を喜ぶ人間の心理は、前日横綱を倒して勝ち続けて来た清瀬川が、今日また大関大の里を倒した時によく現れた。日常の生活に他に勝ち得ない見物が、土俵の上から反映されて自分も勝ったつもりの妄想に酔うのである。

はじめ大阪力士が一二度脆く負けると、「大阪力士は腰にねばりがない。稽古が足りないからだ。」と、側の見物が頻りにけなしていたが、しまいになると、大阪力士の方が成績がよかった。知ったかぶりの予想や理窟が実際に適中しないことが、直ぐに分って面白い。

私と同郷人である常の花をはじめて見た。容貌も体格も現代的力士のいい標本である。谷風だの小野川だのというような茫漠たる昔の力士とはちがって、引き締っている。負け続けているそうだが、横綱に奉り上げられるのもよし悪しだ。しかし、私の見た四日目には見事に三杉磯に勝った。「今日負けたら明日から休むだろう。」と云われていたが、贔負の見物はこれで安心したらしかった。……角力見物は随分心が疲れるものである。力士の運命が直ちに此方《こちら》に反映するのだから。

文学者が創作に取り掛るたびに、本場所の土俵に上った力士のような真剣な態度を持していたら、身体が続かないであろう。……しかし、人間の緊張した身心の態度を具体的に

見たのは、自分の心に何物かを加えるような感じがした。　（「苦楽」昭和二年三月）

読売新聞と文学

上

私は少年の頃に、民友社その他の出版物と同様に、国民新聞を愛読していた。明治二十年代には、国民新聞と読売新聞とが、最も文学趣味の豊かな新聞であった。前者には米国渡来の基督教思想が漂っていて、文章にも欧文の直訳調が蕪雑に取り入れられてあって、所謂バタ臭くて生硬であったこと、場末の洋食屋のビフテキか、あるいはトンカツ見たいであったのだが、我々当時の少年には、それが清新な感じをもって味われたのであった。谷崎潤一郎氏が、四月号の「改造」の感想録のうちに、「私の子供の時分には、洋食屋も今ほど沢山はなかったし、食う機会も少かったので、日本料理よりはずっと御馳走だとされていた。五つ六つの頃……ビフテキと蠣《かき》のフライか何かを食べたことがある。……その時子供心に、こんなうまいものが又と世間にあろうかと思った。私にはすべてが奇異で美味であった。まだ味覚の発達していない幼時のことで、何を食べても特別にうまいと感じたことのなかった私は、はじめてうまい味というものを知った。バタやソースなどと云うものまでが実にたまらなくおいしくって……。」と、氏特有の食いしんぼうの話をしていたが、我々が少年時代に、民友社の文章に魅力を感じたのも、それと同じような訳であった。

当時の読売新聞に漂っていた文学趣味は、主として日本伝来のものであった。西洋の文体や思潮が入っていたにしても、バタ臭いほどではなかった。竹のや主人（饗庭篁村）や春のや主人（坪内逍遙）の戯文随筆などが、尾崎紅葉入社以前には出ていたそうであるが、私は、その頃の読売は見たこともなかった。二十年代から三十年代の初期にかけての読売は、重に紅葉によって文学的光彩を放っていたのである。紅葉の小説の重なものは、殆んどすべてこの新聞に掲げられたのだが、小説以外に、「三面の艶種雑報」の続き物に、紅葉が筆を執ったこともあって、それ等のものは、彼れの小説に劣らないものであったようだ。私は自分で読んだことはなかったが、ある友人が、それ等の続き物を切り取って愛誦していたのを覚えている。光明寺三郎と千歳米坡の情話が殊に面白かったらしい。

私が読売新聞に入社した当時には、こういう風な小説化された雑報が、屡々三面に掲げられていたが、いつとなしに、こんな悠長な戯作家趣味は新聞には不適当になって、跡を絶つようになった。日露戦争以後、新聞というものは、急速な発達をして、実際的になって、今日の新聞は私が七年間記者生活をしていた頃の新聞とは雲泥の相違を呈しているようである。記者時代にさえ新聞を熟読しなかった私は、退社後は、尚さら新聞に親しむことが少なくなったが、新聞が恐るべき力をもって普及するにつれて、宗教とか文学とか云うようなものも、静かに其所を守っていられなくなった事を、私もつねに感じていた。慌しく目まぐるしくなった。紅葉山人が金色夜叉を書き悩んで、掲載が甚しく止切れたために寄稿家としての職を解かれることになり、読売新聞は文学者を待遇する道を知らないものとして非難されたのであったが、しかし、今日の新聞で、あんな止切れ勝ちの小説を、平気で連載するところが、何処にあるであろう。新聞に長篇物の筆を執るとなると無数の読者を操縦しようとすることにのみ心を注いで、毎日の奮闘を続けなければならない。新聞社の方でも絶えずそういう奮闘的作家を捜しているらしい。そして、多くの文壇人のうちにも、その適任者のないことを歎息している新聞編輯者の声はたび〳〵私の耳に触れた。私などは、頼まれても、そういう役目は恐しくて、とても勤める気にはなれない。昔の読売新聞や国民新聞に見られたような悠長な文学趣味は、今後の新聞の上には期待されない。奮闘的長篇小説は別として、他の文学的作品や評論ものは、大新聞に取っては、紙面の穴埋めにのみされるようなので、私は執筆を好まなかった。今後の新聞文学は、時々刻々の社会相に絶えず交渉を保っていなければならぬのであろう。自己の好みに執している私などは、作品や評論は、新聞向きでないことは分っている。

読売新聞はこの度、文学新聞と呼ばれていた昔を懐しんで、新たに文芸に力を注ぐことになって、新聞向きでない私までも、その手助けをすることになったのだが、それは、大衆の思惑を顧慮しないで自己の好みに執して筆を採って差支えないことを、社の当事者が諒解して呉れたからである。

私の文学の発表は、重に雑誌を舞台として来たので新聞とは殆んど関係がなかったのだが、ただ読売新聞だけは、まだ在学中であった頃の私を、文壇に引き出して呉れたのみならず、卒業後一二年経って入社して、私は、数年間微かながらも衣食の資を社から得た上に、文学的修業をも在社中に積んだのであった。……私は今は老境に入っている。それで意外にも、今度社と特別の関係を結ぶようになったことを思うと、読売新聞によって文壇に現れた私は読売新聞によって最後の幕を閉じられるのではないかと感じられぬでもない。

回顧すると、私の在社当時は、新日本の文学史上最も重要な時期であった。私が入社した年の秋、尾崎紅葉が死んだ。菊五郎と団十郎とがその年の春と秋とに相継いで死んだ。私は簡単な弔辞を紅葉に捧げ、団十郎に対しても哀悼の辞を寄せた。団菊の死と共に、歌舞伎の前途は気遣われたが、それに代る新劇は現るべくして現れなかった。然し、文学の方面では激烈な大変動が起ったのである。当時のわが読売新聞はその新気運を促すためには、随分力を入れた訳であった。小説には、田山花袋氏の最初の長篇小説『生』が掲げられ、島崎藤村氏の大作『家』も掲げられた。国木田独歩氏の死んだ時にはこの新文豪に関する記事で三面を総埋めにした。毎週の文芸附録には岩野泡鳴の半獣的自然主義論、近松秋江氏の新体の随筆『文壇無駄話』石井柏亭氏や木下杢太郎氏の新美術評論、小山内薫氏の新演劇論などが、掲げられていた。旧日本趣味の伝統を持っている読売新聞には、甚だ不調和な訳であった。穏健着実の平調を失っていた。今日の新聞では、とてもこんな編輯振りは許されないだろう。文芸欄の気ままな編輯者であった私が、新社長や新主筆に疎んぜられて、諭旨免官の憂き目に会ったのは当然であった。しかし、あの頃の読売文芸欄は、兎に角新文学の発生に貢献したところは少なくなかったのだから、歴史的に誇っていい訳なのだ。

あまり人の知らないことだが、永井荷風氏が欧米放浪の旅から帰朝した時、最初の原稿を発表したのは、私の編輯していた頃の読売の日曜附録に於いてであった。西洋の音楽界の現状と云ったような題目の下に、専門的に詳しく調べられた可成り長いものであった。私などにはその真価がまるで解らなかったが、小山内氏が推賞するのを聞いて、いいものに違いなかろうと、当時の私は盲信して、そういう原稿が自から得られたことを喜んでいた。荷風氏は私などよりも一層強く自己の好みに執する文人であるようだ。よかれ悪かれ通俗受けはしないに極っている原稿を、帰朝後間もなく発表して文壇に自己紹介をした氏は、此頃久し振りに月刊雑誌に寄稿するに当って、成島柳北の日記研究のような通俗受けも文壇受けもしないものを撰んだ。世評を顧慮しないで自己の趣味に没頭し、自己の芸術に沈潜していられるのは幸いである。

森鷗外も、すべての点で通俗を嫌っていたそうである。北条霞亭渋江抽斎などの独得の史伝を、引き続いて新聞に寄稿して、譲歩しなかったことは、彼れが純真の作家であり、学者であった証左として敬意を寄せるに足る。そして純真な趣味を涵養し、心霊の傑れた糧となるものは、却ってこれ等通俗を顧慮しない作物であって、はじめから多数者に読まれようと企てる作物は、大抵は膚浅に堕するに極っている。

通俗を全く念頭に置かない境地には、文学者も容易に達し得られないのである。私など無論まだ達していない。名作家夏目漱石も、「自己の作物を大新聞に掲げて多数の読者に愛読されるのを喜ぶ。」という意味のことを何かで述べていたが、彼れの長篇小説は、低級の読者をも面白がらせるために無駄な苦心がされているのではないかと、私はかねて疑っていた。長塚節の『土』の如きは通俗意識の全くまじっていない名品である。

私は思う。芸術に於ける通俗非通俗の差は、皮一重を隔てているのではなくて、根柢から、全で違っているのである。

ところが、この頃は大衆小説と云い、大衆劇と云い、自ら進んで通俗に媚びることが、文壇の流行となっている。自立の出来ないような未熟な腕をもちながら、早くもいかにして、群衆の意向に投じようかと工夫をしたり、大衆を指導しようと企てたりするのが、文壇の風習となっている。

雑評家にいたってはことに甚しい。自然主義説が文壇に跋扈《ばっこ》していた時分には「現実暴露」といったような言葉を、痴者の一つ覚えにして、なんかというと、それを振り廻して辛うじて一篇の雑文を物して、読売の日曜附録などに寄稿するものがあった。文運隆盛の今日は、そういう雑評家の多いこと、自然主義全盛時代の比ではない。政界の陣笠たるなお可なり。苟《いやしく》も文学を一生の天職としながら、政界のモップの如き態度を執って甘んじているのは愚かではあるまいか。

下

私が、日就社という屋号をもっていた読売新聞社へ通勤していたのは明治三十年代の後半期から四十年代のはじめへかけての七年間で、その頃と今との銀座の街上の変遷は驚くべきものがある。店舗の様式がまるで変って来たし、往来の男女の風俗も著しく変って来ている。この「世間が変った」という事は、古来人間の感慨の種子となるものらしく、私は昔からつねに他人からも聞かされるし、自分でも、折に触れては感じているのである。変ったのは上べばかりかも知れないが、この上べの変化によって、人間は単調の倦怠を免るるような性癖を具えているので、ことに、文学芸術に於いては、新しいということ、在来のものとは何処か変っているということだけで、存在の価値を有し人気にも投ずるのである。私は、銀座街頭に現れる男女の風俗の雑然としているのと同様に、いろ〳〵な新しいもの異ったものが、雑然として文壇に現れているのを、傍観してむしろ興味を覚えているのだが、その多くは根柢のない新しさである。根柢のない上べだけの新しさでも、ある意味で結構なのだが、上べだけでも、眠い目を醒ませるようなあたらしさが、まだ何処にも見当らないではないか、絢爛な美も激烈な熱情も文学の上には現れていないではないか、石ころを集めたような文辞を並べて、乾燥無味な理窟をこねた雑文や創作ばかりでは、古いも新しいもあったものじゃない……。私は自然主義全盛時代の文芸欄の編輯者であったために、よく知っているが、その時の流行に雷同して、人真似をした原稿を書いて新人のつもりでいた連中は、次第に亡んでしまった。盛者必衰は宇宙の理法で、亡びるのは止むを得ないとしても、人真似ばかりして僅かに存在を保ち間もなく消え失せるのは少なくも文学芸術の上では、張り合いのないことではあるまいか。

「ただ真なるが故に新なり。」と云い、「日新又日新。」と云う支那の古典に刻されている聖語は、共に、今日の芸術家の座右銘とすべき価値を有っているのである。本当に真を求めて行ったら、そこに自から新味が湧いて来る訳ではあるまいか。それから、純真の芸術家は自から、日に新たになるべきもので、弛緩した型を破り〳〵して進まなければならぬのであろう。

「新を求めて地獄までも行こう。」という、近代仏国の象徴詩人の願念が、数千年前の東洋の湯の盤《とう》の銘と、一味相通じているのは面白いではないか。

右、読売文芸の復興について、祝賀の辞として、取り留めのない感想を私は書き流した。

（「読売新聞」昭和二年四月）

故郷にて

近年は、年一度の帰省を例としている。それにはいつも義務の感じが主となっているので、興味に乏しい。

京都か大阪か神戸かで山陽線に乗り換えるのを例としていたが、汽車を乗り換えて播州平野を眺めながら郷里に着くまで、憂鬱に鎖されるのも常例になっていた。他所の土地へ旅する時には、多少は清新な感興に動かされるのだが、故郷へ向う時には陳腐を覚えるばかりである。錦を着て故郷に帰るという言葉は、年少の頃書物の上で学んだだけで、その得意の気持は、かつて経験したことがなかった。

今度は夜汽車に乗った。珍しく寝台を取って寝た。ホテルに泊っているような気持で可成り眠ることは眠ったが、例の如く朝早く目が醒めて困った。喫煙室へ入って長い夜がのろ〳〵と明けるのを待ち兼ねながら、煙草ばかり吸って時を過ごした。東京から大磯へ帰るたびに、横浜と大船との間の長さに退屈して、あの間がなければいいと思うことがあるが、東海道を往復する時には、大垣から大津までが、いやに長ったらしく思われる。でも湖水の朝景色は可成り美しかった。

京都で降りようか大阪で降りようかと考えているうちに、大阪を過ぎてしまった。神戸の乗り換えに待つべき時間を訊こうと思って、ボーイ部屋へ顔を出すと、二人のボーイが腰掛けの上に紙幣や銀貨を並べて計算していた。私はそれから外《そ》らして、訊きたいことを訊くと、一人のボーイは立ち上って財貨を蔽うようにして「下りは三十分したら出ます。」と慌しく答えた。

待つ間の短いのに安心して、私は神戸で降りたが、停車場へ入って見ると、当てが外れた。三十分後に出る下関行は急行だから、私には用のない汽車であった。普通車の出るには、二時間あまりも間があった。そこで、私は例の如き時間潰れの方法を取った。先ず風呂へ入って、それから楠公神社へ歩を運ぶことであった。私は、頼山陽が京都から、母を省《せい》するために芸州下りをした以上に、山陽道の一端、摂播の間を往復しているのであるが、汽車乗り換え時間を利用して、幾度湊川神社に参詣しているか知れない。「嗚呼《ああ》忠臣楠子の墓」を幾度仰ぎ見たか知れない。去年九月の末に帰省した時にも、この境内の絵馬堂に憩うて、子守などが涼を納れているのを見た。

今度も、埃っぽい境内の露店を見た。五目並べ必勝法を売っているらしい露店主人と客とが、勝負を試みているのを暫らく傍観した。それよりも面白かったのは、破帽垢衣の一青年が、地上に大紙を拡げて、戯画を書きながら、大気焔を吐いている光景であった。眉目清秀、才人の相を具えたその青年は「僕はプロレタリアである。」と自称して、神阪のイカモノ紳士虚栄婦人を罵倒していた。それから、自分の字の拙さを自慢して、「字をうまく書こうとする奴には大事業は出来ん。カーライルという哲学者は、自分の書いた字が自分で読めなかった。僕のはこの通り読めるだけは読める。」などと云っていたが、私は彼れが何のために、弁舌を弄しているのかと、結論を待っていたが、二三十分経っても要領を得なかったので、そこを離れた。小さな赤い提鞄を置いていたから、あの中に結論が潜んでいるに違いない。しかし、この青年など大道商人の弁舌の巧さは、私が時々聴いた政治家や文学者の演舌の比ではない。私は東京でもおり〳〵立ち留って耳を傾けることがある。

後世の大衆に尊崇されるのは、人間として名誉なことには違いないが、楠公にして霊あらば、この騒々しさと俗悪さには堪えられないであろう。

私は、いつもの如く、神戸で喰べる神戸の牛肉の拙さを覚えながら、午餐を済まして汽車に乗った。須磨や舞子を過ぎると、二等車の乗客は、私の外にも一人乗っているだけであった。播州も海岸は眺めがいいのであろうが、汽車の沿道は、日本の線路のうちで、最も凡庸無味である。私は、例の如く憂鬱に鎖された。私が十一二歳の頃、はじめて汽車が出来たのを、泊りがけで見に来たことなども、たび〳〵の思い出などで、ひとりで思い出しても面白くもなかった。

ある小駅で下りて、軽便鉄道に乗り換えると、岡山特有の地方語が左右から私を襲った。妙なもので大磯の漁夫同士の話を風呂の中などで聞いていると、殆んど何の話やら分らないことが多いが、故郷の言葉なら、漁夫の話でも農夫の話でも明瞭に理解される。私が何年都会に住んでいても、田舎の臭いを脱しきれない所以である。

私が帰省をするたびに痛切に感ずることは、地方語のいとわしさと、魚菜穀物のうまいことである。この二つの感じだけは、陳腐でなくって、帰るたびに新たに心に起るのである。

数ケ月来うまいと思って物を食べたことのなかった私も、久し振りにうまい物を食べた感じがした。「関東の者はまずいものを食べてる。」

食べ物と云えば、近所のうどん屋が「プロレタリ屋」と看板に新たな屋号を書いているのが私の目についた。

（「読売新聞」昭和二年一二月）

女連れの旅

私達夫妻がアメリカの西部第一の大都会、ロスアンゼルスのある毛皮屋へ行って婦人用のコートをいろ〳〵に選択していた時、そこの年増の女店員は、表情たっぷりで言葉巧みに、（これに比べると日本の百貨店の店員などはでくの棒である）我々が目に留めた品物を、売り付けようとした。彼女は、一つのコートを私の妻に着せるとともに私を押しやるようにして、妻の後ろ姿を見させて、

「あなたは幸福だ（You are happy）。」と云った。「あなたは御自分の配偶《つれあい》のためにこんな、結構な美しいコートを手に入れることが出来てお仕合せだ。」と、言葉を足した。

私は、それに対して返事をしかねた。ところがニューヨークででも巴里ででも、夫妻同伴で、婦人の衣類を買いに行った時、私が一人で他の室に休んでいても、店員はわざわざ私を妻の側へ引張って行って、店員が妻に着せかけた新衣《しんい》を見せて、「あなたは幸福だ。」と云う。私は無論同意しなかった。「そんな高い衣服代を払わされること、そのことは、私に取ってあまり幸福であらぬ。」と、一度は云ってやった。

若《も》し、日本で、誰れかが夫婦連れで、三越か松屋へ婦人服新調に行った時、そこの店員が、旦那様に向って、「あなたはお仕合せですよ。こんなに奥様によくお似合いになる結構なお召物をお需《もと》めになれるのですもの。」と云ったら、どうだろう。女性の虚栄心の満足を男子の幸福とすることは、日本では理解出来ないことではあるまいか。

巴里ででもロンドンででも、主な大通を注意して歩いていると、両側の商店の多くが、婦人の衣類や装飾品の店であるのに、驚かれる。巴里の大百貨店（マガザン）ラファエットやプランタンやルーブルなど、要するに、婦人用の売店なのだ。私は、時々男子用の品物を需めようとして、その商店を見つけるに面倒な思いをしたことがあった。そこへ行くと、日本では、婦人の装飾品商店があまりに少な過ぎる。銀座のような所にも、寥々《りょうりょう》として暁天の星のようである。婦人専用の大百貨店なんか、まだ日本には一軒もない、日本の文化が西洋に及ばないためか、日本の婦人の虚栄心がまだ発達しないためか。……一九二七年の統計によると、アメリカでは、顔につけるパウダー、唇などにつける臙脂《べに》、いろいろのクリームだけで、一年に、六千万ドル（一億二千万円余）を消費している。

私の洋行送別会の席上で、故小山内薫君が、「女連れの洋行では、経費が一人旅の三倍はかかるそうです。」と云った。どういう訳かと、誰れかが訊ねると、「男なら歩いてもいい所を、女を連れてると自動車に乗ったりなんかして……。」と、小山内君は曖昧に答えた。昔でも、「足弱を連れる」と、輿代が入ったり、夜道が歩けなかったりして、旅の費用が嵩ばるものとされていたが、しかし、現代の西洋へ行くのは、草鞋《わらじ》穿きの旅とはちがう。自動車に乗っても二倍の賃を払う訳じゃなし、ホテルなんかも、二人連れで倍の宿賃を取りやすまいしと、私は疑っていた。ところが、欧米を通過して、私は、小山内君の「三倍」説が明らかに分った。同君は、自分で女連れの洋行をした経験がないから真相が分らなかったのである。男一人の旅だと云っても、西洋へ行って、五十三駅道中のように徒歩《かち》旅をすりやすまいし、自動車賃や船賃の物入りは一人も二人もそう違いはしない。

ところが、女を連れて行くと、衣服に金がかかるのだ。日本衣服で通せばいいようなものの、それは、普通の女には実行不可能のことである。非常に不便でもあるし、且つ、絶えず洋人の「見せ物」とならなければならない。それなら、一着の労働服で押し通せばいいと、日本にいる人は思うかも知れないが、それでは、絶えず洋人の侮蔑を受けて、ますます萎《いじ》けていなければならぬ。折角、世界漫遊を企てながら、「見せ物」になったり、食堂へ出るにも肩身の狭い思いをしたりするのは馬鹿々々しい訳である。

西洋の女は、薄給の職業婦人でも、冬は、毛皮のコートを着用している。それを購《あがな》うことが、貧しき女に取っては、最高の理想で、そのために最大の努力を用いるそうである。しかし彼女等は、一着買って置けば、幾回かの冬をそれで通すことが出来る。日本の婦人漫遊客は、一冬だけのために、その高価な者を求めなければならない。夜、ホテルの食堂や料理屋でディンナーを取るとか、オペラ見物に行くとかするには、袖のない夜会服を着る必要がある。外を歩く時には、夜会服ではいけない。運動服が入る。帽子が黒いと靴も黒くなければいけない。靴と帽子と衣服と、色合いの調和を要する。男子は、脊広一襲《かさ》ねあれば、夏冬ともに押し通して行かれる。しかし女を連れて一流の料理屋なんかへ行く場合には、男もタキシードを着用しなければならぬという不文律が設けられている。男子だけなら、脊広ででも大抵の所へ行かれるのに、女を伴うと同じ場所へ行くのに、礼服が必要になるのである。マルセーユから日本郵船会社の欧洲通いの船に乗っても、日本女は、競争的に頻繁に衣服を着替えるので、余程神経の太い女でなければ、四十日間、一つの洋服で三度の食堂通いをする訳に行かないのだ。シンガポールから乗ったある若い日本女は、一等客でありながら、「私は衣服を持っていませんから、部屋で食事をします。」と、部屋付きのボーイに断って、一度も食堂へ顔を出さなかったが、それでは、航海の楽みはないだろう。

西洋の女は、母親や姉から譲られたものとか、自分が長い間に手に入れたものとか、いろ〳〵な装飾品を持っているのだが、日本から渡って行った女は、西洋装身具は、一切新たに買い入れなければならぬ。だから、外交官でも、会社員でも、家族を連れて行っている人達は、夫人の身装のために、余計な苦労をしているらしい。しかも、無理工面をして飾り立てて見たって、「洋装したる日本婦人」は決して見栄えがしないのである。

私の妻は、「外交官の夫人の生活は、どんなに華やかなものであろうと、若い時に思っていたけれど、今度、実際を見て、ちっとも羨しくなくなった。」と、おり〳〵幻滅の感じを洩らしていたが、婦人雑誌の小説に出ている外交官夫人の生活と、現実の生活とはそこに余程の差別があるのだ。

そこで、「足弱」を連れての洋行は、厄介であるかと云うと、そうとばかりは云えない。女の勢力のある西洋では、女人同伴のために便利を得ることも少なくない。私達がカリホルニア州の南端の、サンデーゴという都会に暫らく滞在した後、ロスアンゼルスへ帰ろうとして停車場へ行くと、発車間際で、手荷物の扱い所が非常に混雑していた。私と、見送りのK氏とは、重い鞄を持って行ったが、我々の順番は容易に廻って来そうではなかった。ところが、K氏の思いつきで、我々男子が後ろへ退いて、私の妻やK氏の身内の婦人を前へ進めて手荷物係に依頼させると、順番に関らないで早く運んで呉れた。ホテルで部屋を極めるにも、女をして交渉させた方が便利な事が多い。

これからは、日本の女でも、世界漫遊に出掛ける者が次第に多くなりそうだが、女の浅薄な頭脳で西洋かぶれでもしたら、その女自身の不幸である。ことにアメリカに二三年もいた日本女は、帰朝後日本の国風に適合しないで、傍の者に不愉快を感じさせるのみならず、当人も失望しなければならんだろう。アメリカにいると、貧弱な日本の女に対してさえ、ただ女であるがために、特別待遇を与えて呉れる。転んだら抱き起して呉れる。道を迷ったら行く先まで連れて行って呉れる。飲食の際にも、男の方でお給仕をして呉れる。

ホテルのエレベーターなんかでは、脱帽して呉れる。……ニューヨークである日、私は、ある在米日本人に誘われて、ある米人を訪問したことがあったが、その米人の住んでいるビルヂングのエレベーターに乗った時、我々三人の外には、誰れも乗客がなかったので、私は無論帽子を脱がなかった。すると、その在米日本人は、私に向って「この国の礼儀では、男子は婦人に対して帽子を脱ぐことになって居りますが。」と、勿体ぶった口調で云った。「ここには、我々以外に女は乗っていないじゃありませんか。」と、私は答えた。「いや、あなたの奥さんは、あなたに取っては最も尊敬すべき方じゃありませんか。」「成程、……。」私は開いた口が塞がらなかった。

日本人の男子でも、アメリカに長くいると、こういうことを当然の礼儀と思うようになるのである。日本の女も、長くアメリカにいると、こういうことを当然の権利と思うようになるのである。日本に帰って周囲の風俗に適応しなくなる所以《ゆえん》である。……この頃、日本では、米国からの遊覧客を引き寄せるために、政府が五百万円も、民間へ資金を融通してやって、いろ〳〵に計画を立てるそうだが、米人どもの感情を害ねないためには、それに接触する日本人が、アメリカ流の礼儀を心得ることも、大いに必要であろうと思われる。日本男児がアメリカ女なんかに脱帽するものかなどと、旧式の頭を持っていては、米人どもは、日本を野蛮蒙昧な国として、快く遊びに来て呉れないだろう。自動車道路をつくったり、ホテルを建てたりすることばかりが、観光客誘引の最良策ではない。

日本では明治初期以来、「舶来物」崇拝癖が起って、今なお盛んであるが、アメリカでも「舶来」は崇拝されている。ニューヨークのブロードウェーの裏町の第五街には、贅沢店が並んでいるのだが、そこには、巴里製とかロンドン製とかが呼び物になって、客を惹き寄せている。だから、本場のロンドンや巴里の大通で、「英語が話せます。」と、ショーウインドウに記した店の多いのは、アメリカ客を引き寄せるためで、品物も、輸出向きの横浜の商店の品物と同じ格なのであろう。日本の漫遊客がアメリカ大尽のお相伴をして、そういう店から、いろ〳〵な物を土産に買って来るのである。

欧洲に於ける漫遊米人の多くは婦人である。彼女等は、いき〳〵した顔して活溌に振舞っている。私達の泊っていた巴里の宿にも、この米国の旅行団がたび〳〵やって来たが、夜おそくまでよく騒いでいた。日本人が英米諸国のホテルで、夜おそくまで騒ぐと、礼儀を知らぬ蛮人として排斥されるが、それは黄色人種が東洋語で喋舌《しゃべ》るからいけないので、漫遊米人達は、ダンス場やオペラ座などで夜を更かして、十二時過ぎに帰って来て、それから、一しきり、あたり関わずに、元気よく笑ったり喋舌ったりするのである。これ等アメリカ女には、しとやかとか奥床しいとか云われる趣は見られないが、そこが現代女たる所以である。巴里の女の風俗は、決してアメリカ女のように華美でない。私達は、巴里の繁華の中心であるグランブルヴァーを散歩した後、大オペラ座の側のキャッフェーで休息して、往来の人々を眺めて時を過すのを例としていたが、日本で、「巴里」という名によって想像していたのとは大ちがいで、人々の風俗は地味でくすぶっていて、絢爛なところはちっとも見えない。アメリカのハリウッドなどとは大違いである。美女もハリウッドではよく目につくが、巴里では、そんなに見つからない。しかし、女の姿勢や歩きっぷりは、欧洲の何処へ行ってもキビ〳〵していて、日本の女のように見窄《みすぼ》らしくいじけていない。

私は、日本に帰ってから、日本の現代女の風俗を不様に思った。これは欧米を一瞥して来た誰れでもが感じることであろう。しかし文楽座の人形芝居を見ると、日本の昔の女の挙動姿態には、幽雅な趣の潜んでいたことが、新たに気付かれた。寺子屋の「いろは送り」のあたりの千代の起坐動作の美は、人形使いの技巧ばかりで生れ出たのではなくって、何百年か前の日本婦人の自然の態度が、人形に取り入れられたのであろうと思われる。私は、今、いろ〳〵な点で昔の日本の女性を讃美したくなっている。

（「婦人公論」昭和五年二月）

私も講演をした

円本続出の時代にはこの宣伝に利用されたためか、文学者の講演が盛んであったが、このごろはあまり流行しなくなった。文筆業者のうちでも、新聞記者とか政治、経済の評論家とかいう種類の人々は、演説にも馴れていて、自然上手になっている訳だが、小説家や詩人のような純文学者は概して演壇向きでないようである。だから聴衆の方でも知名の文人の顔を見るだけの興味で会場へ行くので、演説そのものに感心することは甚だ稀なのではないかと思われる。文学者講演会の次第に流行しなくなったのも、そのせいではあるまいか。

改った演説は不得手であっても、テーブルスピーチは、文壇の諸氏もなか〳〵上手になった。これは文壇人の会合に限ったことではないが、日本人は、この点でも西洋の流風に習って宴会の卓上演説が巧みになって来た。日本人の素質からいっても、講壇上の本式の演説よりも簡単なテーブルスピーチを、小器用にやってのけるのは、さもあるべきことのように思われる。しかし、この卓上演説の進歩発達も、時としては害毒を流す傾向がないでもない。私などたまに会合に出席してこってりした西洋料理で食もたれをしている後で、次から次へと、五分十分の演説が続くので苦悩を覚えることがあるのである。スピーチする人は、みんな巧い。気の利いたことをいいたがり、諧謔を弄して人を笑わせようと企てられている。二つ三つはいいとして、続々と、それをやられるのは私には甚しく閉口なのである。

ところで、私は、幸か不幸か、テーブルスピーチや壇上演説が甚だ下手なのである。一生そういう者はやるまいと決心していた。だが、人間は、生きているうちは、「断じて」何々しないなんてことは公言出来ないもので、私も、今年は珍しく、二度も続けて講演らしいものをやった。帝大の或る会と、早大の五十年記念の文学講演会とにおいてであった。軽井沢で二月の間しょんぼり暮した後であったためか、帝大の一学生が幹事役として依頼に来た時に、小人数で座談的に何か話すのなら出席してもいいと答えておいた。東京に滞在中であったし、不断私用も公用ももっていない私のことだから予定の日に、時刻を見計らって、散歩でもするような気で出掛けた。正門を入って見ると、或る教室の入口に、大きな立看板が出て、私の名と演題とが書いてあった。こんな大袈裟にされるはずではなかったがと変に思いながら、そこへ入って、幹事の居所を訊ねるとこの先の何処とかへ行けと教えられたので、そちらへ行ったが、目差したところがよく分らないので薄暗い建物の中をまご〳〵した。事務員見たいな人に訊ねても、叮嚀には教えてくれなかった。

昔からそう思い込んでいるせいか、官立大学は官僚的だなあと感ぜられた。全体私の風体からしてこんな堂々たる学堂へ入り込むのは相応しくないので、田舎爺が東京見物に来た次手に日本一の学校を覗きに来たという有様であった。そこで思い出したのは、スイスのジュネーブに数日滞在した間のことで、その時泊っていたホテルが、大学の近所であったので、私は或る日散歩の次手にその大学の構内へ入った。叱られたらその時に退却すればいいと思って、玄関から廊下を通って教室を覗いて歩いた。咎める者もなかった。それで、私はスイスは自由の国であると極めて帰った。

私は質素なジュネーブの大学を追懐しながら、庭園に出てベンチに腰をおろして煙草を吸って、帝大の建築や学生を見廻していた。若い時代に新聞記者として、山上の御殿で御馳走になったことや、某々教授を訪問したことなどが、自ら思い出された。「三十人くらいを相手の茶話会」という約束であったのだし、幹事の居所も分らないのだから、それを口実に、このまま帰ろうかと、ふと考えついたのだが、それも敢えてなし得なかった。私は何事についても敢為の気象に乏しい。愚図々々とまた幹事の居所を訊ね訊ねして、或る教室へ入った。

直ぐに導かれて演壇に立ったのだが、可成りの教室が聴衆で一杯であった。「おれも人気があるな。」と思ったり「何だっておれの演説なんか聞きに来るのだろう。」と思ったりした。一時間ぐらいなら何かしゃべれんことはあるまいと高を括って口を開いたが、行き詰まって何もいえなくなったり、同じことをくど〳〵繰り返したりした。原稿なら筆を擱いてゆっくり考えていられるが、演説ではそれは出来ない。面白可笑しいことをいって聴衆を笑わせる技量はないし、そんなことは私の最も好まざるところであった。でも、聴衆はおり〳〵笑っていた。何故に笑うのか分らなかった。二三人は欠伸をしていた。途中で出て行く者もあった。

それでも三十分くらいの間感想を吐露して演壇から引き下ったが、その後で、別室で、予定の通りの茶話会が開かれて、数十人の学生を相手に漫談をやったが、これは愉快であった。久し振りに青年に接して、彼等の感想を聞き彼等の質問振りを観察するのは、私としては興味もあり得るところもあったと思う。

この時の講演に対して、金一封のお礼を貰ったのだが、私としては、生れてはじめての演説稼ぎで、はじめて月給を取った時、はじめて原稿料を貰った時のことが思い出された。原稿稼ぎの方では、私などもすれっからしになっていて、碌でもない原稿で報酬を得ても感謝する気なんか無くなっているが、今度講演料を手にすると、あんな下らないおしゃべりで報酬を貰っていいものであろうかと、子供らしく感ぜられたのである。

（「週刊朝日」昭和七年一二月）

評論家として

一

トルストイの『アンナ・カレニナ』を読んだのは、二十年前であった。その頃はじめて日本訳が出たのだが、その翻訳振りにあまり感心されなかったので、私は英訳で通読した。二三年前に、中村白葉氏の日本訳で再読して、感興を新たにしたが、最初の時とは比べものにならないほど、この大作の妙所に打たれた。ツルゲネーフでも、読み返すたびに面白い。先ごろ何かの雑誌で、荒木陸相がロシア文学を語り、若い時、『戦争と平和』の名文に感激して暗誦する程に読んだとか、二葉亭の『うき草』の名訳に感心して、原文と比べて幾度も愛誦したとかいっているのを読んで、案外に思うとともに、この剣の人に親しみを覚えたのである。この人は却って他の閣僚よりも文学の解る人かも知れない。

バルザックの『幻滅』、『源氏物語』、フロオベルの『ブヴァールとペキュッシェ』などを読むと、われ〳〵が瑣末な者ばかり書いていることが今更のように顧みられる。幾つか読んだ新年の小説を思い浮べても、いかにも小さくコセ〳〵している感じがする。さま〴〵の立場から書かれていて、以前の小説のような空疎なものは少なくなったが、皆んな小さく堅まって、のび〳〵したところが見られない。せち辛い今の世を反映しているのであろうか。ツルゲネーフなんかは、プロレタリア文学全盛の頃には、ひどく古いものとして侮蔑されていたが、私は今読んでも心に触れるところがあると思う。若い時に共鳴した『うき草』に、老いてなお同感し得られるのだ。青年士官たりし頃ルーヂンに感動した荒木陸相も、人生の幾山河を経過し、威勢かく〳〵たる今日、再び青春愛読の書を引き出して読んで見るといい。心の澄むような感慨を覚えるかも知れない。

　文学芸術を大衆娯楽として取り扱うのも当を得ているであろうが、われ〳〵は安価なる娯楽を文学芸術に求むることに満足していないのだ、江戸趣味をさほど有難いものと思っていない私は、むしろ「野暮」に徹しようと思っている。文学に対する私の要求も、極めて野暮ったいもので、哲学や宗教において人生の極致を探索せんとしていると同様に、文学においても人生の究極を見たいと思っている。ドストエフスキーなんかを読む時にそう思うばかりではない。毎月の片々たる小説を読んで、月評を試みる時にも、心底にそう心掛けている。小山内薫が、演劇において心の糧を求めるといっていたのは、文学青年じみた言い草で実際に迂遠で、興行者や俳優に聞かせたら一笑に付せられるであろうが、私も、文学について、小山内風の考えから脱却することが出来ない。

私が今年《ほんねん》も文芸評論を試みるに当っては、根底にこういう考えを持って筆を執るのである。

二

私は数十年来の日本の文壇の変遷を知っているが、作家として自己を保って行くことのます／＼困難になったことを痛切に感じている。文壇の一員である自分を例にしてもよく分るが、自分の発表機関は、雑誌か新聞かであって、それ等がわれ／＼に要求するものは多く五枚か十枚の原稿である。われ／＼は受験者扱いにされて、題目も指定されることがある。われ／＼が自由に筆の執れる範囲は次第に縮小されている。創作でもいろ／＼制限が加えられる場合が多いそうである。作家は個性を失った執筆機械見たいに成りかかっている。今更そんなことを嘆息するのは野暮の至りで、雑誌や新聞の編輯者にそんなことを云ったら嘲りを買うに過ぎない。従って、昔のように自分の芸術に耽り自分の才能を自由に伸すには環境が適しなくなっている。

「環境の悪いところに文芸復興があろう筈はない。」……だが、傑作の出ないのを環境の所為にして出版業者の商業主義や官憲の圧迫を呪っていると、「それなら、君達に思う存分書かせるから、立派なものを書いて見たまえ。衆愚でない有識者を感動させる傑作が出来る自信があるか。」と訊き返されるかも知れない。聞くところによると、松竹経営の大劇場では、作家に新脚本を依頼するにも、社長が、大体の作意に注文をつけるばかりでなく、「こういう場面を設けてくれ。」と指定するそうである。社長指揮の鞭によりて、作家の創作力が動く訳であるが、昔なら、インスピレーションといったようなもので動いていても、今は、それは魅力を失って、演劇興行主や雑誌編輯者の指図が創作の原動力になったほどに、創作家の意気が沮喪していると、興行者たる彼等、編輯者たる彼等に見くびられているらしく思われる。「真剣にいい物を書こうと努力もしないで編輯者に難癖ばかりつけたがる。」というそちら側の不平を私は耳にしたこともある。

こういう渦中にあって、私自身も執筆を業として、原稿料収入の多からんことを望みながら、しかも、一方では、文学において心の糧を求めている。文学において人の世の真相を知りたいと思っている。アンドレ・ジードがドストエフスキーに求めているようなものを、月々の雑誌小説に求めているのだ。沙漠に沙金を捜しているようであるが、どうも単なる娯楽として小説を読む気になれない。

完

それでは、新年の小説のうちで沙金を拾い当てたかというと、光ったものには出くわさなかった。長いものを書きたいのだが、発表の場所が与えられないとこぼす作家もあるが、少し長いものになると、大抵の作家が持てあましている。私は試みに、或る新作家のものを三つ続けて読んだが、どれも同じことの繰り返しであった。豊富な経験と材能と技巧を具えて長篇を書きこなす作家は、多く見当らないようである。昔に比べると、一般に器用になったし、自然主義文学に教育されたお蔭で、真実らしいことを書くようになったが、実は、通り一ぺんの真実なら私は聞き飽きている。こうして、私は恋をしたとか、女に裏切られたとか職業を失ったとか、何とかかとかいうような話は本当のことであろうが新年の小説欄で語られている程度のそういう話なら、もう沢山だと思う。事件の観察にも文章にも熱情もなければ冷酷なところもないものは、要するに通俗小説であると思う。同情も反抗も常識的であり、微温的である。

作家の素質が凡庸であるためか、環境がよくないためか、一九三四年の初頭の文壇もさえ〴〵しないようである。明治文学の追憶や再検討がこの頃いくらか賑っていたが、もっと遡って過去の日本文学が新たな目で見直されるようになったらしい。これは甚だいいことであるが、日本の旧文学が明るみに持ち出されて、どれだけ真価を発揮するであろうか。私がはじめにいったツルゲネーフなどの作品ほどにもわれ〳〵の心を動かしわれ〳〵の魂を魅惑するものが存在しているであろうか。今の青年は、自国の古典をあまりに知らな過ぎるが、篤志の青年が身を入れて古典を研究したら、そこに驚嘆すべきものを発見するとばかりは限らない。案外見褪《みざ》めがして、自国の古文学よりも、たとい翻訳を通してなりとも、西洋の大家巨匠の作品にますます親しみたくなるかも知れない。だが、自国の文学の新検討と外国の文学の進んだ研究が旺盛になったら、自ら文芸復興らしい環境がつくられるかも知れないので、東西古文学の立ち入った研究は、新文学発生の準備として、日本文壇の現在では甚だ必要なのだ。

われ〳〵の望んでいる文芸復興の気運が向いて来るか来ないかに関らず、とに角われわれは自分のために、自国の文学をもっと見極めたいと思っている。「経済往来」の新年号に、谷崎氏は『陰翳礼讃』と題して、建築や料理や、いろ〳〵な生活振りについて、古来の日本特有の趣味を微細に穿鑿《せんさく》していて面白い。この頃の風潮たる「日本一」主義は結構だが、大ざっぱに自慢するだけでは浅はかである。

日本一の日本一たる所以の底を極めるのは必要である。美術でも、文学でも本当の研究は決して行き届いていないのだ。日本の芸術は、枯淡であり風韻があり、或いは錆があり、外国の芸術にはそういう味いがないといわれているが、私は、欧洲の芸術にも、その国相応の風韻があり、錆があるのではないかと疑っている。われ〳〵の研究がいたらないからまだ解っていないのではあるまいか。日本のものでも穿鑿すると、案外なことがある。

源氏物語の上演が禁止されたが、祖先の名誉ある遺物で、日本有数の古典で、教科書にもなっているこの物語も、官憲の目で仔細に調査されたら、上演禁止どころか、発売禁止となるかも知れない。普通人にはわからない昔の文章だから、わからないながらに有難がられているのだ。知らぬが仏だ。『源氏物語』にしろ、ドストエフスキーにしろ、一つの偉大なる文学の奥を極めることは一つの変った世界を発見することであろう。そういう心構えをもって創作に対したら、評論家と雖《いえど》も、なすに甲斐ある仕事であると思われる。創作の外面美や常識人情にも眩惑されず、爬羅剔抉《はらてつけつ》を心がけるのも、隠れたる核心を見極めるための努力である。

（「東京日日新聞」昭和九年一月）

身辺小景

「泥棒が入ったように思われますから、至急見に来て下さい。」

監督を頼んでいる大磯の留守宅の隣人から、こういうハガキを受け取った私達は、家を持っているのは煩いと、かねて考えていることを新たに考えた。

大磯には、四十を越してから十数年も住んでいたのだ。あの土地が好きで住んでいたのではない。戦後の好景気時代に東京には適当な住宅がなかったので、或る知人の勧めにより、一時大磯の貸家に落着いたのが縁となって、手頃な旧い家を買うことになったのであった。十数年の間は淋しい生活であった。文壇は空前の華やかな時代で、雑誌は殖えて、原稿の需要は多かったが、私自身の実生活は落寞としていた。需要が多かったから原稿をよく書いたばかりでなく、都会を離れて社交がなかったから書物に親しむようにもなった。私は、学校卒業後は、二十代の後半から、三十代を通じて、大して読書はしなかった。しみ〴〵書物を読むようになったのは、大磯移転後であった。四十代を読書執筆だけで過したのは惜しいように思われてならないが、しかし、私の健康は大磯に定住していたために保たれたと云ってもいい。

家には留守番も置かず、鎖しただけで東京その他へ旅行するのを例としていた。四五年前に、一度泥棒に入られたが、盗まれたものは殆んど取り戻された。去秋大森に新宅を購った時に、重要な物は大体纏めて持って来たのだから、盗難を恐れるには及ばなかった。しかし無用の家を持って煩い思いをするのは愚かである。地代と家屋税を払うだけでも損である。それでは何とか仕末をつけたらいい訳だが、売ろうたって売れないほどの旧い家なのだ。壊し賃だけにしかならないような家なのだ。位地はいいし、風通しはよし、冬は温かいし、自分の隠居家には適当しているが、売物にはならない。

故郷の家は、今度父の死によって、自然私が相続するようになったが、これも徒らに広いばかりが取柄の旧い家で、持て余しものなのだ。建坪が多いために、壊したら焚きつけにしかならないような二百年来のボロ家も、税務署では莫大な価格をつけて、多額な相続税を課せんとしている。不断の家屋税も多い。私のような子供のない人間が、身軽な生活を好む人間が、無用な家をあちらこちらに持たされるのは皮肉である。隠居所が方々にある訳だが、身体は一つだから平生利用することも出来ない。地中海の沿岸かスイスの湖畔とか、テームス河のほとりとかに、小さい隠居所でもあるのなら、しゃれているが、……。

泥棒侵入の報により、詮方なく、妻は下女を連れて大磯へ行った。私は大森の新宅で一日留守番をしていたが、この家も持てあまし物らしい。近所に汚い池があるせいか、蚊が多くって夜が不愉快だ。ちょっと散歩しても郊外は殺風景である。東京に住むのなら、市中を撰べばよかったのだ。紀尾井町辺か飯倉辺の奥まった所がよかった。……本当を云うと、夏は軽井沢のような所で暮し、その他の季節にはホテル生活をすればいいのである。

四五日前に、かの神道研究者メーソン氏が、大西洋通いの汽船の中で書いた手紙が届いたが、それによると、氏は、二月初旬日本出立後ハワイに寄り、北米西部海岸に遊び、パナマ運河経由でニューヨークに帰り、数ケ月滞在の後今ロンドンに渡っている。ロンドンには九月まで滞在し、それから、フランスとドイツに遊び、クリスマスから新年を地中海岸のモンテカロで過し、北アフリカに渡り、スペインへ赴き、それから春になってまたロンドンへ行くことに予定しているそうである。氏は、私と同年であるが、隠居所なんか持たないで、残生を、転々、好むところで暮そうとしている。羨むべし。

「お前は家の手入れに日を暮しとるが、子供がないと、あとで誰れの物になるか知れないじゃないか。」

私がおり〳〵妻に向ってそう云うと、彼女も、思いを凝らして将来を考えるのである。

「おれは、今のところ、故郷の方を抛っといて長旅には出られないが、せめて、往き返り二た月ばかりで、カナダへでも避暑に行って来たいな。カナダの秋はいいそうだ。」

私は、定例の軽井沢行よりもその方に心が向いていた。それで東京駅を通る時には、構内のツューリストビューローの前に立って、北太平洋を航路としている、ヴァンクーバー或いはシヤートル行の汽船の名前や出帆の日取を注視するのを例としていた。たとえ直ぐに決行されないにしても、その前に立って、旅路を空想していると、日々腐りかけている私の心にも清鮮な感じが通って来るのである。

その日の夕方には、雨がザア〳〵降り出したが「今晩は。」と、聞いたことのあるような声が、窓の下でしたので、出て見ると、大磯の家の前の八百屋の主人が、雨に濡れそぼちて、人のいい呆けた顔して立っていた。

「貨物自動車でお荷物を皆んな運んで来ました。お家が分らねえんで、この近所を一時間もまご〳〵しました。」

置き所もないのに、ガラくたが皆んな持ちこまれた。ガラくただから厄介で、泥棒も持って行ってくれなかったのだ。

「それは御苦労でした。大磯は今年はどんな景気だね。」

「スッカリいけません。貸別荘は半分もまだふさがりません。……海水茶屋がぼるからと云って、今年は、役場と青年団とが経営することになったんだがね、それが却ってよくねえでさ。大磯へ来る方は少々のお茶代が要っても、御機嫌伺いをしてよくお世話をする今までの茶店がお気に入ってまさあ。長年お馴染みの茶店から、お手紙を差し上げてお誘いするから、じゃ、今年も大磯へ行こうかってことになるんですからね。」

「そういうものだろうな。」

妻はくたびれた足を引き摺って帰って来た。家の様子を聞くと、泥棒は、家の中を隅から隅まで引掻き廻して、玄関を開けっ放しで出て行ったのだが、現金を目当てにしていたらしく、従って、当てが外れて、何も持ち出してはいないようであった。

貨物自動車からおろされた荷物の大部分は、書籍と雑誌であった。十数年間たまるがままに物置小屋に収められていた古雑誌と寄贈された書物はおびただしかった。

私は、整理するのも懶くて、二三日後に古本屋を呼んで、二束三文に売りっ放した。折角寄贈されたのに、読まないでほこりにまみれさせたのを見ると、著者に対して気の毒に思われた。私宛ての寄贈の言葉のしるされた扉の紙は一々破り取ったが、そのうちに『根津権現裏』藤沢清造、『望郷』池谷信三郎の文字を見ると何となく売るに忍びない気持がして、これ等二三冊は取り残した。それから、私自身の著書も、発行のたび毎に、書店から五冊十冊寄贈されたのが、そっくり溜っているのを、やはり残して置くことにした。

（「早稲田文学」昭和九年九月）

墓

私は自分の墓を何処かにつくって置きたいと思うことがある。その話をすると、「墓のことを考えるなんて君らしくないね。」と、或る人が云った。しかし、私は、座興でなく、真面目にそう思っているのである。

近々亡父の墓碑を建設しなければならぬので、時々そのことを考えるにつれ、思想の働きが自から自分の墓の方へも流れて行ったのかも知れない。また、岩野泡鳴の墓が死後十数年を経ても建てられていないのを、文壇関係の人々が見るに見かねて、どうかして建設したいと企てているらしいのを聞いて、知らず〳〵自分の墓のことに思い及んだのかも知れない。「自分で墓穴を掘る。」とは、他を嘲る時に屢々用いられているが、他人のお情で墓穴を掘って埋められるよりも、自分で自分の墓穴を掘り自分の墓を作って置いた方が、他人に迷惑を掛けるよりもましだろうと思われる。

聞くところに依ると、堺枯川君はあらゆる宗教を嫌っていたので、葬式も宗教家の手を経ずして営まれ、墓碑も故人生前の意志により建設されない筈だったが、最近その遺族が堂々たる石碑を建て、仏式の法会が行われたそうである。泡鳴とか枯川とか、当人が墓碑を無用視したにしても、遺族或いは知友がそれならそれでいいと冷淡に構える訳に行かならしい。社会生活の習慣が許さないのだ。社会の秩序維持のために、墓石が尊重されるのである。社会の常例に違反した行為は、それが故人の意志であっても、遵奉さるべきものではないのであろう。

人間は死ぬると同時に無力になる。自分の全集や遺稿は死後絶滅させて貰いたいと望んでいても、出版業者が多少でも営利の対象として認めると放任はしない。遺族に強要して出版しようとするであろうし、遺族も、利益のため或いは虚名のために出版を望むに違いない。(当人や遺族が出版を希望しても、儲かる当てがなければ、出版業者が手を出す気遣いもないが。)

夏目漱石は芝居が嫌いだったそうだから、生きていたら、自作の上演を許さなかったであろうと想像されるが、死後は、芝居にでも映画にでも、興行者の望み次第に利用されるのである。私はこれを非難するのではない。ただ自分の生前の意志が死後までも威力を有つと過信する愚かさを考えているのである。

私は子供がない。だから、祖先累代墳墓の地に自分の墓を作ることは無意味なのだ。私は亡父埋骨の墓地に立ちながら、たび〳〵空想していた。

「おれが東京か何処かで死んだとしても、身内の誰れかが遺骨をこの墓地へ運んで来て墓も建てるだろう。そして、誰れか戸籍面上での縁続きなるものが、世間の習わしに従って、何年忌とかに型式的に法事ぐらいやるだろう。」それを空想すると、「世間的虚偽の光景」が私の眼前に浮動して堪えがたくなるのだ。……私の空想は将来の真実を頭脳に活躍させているのである。

「遺書や墳墓を厭う。」と、ボードレールが唄って、日本にもこういう唄は翻訳されて、さも深刻な人間観が表現されているらしく思われているが、唄は要するに唄である。そんな唄なんかにはお構いなしに、ボードレールの墳墓は後人により美しい意匠を凝らして造られている。このボードレールの墓はモウパッサンの墓とともに、巴里のモンパルナスの墓地に在るそうだ。私はモンパルナスの宿屋にいたので、独りで二度その墓地へ行って一巡して、西洋の墓地は彫刻展観会のように美しいのに驚いたが、肝心の二文豪の墓は捜し当てられなかった。人に訊けば分ったのであろうが、面倒だから訊ねもしなかった。しかし、伝記に挿まれた鮮明な写真によってその墓の碑の形は知っている。

ニューヨークでは、或る知人の物好きで、郊外の犬の墓地を見に連れて行かれた。無数の犬碑が広闊なる地域に乱立していた。犬のためにさえ墓を造りたいのが人間心理であるとすると、知人の墓のないのは気になる訳である。

私など、墓というと、苔の蒸した陰気な所のように思い馴れているが、西洋の墓地は明るくて陽気である。私は、一昨年の秋、松蕈《まつたけ》狩で大阪近郊の雑沓していた頃、初めて高野山へ登り、一ノ橋から奥の院まで漫歩して、墓地として日本一であるらしい人間死後の盛況を見たが、陰惨な感じがした。日当りの悪いじめ〳〵した所で苔の繁殖を競争しているようなのを私は奇怪に感じた。

私は高山樗牛のように、風光明媚な墓所を好む訳ではない。いっそ現在の住所の一隅に、ニューヨークの犬の墓程度の小さなものを造って置いたら面倒でなくていいと思うが、そういうことは東京市が許さぬかも知れない。

（「文藝春秋」昭和九年一月）

読書について

新刊の「芥川龍之介全集」を読んでいるが、芥川という文学者は、鷗外に劣らぬほどに聡明であり多能であったことが、今度ハッキリ分った。彼れは鷗外に対し、「恐怖に近い敬意を感じ」ながらも、鷗外の短歌や発句に何か微妙なものを失っているのを感じるばかりでなく、鷗外の戯曲や小説にも、微妙なものが鋒芒を露わしていないのを遺憾としている。そして「正直に白状すれば、僕はアナトオル・フランスのジァンダアクよりも、むしろボードレエルの一行を残したいと思っている一人である。」と云っている。

　こういうことは、私なども多少考えている。芥川の晩年の作品は、ボードレエルに匹敵すると云ってもいいだろう。鷗外の感じなかったような人生苦を芥川は痛感していた。

　この芥川の博識や読書力の非凡であったことは、文壇の噂にたび〲上っていたし「改造」所載の小島政二郎氏の小説『眼中の人』にもつまびらかに書かれているが、こういうことは余程誇張に失しているのではないかと、私は疑っている。私など学生時代に、上田敏という人は、人と話をしながら、西洋の本を自由に読んでいるからえらいと云われていたものだ。上田氏には、たび〲会っていたが、西洋の有名な文学者について聞くと、何でも知っているような口吻《くちぶり》であった。

　芥川氏は、一日に英語の小説を三四冊は苦もなく読んだと云われているが、そんなに読めたか知らと疑われないでもない。私は書くのは遅い方だが、読み流すだけなら相当の速力を有っているつもりである。しかし、あまり難解でない英書を、三百ページくらいなもの一冊読むのに、一日は費さなければならぬ。だから、一生に読破し得られる書物は、私に取っては僅少であると云っていい。鷗外、敏、龍之介の諸氏は、あまり多読したために頭脳を害ねたのかも知れない。

〇

博く読むのがいいか、少数の書物を深く味うのがいいか、一概に決定し難いが、今日のように書物の刊行が盛んで世界中の古今の書物が手に入り易くなった時世には、多読を志しては、頭脳の負担が容易でないと思われる。私などは、少年時代から濫読して来ただけで、何一つ専門に深く奥底を極めたことがなかった。博士論文を書くに足る知識は有っていない訳である。しかし、世路の経験に乏しい私から、読書知識を除いたら、頭脳は極めて空虚であるべく濫読でもやって来てよかったと思っている。「若い時旅をせねば、老いての話の種がない。」と、何とかいう狂言に云っているが、「若い時から本でも読む癖をつけていなければ、老いのつれ〴〵を慰める術《すべ》がない。」と云ってもいい。

　未知の土地を旅行するのは無論面白いが、曾游の地を時を隔てて訪れるのも興味がある。昔読んだ書物を時々読み直すのは面白くもあり有益でもある。本当に世界の傑作であるなら、一度読みっ放しにしただけですますべきものではないと、私は信じている。

　暫らく遠ざかっているが、私はかねて「聖書」を愛読していた。同じ所を幾度も読んでいるが、全部を通じて読んだことはない。旧約全書がことに面白く、そのうちでも、創世記、出埃及《エジプト》記その他の古人の人類生活記録は、妙味横溢、大抵の小説の及ぶところでないと思っている。私に取っては、万巻の書を家に蔵することなんか下らないことなので、身を入れて聖書を通読するだけでも、多大の時日を要するのだ。これも日本訳はよろしくない。日本にキリスト教が振わないのは、国民の好みに適しないためでもあろうが、一つは翻訳がよろしくないためでもある。古い英訳がよろしい。

哲学書は殆んど読んだことがないが、学生時代に、当時貧弱だった早稲田の図書館にプラトン全集の立派な英訳本が購入されたので愛読したことがあった。この哲学者の理窟は分るような分らないようなものだが、天地悠久の感に打たれる快い気持は、芭蕉の発句を読むに似ている。プラトン以外の哲学書を読もうと思ったことはない。

その次はダンテである。英訳の神曲は数十年座右にあったのだが、どこへ紛れ込んだのか、この頃見当らなくなった。

聖書とプラトンとダンテの三つを、新たに心を凝らして読み直して見たいと、この頃の私は念じている。読書の撰択が学究的であり古風であるが、しかし、雑誌文学や明治文学なんかを読み耽り、文芸時評なんかに熱中し、卑俗蕪雑な文壇味に浸っている私は、これではならぬと、ふと反省する気になったのである。「古書読むべく古酒飲むべく、旧友信ずべし。」か。

○

読書でも少年時代に受けた感化は、一生拭い難いものである。私は、ようやく人語を解しかけた幼い時分に、祖母からさま〴〵な怪異な昔噺を聞かされたために、頭脳の健全なる発達を妨げられたと思っているが、十四五歳から二十歳くらいまでの間に、徳富蘇峰氏を首領とした民友社の一団の著作から受けた感化、引き続いて内村鑑三氏の講演や著書から受けた感化は、是非如何に関らず、私の一生を支配しているように思われてならない。近年記憶力が衰えて、数日前に読んだ者でも忘れてしまうようになっているのに、年少の頃読んだ蘇峰氏や内村氏の文章はよく記憶している。

　これにつけても、年少者は読むべき書物の撰択をよくしなければなるまい。昔の子供は、四書五経などの素読をさせられた。意味の分らない六ケしい古典を、暗誦させられるのは馬鹿らしいことのようだが、必ずしもそうではあるまい。暗誦している文句の意味が歳を取るにつれて理解され、事に触れて思い出されるのは、甚だ効果が多いのである。幼少の頃の素読も、その人の一生に取って、精神的栄養価値が多いのだろうと、私は思っている。

　私は、蘇峰氏や内村氏の感化を受けるよりも、或いは孔子、キリスト、仏陀の感化を受けるよりも、希臘《ギリシャ》の哲人ソクラテスの感化を受けていたらよかったと、空想することもある。それは愚かな空想であるが、私は近代に及んで印刷術が進歩したため、蕪雑な雑誌や安っぽい書物が濫出して、年少者が早くからそういう者に接触することの弊害を痛感している。

　日本の昔の学問は主として漢学であった。今日だって、支那の古典は軽視すべきものではないだろうが、私は読書に志す年少の徒には、欧洲語の一つに熟通することを勧告したいと思っている。外国文学の翻訳はます〳〵盛んになって、諸国の重な文学は、大抵日本訳で読めるようになってはいるが、日本訳では欧洲文学の妙味が本当に味えるものではない。まだしも、欧洲諸国の相互の翻訳だと、原作の趣が正しく伝えられそうに思われるが、言語の系統の全然異っている東洋と西洋とでは、互いに他の文学を移植するに困難である。他国の文学を一々原作で読まんとするのは、特種の学者以外の人々には不可能事であるし、可成りによく出来ている日本訳があれば、それを信頼するのが賢明な読書法ではあるが、しかし一ケ国の欧洲語にでも通じていると、欧洲文学鑑賞の上に甚だ心強い感じがするのである。私など、時世が時世であったため、英語の学習が変則であって、数十年英書を読みつづけて来ても、完全に自在に読みこなすことが出来ないのをいつも遺憾としている。今日は、外国語の修養法も進歩しているのだから、文学を志する者も、早くから徹底的に学習すべきである。一生どれほど得をするか知れないのだ。自分の創作に西洋の文致を取り入れるにしても、翻訳を通して学んだのでは不充分である。

○

今なお、西洋文学の研究者は日本の文学を軽視しているらしい。日本文学研究者は多くは西洋文学の知識に乏しいのを常例としている。「文藝春秋」三月号に於いて、伊庭孝氏は、「日本音楽史をたどって行くと、日本人が如何に音楽的に創始の才能に欠けていて、常に低きに就く傾向のみを示しているかが分る。」と云い、「日本人に音楽的才能があるか。」と絶望に近い声を放っている。美術についてはどうであろうか。文学についてはどうであろうか。

（「早稲田文学」昭和一〇年四月）

故人の追憶

私がはじめてチェーホフの名を聞いたのは、小栗風葉氏の口からであった。日露開戦の前年、私は読売新聞に入社したのであったが、入社後間もなく「よみうり抄」の材料蒐集のため、硯友社方面の誰れかを訪問せんと思い立って、新聞の挿絵を担当していた梶田半古氏にその旨を告げると、氏は、「それは風葉がよかろう。」と推薦したので、私は、直ちに、納戸町（?）の風葉宅へ赴いた。初対面であったが、ニコ〳〵して快く、いろんなことを知らせてくれた。紅葉山人の病が重くなっていた時分で、門弟連中が、胃癌に利く薬草を捜していること。山人の知友門弟が『換果篇』と題して、慰問の文集を発刊せんとしていること。それから、「先生は、ロシアのチェホフという小説家の極く短いものを、瀬沼夏葉が訳したのを読んで、手を入れていられた。」という消息を私に伝えた。私は聞いたことを「よみうり抄」欄に書いたのだが、間もなく（と云っても、一年も経ってからかも知れない。）丸善に、『ブラックモンク』と題された英訳の短篇集が到着したので、青年文学者の間にチェーホフの名が喧伝されるようになったのだ。

次に輸入された英訳のチェーホフ短篇集は、『キッス』と題された赤表紙本であったが、私はそれを小山内薫氏の紹介によって知った。その頃、柳田国男氏の発起で、イブセン研究会が催されていた。会員は、小山内、蒲原、岩野、田山、長谷川誠也その他二三氏で、会場は学生会館であった。会員の意見は、秋田雨雀氏が筆記して、小山内氏の主宰していた「新思潮」に連載されていたが、その会で、小山内氏が、チェーホフの『牡蠣』の大要を巧みに話した。子供が牡蠣を殻ごと食べたことが私の興味をそそった。『桜の園』の話も、小山内氏から聞かされたので、庭の桜を切る音で幕になる斬新な演劇に心が惹かれた。

私は、逝ける文壇人のうちで、誰れに会って話したいかと云うと、先ず小山内、田山の両氏であるといつも思っている。私の外遊送別会の時、星ケ岡の茶寮で会ったのが小山内氏に会った最後であるが、その時分の氏は、身体がひどく弱っていた。氏は二度外遊をしていたのだが、二度ともシベリアを往復したので、洋行と云った気持が稀薄だと云っていた。船で出発し船で帰朝してこそ洋行らしいと云っていた。氏は、身体の加減が悪くって横浜へ見送られなかったことを、無線電信で私の船に伝えて来た。私は桑港に着いて二三週間して、カリフォルニア最南部の都会たるサンデーゴへ行って、十日ばかり滞在していたが、その間に、米国の日本字新聞によって、沢田正二郎と小山内薫の死を知って驚いた。二人とも日本の劇界で最も必要な人間であったのだが、私の実感からは小山内氏の死を惜しむ感じの方が一層痛切であった。深い交際ではなかったが、同じ時代に文壇に出て、何処かでよく会って、いつも話が面白いばかりでなく、感銘されるところもあった。官立大学出身者のうち、私がいくらか親しく接していたのは、前後を通じて氏一人であった。氏は、学生時代に伊井蓉峰の依頼に応じて『ロメオとジュリエット』を翻訳して、真砂座の舞台に上したのだが、当時覚束ない劇評を新聞に書いていた私は、その沙翁の新訳を可成り烈しく非難した。すると、小山内氏は、「歌舞伎」に於いて、他の新聞の批評と一しょに、私の批評についても、元気のいい反駁をした。だが、これが互いに知り合う縁となった。氏は、一度私の下宿に来たことがあったが、午餐時だったので、一しょに食事をした。膳に貧弱な刺身が出ていたのは、氏は、一箸二箸、お義理で食べるのだと云った風で、いや〳〵口へ運んでいたのが、今でも私の目にあり〳〵と浮んで来る。龍土会とか、カフェーの元祖たるプランタンとかで、よく会っていたが、氏が本当に泣き出すのを、私は傍観して不思議に思っていた。

劇評と云えば、中央公論所載の、市川左団次自叙伝のなかに、私が彼れの青年時代の演技を攻撃し悪罵したことが語られている。罵った私の方ではハッキリ覚えていないが、罵られた方はよく記憶している。これは世の常例であるが、それにつけても、批評は軽々しく下すべきものではないことが痛感される。私など何十年来多数の人の心を傷つけたのであろう。どこの誰れに怨みが残っているかも知れない。

小山内氏は、西洋のいろ〳〵な異った芝居を観るには、冬の興行季節にニューヨークに行くのがいいと思うと、私に話していたが、私は、ニューヨークで幾つかの現代劇や古典劇を見て、西洋の芝居の本当の味は、通りがかりの漫遊客なんかに解るものじゃないと、さっさと見切りをつけた。しかし、よくは解らぬながらも、上べを見ただけであるにしろ、西洋の演劇その他の遊芸見聞感を、私が帰朝後に話すとして、聞かせ甲斐のあるのは小山内氏であったのにと、その点から私は、氏の死を遺憾に思った。それから、演劇以外の見聞感想を話して、聞かせ甲斐のあるのは、田山花袋氏であると、私はひそかに感じていた。氏は私の帰朝後まだ生存していたので、そのうち訪問しようと思い〳〵、ついにその機会を得なかった。私は、一度サンセヴェラン寺の絵葉書を、巴里から氏に宛てて送った。この寺は、ユイスマンズが愛好して冥想の場所としていたことは、彼の小説『途上』に於いて推察されるが、田山氏は『途上』の心境に共鳴していたのであった。私が巴里の小書店で買った、米国人著すところの、『巴里旧蹟鑑賞手引』のなかに、サンセヴェランの礼拝堂ほど人の心を冥想に導く所はないと書いてあったので、私は、幾度もそこへ行って、寺院内の椅子に腰掛けて見た。ノオートルダームから程近い、サンミセルの終点から、ちょっと横へ寄った、古めかしい町の中に、その寺はあった。ノオートルダームの屋上の怪物のような彫刻が、この寺をも取り囲んでいた。堂内はヒッソリして、薄暗く中世紀が思い出されたが、しかし、実は私に取っては、この寺院も他の寺院も同じようで、特別に此処が瞑想に適している所似が合点出来なかった。

それで、西洋の文学芸術は、西洋人が感じると同時には、日本人には鑑賞されないことなどを、田山氏に会って話そうと思っていたのであった。田山氏に初めて会ったのは、学生時代であって、同級生で自作の新体詩を氏に見て貰っていた男に連れられて、牛込喜久井町に新婚当時の氏を訪ねたのであった。その時国木田独歩が来訪して熱烈な気焔を吐いたのを傍聴したが、独歩の小説など、まだ一つも読んでいなかった時分なので、その気焔は空気焔に過ぎないように思われた。私は、在学中、数人の同級生と島村抱月氏主宰の下に、毎週会合して、文学批評を書き、抱月氏の筆で訂正されて、読売新聞に発表されていたが、その時、私は、田山氏の『野の花』に対して非難に富んだ批評を書いた。田山氏は直ちに反駁文を博文館の雑誌で発表したが、それが縁となって、田山氏と親しくなりたびたび訪問して、教えを受けるようになった。新体詩を一掃的に攻撃したので、詩人諸氏に嫌われ、岩野泡鳴氏は、私を詰問するつもりで読売社へやって来たのだが、「じゃ、君の反駁文も新聞に出すから書いたらいいじゃないか。」と云うと、泡鳴氏大いに喜んだ。私は他を攻撃したために、それ等の人と懇意になった訳である。

田山氏からは、早稲田の講堂では学び得なかった新しい西洋文学について教えられた。有名な『蒲団』は、内容が、ああいった体験のなかった私の心にはピッタリ来ないので、作の価値判断に私は迷ったのであったが、しかし、氏の文学感想は、清新であり、直截であり、我々を啓発する分子に富んでいた。理論に矛盾があり、見え透いた独断も少なかったように私には思われるが、今読んでも、文学と人生についての含蓄に富んだ見解に接し得られそうに私には思われる。抱月漱石諸氏の事々しい評論よりも、案外田山氏の断片的感想に、我々の心魂に触れる者が漂っていそうに私は想像している。近年は、田山花袋の文学価値があまり低く見られ過ぎている。一ころあまり高く見られ過ぎた反動であろうか。文学者としての天分が乏しかったにしろ、田山氏はいい人であった。味いのある人であった。岩野氏は卓抜な哲理を持った特異な人物で、私は親しく交っていたが、しかも味いのある人間ではなかった。

岩野氏は頑健な男であったが、その岩野氏が田山氏に向って、「君が一番後に残って、我々の死水を取ってくれるのだ。」と云って快活に笑ったことがあったが、頑健な二人とも案外早く死んでしまった。岩野氏は、「頭が働かなくなったら、舌を嚙んで死んでしまう。」と傲語していた。頭が役に立たなくっても、果して思い切りよく死ねるかどうか疑わしいものだが、私は、独逸の或る学者が老齢に達し、頭脳が衰頽し、学問の研究に堪えられなくなったことを自覚すると、その後の生存を無意味と感じ、自分で作らせた棺桶の中に、静かに身を横え、魔薬を服して眠るが如く死に就いたという記事を何かで読んで、心を打たれたことがあった。凡庸人の模倣し得ることではない。

田山氏は、或る時私に向って、「我々は小説を書くために生きているんじゃないからね。」と、何かに感じたらしく云ったことがあった。小説なんか、うまくもまずくもどうでもいいと云う意味らしかった。最後の長篇『百夜《ももよ》』のなかにも告白されていたようだが、晩年の氏の作品のうちには、「名誉もどうでもいい。金もどうでもいい。文学もどうでもいい。ただ愛する女と日を暮し夜を過すのが、人間唯一の悦楽である。」という意味の文句が、たびたび繰り返されている。愛する女に会った翌日は、何もしないでその思い出に耽っているのが、何とも云えず楽しいと云っている。『蒲団』から系統を引いた愛慾感が、年とともに高頂に達しているのだ。高頂と云うのは高潔になることではない。ますます女に対してたわいがなくなり、だらしがなくなることなのだ。しかし、その様子がいかにも人間の真実に徹しているように思われるので、侮蔑の念よりも親しみの思いが起るのだ。

私は空想裡に於いては、醜男醜女の情事を蔑視し、童貞讃美の念を恣ままにしているのであるが、前後左右、現実の世界に於いては、私をして田山花袋の言真なりと思わせるような実例に満ちているのを如何ともし難いのである。岩野泡鳴の小説の如きは、醜男醜女の情実小説である感が深い。読んで汚らしい感じのするところが多い。しかし、それだけに真実味は濃厚なのだ。「小説は嘘を書くものだ。嘘から出たまことが面白い。」と、私は、花袋泡鳴の徹底真実に飽いた時には考えることがある。

（「文芸」昭和一〇年一〇月）

思い出

私は、十八歳の時、学問修業のため上京したのであるが、予定通り、早稲田の東京専門学校に入学し、専修英語科から文学部卒業まで、五年半の間、迷うことなく、この学校に籍を置いていた。しかし、回顧してあの時分が懐しく思い出されるのでもない。健康がすぐれなかったせいでもあろうが、私の学生生活は憂鬱であった。当時は防寒設備はなかったので、冬季は図書館ででも教室ででも、全身が凍えるような思いをしていたことが思い出される。図書館では赤毛布を頭から被り、教室では懐手をしてガタ〳〵震えながら学問に精進していたのだが、羸弱《るいじゃく》な我々は、温かい所でのび〳〵した気持で、学ぶ事を学んだ方が効果が挙る訳である。しかし、あの頃の早稲田などのような私立学校は学風が窮屈でなく甚だ自由であったのは、私などに取っては都合がよかった。自分の聴きたいと思う講義は他のクラスのでも、無断で傍聴に出掛けても咎められはしなかった。自分のクラスの学課でも、興味のないものは放任して、講義を聴かなかったこともあった。試験も寛大なので、試験勉強は殆んどしたことはなかった。学問修業の原則として、そんな気儘勝手な自由主義は、学生に許さるべきことではないので、今日はどこの私立でも秩序整然、厳粛に統制が保たれているのであろうが、私自身に取っては、あの時分の態度の方が自己の才能を伸張するためによかったのではないかと空想している。

五年半という長い在学期間には、さま〴〵な教師から、さま〴〵な事を学んだ筈だが、印象不鮮明だ。何と云っても坪内逍遙先生の沙翁の講義や英文学の解説。おり〳〵の日本文学談などが、聴くに価いしたものであった。兎に角聴いていて面白かった。先生の沙翁の講義は、他級のをも成るべく傍聴することにしていた。英語では岸本能武太先生の親切な指導を受けたのだが、この先生には人としての親しみを有っている。米国から帰って来たばかりの片山潜氏にも半年ほど英語を習い、神田の耐震家居に仮寓していた氏を訪問したことがあったが、氏は狷介な人であったように私の頭脳には堅く印象されている。氏の書いた自伝のなかには、氏から教えを受けた我々早稲田の学生が不勉強で不品行であったように独断して、侮蔑的口吻を洩らしているが、それは氏が物の真相を観る力を欠いていたためなのだ。私などは決して不勉強不品行ではなかった。或る学課に欠席したからと云って必ずしも懶惰であるとは云えない。

当時の早稲田の図書室は甚だお粗末で、蔵書も乏しかったが、それでも私には有難かった。若しも暖房設備があり、室内の構造が居心地のいいようにつくられていたなら、私は下宿屋にいるよりも、毎日の多くの時間をその図書館に身を置いていたかも知れなかった。下宿屋は何処も居心地がよろしくなかった。あたりが騒々しくて、食事の時間が不規律で、それに私は宿の者から好意ある待遇は受けなかった。喜久井町の尼寺の一室を借りて自炊したことがあったが、たとえ煮炊きする煩わしさはあっても、あたりが犬小屋のように汚くなっても、気儘に起臥され気儘に読書されるので、下宿屋よりは気持がよかった。

回想するに、私の学生生活は無趣味至極であって、若い時分によくあんな殺風景な生活に甘んじていたものだと、不思議に思われるくらいである。日清戦争後から日露戦争前までの間を、私は早稲田で学生として過したのだが、政治問題や社会問題については何も考えたことはなかった。基督教を信じたつもりで人生永遠の問題を考慮するつもりになっていたりしたが、若かった時に老人染みた考えに心を労していたことを今思い出すと苦笑されるばかりである。

（「早稲田文学」昭和一五年一一月）

故人数人

近来頻繁に知人が逝去する。平生親しく交ってはいないにしろ、面識のある人々の死を新聞などで知った時は、「あの人もおれより先に死んだのか。」と、多少の淋しさが感ぜられるのである。不断その人の作品を読み、或いはその人の事業を見聞している場合には、一層感慨が催される訳である。

去年の暮には、突然中村吉蔵君の死に接して驚かされた。同君とは三十年も前に、牛込に住んでいた時分に非常に親しくして、毎日のように往来していた。私の結婚は中村夫妻の仲介によって成り立ったのだから、その意味で君との交際は、私の一生に取って影響が多かった筈だ。それで、私は、君の逝去の報道を新聞で読んだ時、弔問に行った時、お通夜に行った時に、私の若かりし頃をあり〳〵と回顧して止まなかった。君は私に向って文学上の話なんか打ち解けてしたことはなかったが、或る時、「島村抱月氏がいろんな事に手を出さないで、一つ事に全力を注いでやれと僕に忠告した。それで、僕は小説と戯曲の両方はやらないで、一生戯曲だけをやることにする。」と、その強い決心を吐露したことがあった。君は『無花果』などの小説によって文壇に出たので、小説の注文は随分あったのに関らず、その方はいさぎよく振り棄てた。意志の強い人であった。

中村君の言葉で、も一つ記憶しているのは、或る雑誌の葉書質問に応じて、「人生は不思議な饗宴に招かれたる客の如し。」と云った事である。この解釈はさま〴〵であろうが、君は今は饗宴の席から退却した。私は、気だるい思いをしながら煙草でも吸って、まだ宴席の一隅に腰をおろしている。

私が最後に中村君に会ったのは、君が多年の努力によって完成した演劇論を提出して文学博士になったために知友が開催した祝賀会の時であった。その会場では、私は開会前に、早くから来合せていた池田大伍君と席を並べて、芝居の話など語り合って時を過した。同君は食後のテーブルスピーチに於いて、中村君が、小説家としての地位を未練なく棄てて、戯曲にのみ専念一意努力したことを推讃したので、私もひそかに同感していたのであった。それで、その池田君が、お通夜の席にも、葬式の日にも見当らないので、どうしたのであろうかと、私はひそかに疑っていたが、間もなく、同君逝去の報を新聞で読んで疑いを晴らさねばならなかった。祝賀会の席で見た中村君はいかにも弱そうであったが、池田君は旧の如く丈夫そうであった。君は、土肥原曙、東儀鉄笛が「無名会」とか云う新劇壇を組織していた時分、何かの援助をしていたので、私はたまに面接することがあった。私は、土肥、東儀諸氏とは懇意であったので、池田君の死に連れてこれ等の故人を追想した。わが青春の思い出となるのだ。昨年の春頃であったか、水口薇陽君が大連で亡くなったことを聞いたが、この人などは、私の青年期の知友のうちで、最も印象鮮明な存在であったと云っていい。君はあの頃の享楽児であったが、私は君から浮世の一面を教えられるところ少なくなかった。水口、東儀、土肥などの一組には、私は早稲田卒業直後に興味をもって接触していたので、明治時代の青春の面影がそこに見られるようで懐しく思われるのである。団十郎が死んだ時に、薇陽君は、「これから我々の出る時だ。」と、真面目くさって云っていた。私には滑稽に感ぜられたが、そう思って芝居の真似をして遊んでいたところに明治の若さがあった。同じ頃、尾崎紅葉が死んだのだが、その時、島村抱月先生が、「これから我々の出る時だ。」と沈重な態度で云ったが、この方は真実性に富んでいた。旧套を打破し新時代を現出するにも、演劇は困難で小説はたやすいのであるか。私は演劇の難きを去って小説の易きに就いたようなものだ。

長谷川誠也君の死は、去年の夏軽井沢で知った。同君には、若い時分に時々の原稿を買って貰った。その頃、駿河台の君の家をよく訪問した。後年、君が芝の神谷町に転住していた時分、私も近所の仙石坂上に移転したので、晩飯後の散歩の次手に訪問することがあったが、大地震の時には、君は大崎の方に新築して移っていたので大火の災厄を免かれたのであった。私も大磯に移っていた。君は一度大磯の私の家に来訪されたことがあったが、それは、坪内博士古稀の祝賀を動機として、演劇博物館建設のための寄附金募集の用件を帯びていたのであった。晩餐を共にしていろんな打ち明け話をしたのだが、君は一人子に早世されて後継者がなかったので、老後をどうしようかと屈託しているようであった。私達も子供がないので多少君の話に共鳴していたが、その頃はまだ痛切に感じてはいなかった。その後君は良好な相続者を得て、孫が出来て、家庭が和気に満ちて晩年を安らかに過していると、おり〳〵会う時に聞されたが、私はこの頃になっては、羨望をもって君の話を回想するのである。

（「知性」昭和一七年四月）

私の青年時代

誰れの発起であったか覚えていないが、惜春会と名づけた飲食の会合が浅草の「大金」で催された事があった。今指折り数えると、それは大正四年、私が三十七歳の時であった。この会で、私ははじめて谷崎潤一郎君に会った。四十近くにもなって、春を惜しむもない訳だが、私は、人生の春とか青年とかを空想裡に描いていただけで、現実に於いて、若い心身の味いを満喫した覚えはないのを遺憾としていたので、惜春会という会名に心惹かれたのであった。しかし、その会は、行って見ると、何でもない会であった。

青春と云っていいのは、何歳の頃であろうか。二十歳前後が人間の春の盛りであろうか。二十代を青年期と極めていいのであろうか。私は、十八歳で上京して早稲田の学校に入って、二十三歳で卒業して、日露開戦の前年に読売新聞に入社して、満七年間新聞記者を勤めて、三十三歳で退社したのだが、その間の十数年間を「私の青年時代」としたら、私としてはハッキリ区切りがついてよさそうである。

誰れしもそうであろうが、数十年を隔てた過去を回想すると、自分の経験でも明晰に心に浮んで来ない事が多い。昔の自分の心持がそのままに心に残ってはいない。昔を語っても、今の自分の気持で左右され勝ちで、純粋に昔の気持を写し出されそうでない。たとえば私が青年時代にキリスト教を信仰していた事も、その当時の信仰的心境は、多分こうだったろうと、今では推察する程度で、確実なる再現は困難でありそうだ。多くの有名人の自伝でも、過去を材料とした私小説でも、寸分たがわぬ事実の記述として受け入れるべきものではあるまい。老人の昔語りをそのままに受け取るのは愚かである。

私が少年時代からの願望を実現して東京へ来たのは、将来何によって身を立てようとハッキリした考えがあった上の事ではなかった。ただ東京を憧憬して出て来ただけだ。学生であった間はよく本を読んだが、それも濫読であって、何を目的に読書していたのではなかった。早稲田の英語学部に入学したので、学校で英語を主として学んだが、学校の正課だけでは満足しないで、イーストレーキの私塾とか、宣教師が片手間に教授していた夜学校とかへも通って、英語の会話や作文をも学んだ。私の好学心は、英語だけでは満足されないで、国文漢文をも学ぼうとした。それで、或る期間は、日曜毎に、三崎町にあった国語伝習所へ通った。落合直文先生の「枕ノ草紙」の講義をも一二回聴いた。平田盛胤先生の日本古典の講義振りの甚だ面白かったことは、今なお感銘されている。早稲田の図書室にあった日本の古典は註釈本などによって随分よく読んだ。源氏物語、大鏡、落窪物語、万葉集、古今集など、有名なものは一通り、断片的にでものぞいて見た訳だ。慾に駆られて読むには読んだが、実は面白くなかったのだ。読書慾はあっても鑑賞力がなかったのであろう。四書五経でも読むべきものとして読んだだけで、興味を覚えるとか、感動したりするところは稀であった。論語読みの論語知らずであったのか。論語より水滸伝が面白かった。

兎に角学校を出るまでに、英語は相当出来るようになったのだが、学校を出ると、キリスト教に次第に遠ざかるようになると同様に英語修業もおろそかになった。新聞社へ入って世間に接触しだしてからは、本という本をあまり読まなくなった。四十歳過ぎて大磯に転居してから、執筆に努力するとともに本をも稍々熱心に読みだしたが、学生時代よりも英書を読破する力の衰えたことを感じて異国の学問の身につき難いことが痛感された。油断していると容易に知識の後退を来すのである。しかしそれが却ってよかったのか。あの頃の時世があんな時世であったから、私も英語を学ばされたので、若し私が学問で身を立てる気になっていたなら、自然の勢い、多分英文学者になっていたのではないかと推察される。今日になって考えると、英文学者なんかになっていなくってよかった。流転の人生、何が幸福であったか知れたものじゃない。

少年の頃から身体の弱かった私は、上京した年に重患に罹って、ます〳〵衰弱して、徴兵検査の頃には、体重九貫あまりに過ぎなかった。三十歳までは生きられまいと自分も覚悟していた。青春期を憂鬱に暮したのはそのためであった。よく喰いよく眠って身体が丈夫であったなら、若い身空で鬱陶しく日を送る筈はなかったのだが、しかし、憂鬱な気持が私の作品の特色となって、それが売物になったことを思うと、病弱も不幸であったとばかりは云われまい。

青春の二十代には概して下宿生活を続けていたのであったが、転居の折には人力車一台で間に合う程度に所有物が乏しく、生活は極めて簡素であった。簡素というよりも殺風景至極であった。潤いのない生活振りであった。貧乏でも精神的に何かの趣味があったのなら芸術家らしいのだが、私は青年時代に何等高雅な趣味はなかったように、今では追想される。ところで、私は新聞社では、美術界消息の担任記者として入社したのであった。美術の事は何も知らないのに、その方面の係りとなったのだ。当時は新聞も呑気なものであった。美術知識も美術趣味もなくって美術記者になっているのはさすがに極り悪く思われたので、一週間程の暑中休暇を利用して奈良の古代芸術研究に出掛けた。奈良及びその近傍にあるお寺や仏様は、建築美として、彫刻美として、日本最優秀の傑作であると聞かされていたためであった。知人の紹介状を持って行って、東大寺の三月堂の内陣だの戒壇院だの、一般人の拝観されないところをも見せて貰った。法隆寺では、夢殿の秘仏を修理しているところも見せて貰った。「御存じでは御座いましょうが。」と、案内の若い僧侶や、修理掛りの人々が説明してくれるのを、何も御存じない私は謹聴して、注視したのであったが、それ等の傑れた所以がよくは分らなかった。四天王に踏みつけられている鬼の苦悩の表現などは面白いと思ったが、観音様その他の仏像の多くにはさして感心しなかった。謂われを聞いても有難いとは思わなかった。それで美術の鑑賞は六ケ敷いものだとその時はじめて感じた。美術は分らなくっても、初夏の頃奈良地方をぶらつくのは面白かったので、その後も、帰郷の次手に屢々立ち寄るようになった。その結果、法隆寺はよく作られたお寺であると思う程度には鑑賞力が働くようになった。

この最初の奈良見物の時に思い付いた事を種として『旧友』と題する小説を書いて、後藤宙外氏編輯の「新小説」に出して貰ったのだが、この小説執筆中は、ゾラの『ルールド』を念頭に浮べていた。ゾラのは、流行の霊場で、奈良はむしろすたれた古蹟なので似ても似つかぬものだが、強いてそこに類似を見ようとした。（最近は奈良あたりのお寺は流行の霊場のようになったらしいが。）

馬琴を耽読し、近松を愛誦し、紅葉などの現代小説をよく読んでいた私も、『旧友』以後、続けて書いた青春期の作品の多くは、それ等自国の文学に倣うことはなくって、大抵外国作品の刺戟によって筆を動かしていたのであった。今回顧して不思議のようでもあり、不思議でないようでもある。田舎で「少年園」や「国民の友」や「国民新聞」を愛読していた時には、上野とか浅草とか、不忍の池とか隅田川とかの名前だけでも、私を夢の世界へ誘っていたのであったが、東京で外国の書物を読みだすと、巴里でも羅馬でも倫敦でも、セーヌでもダニューブでも、私を異様な空想の世界へ誘うのであった。

青年時代には、私は家庭を持とうと思ったことはなかった。妻子を養うなんて容易な事ではあるまいと断定していた。岩野泡鳴がはじめて私を下宿に訪ねて来た時、「スペンサーは一生独身で下宿暮しをしていた。君もそれでいいんだ。」と真面目な顔して云っていたが、スペンサーはどうであれ、私は一生下宿にいたっていいのだと思っていた筈だ。ところで昭和十六年十二月に中村吉蔵君が亡くなった時追悼に行くと、顔も見忘れていた旧知人の某氏、ふと、私に向って、「中村君の結婚当時に、君と一しょに晩飯を饗《よ》ばれたことがあるよ。その時の帰り途で、君は中村君が文壇の流行児になって、才色兼備の婦人と結婚して新しい家に住んでいるのは羨むべきことだ、と云っていた。」と過去の思い出を語ったので、私は意外に感じた。私はあの頃そんな事を云ったのか、そんな気持を有っていたのか。だから、老年になって過去の自己を語っても、正直に語っているつもりでも、真を逸することがよくあるのだ。読売新聞通勤時代の私の真相は、当人の私が知っているよりも、上司小剣君の方がよく知っているかも知れない。

ことに最近の世では、我身が分らなくなりだした。全体おれは何処をどううろついて六十あまりの長い歳月を生き延びて来たのであるか。

（「知性」昭和一八年二月）

弔辞（徳田秋声）

君は古稀を過ぐる長き人間生活に於て、また半世紀に達する長き文壇生活に於て、敢て奇を弄せず環境に身を委《ゆだ》ねて生存を持続されたり。人間の苦難を苦難とし、喜悦を喜悦とし、思想に於ても感情に於ても作為の跡は非ざりしようなり。君の文学は坦々として毫《ごう》も鬼面人を驚かすようなこと無く、作中に凡庸社会を描叙しながら、そのうちに無限の人間味を漂わせたり。熟読翫味《がんみ》してます〳〵味わいのこまやかなるは君の文学の特色なり。謙虚に身を処し、自己の才能をほこらず他と争う事もなかりし故、文壇の諸氏より好意を寄せられ、五十歳の記念祝賀還暦の祝賀など、明治以後の文壇社会に於ては稀有ともいうべきほど盛大に挙行されたり。逝去に際しても、権威ある文学報国会の小説部会によって会葬を営まれるの、文壇前例なき栄誉を得られたり。

我等、君と交わりを結び数十年に渡る長き間、反目軋轢《あつれき》の悪記憶を留めざりしは、淡々たる君の君子人たる態度に依るならんか。ここに永遠不可思議の世界に旅立たる、君を我等静かに凝視せんとす。

昭和十八年十一月二十一日

友人総代　正宗白鳥

（「文学報国」昭和一八年一一月）

八月十五日の記

八月十五日正午のラヂオは、軽井沢の陋宅の板の間で聴いた。「重大な放送があるそうだ。」と、その朝誰れかしら知らされてはいたが、さして心に掛けてはいなかった。ところが、道を隔てた隣家に住んでいる或る女性が、自分の家には今ラヂオをそなえていないから、正午には、私の家のを聞かせて呉れと頼みに来たので、一しょに聴くことにした。私の家のラヂオは不完全で、明瞭に聞き取れないのであるが、私は耳の穴に全精神を集注して、そこに伝わって来る音声の意味を捉えようとした。しかし、私には、自分の耳を疑うように、理解しかねる感じがした。「戦争はすみましたのですね。」と、隣家の婦人は、眼差しに心の喜びを洩らして云った。「そうでしょうか。」と、私は、ラヂオが悪いための、私達の聞きちがいではないかと思ったりした。滅多に東京へ出たことのない私は、天下の形勢は暗かったので、戦争がどんな経過を取っているのやら真相はよく分っていなかった。新聞やラヂオの報道の信用しがたいことは、私も心得ていた。隣組の荷馬車屋の主人が、或る日、「どうです、大変な戦果じゃありませんか。この戦争、つまりは日本が勝ちですね。飛行機が足りないと云ってるのも、敵をくらます一つの懸け引きです。飛行機が充分でなければ、あれだけの戦果は挙げられません。」と、私に向って、世間話の次手に話したことがあった。「左様ですか。」と世間知らずの私は、口先だけで雷同するより外なかった。

十五日の二三日前、隣組長である牛乳屋の老主婦が、組の用事で拙宅へ来た次手に、「戦争はお止めになるんじゃないでしょうか。」と、私に訊いた。「そんな噂があるんですか。」と、世間知らずの私が聞き返すと、「この間或る外人さんが、乳を取りに来た時、そう云っていました。それで、私が憲兵さんに会った時、近いうち戦争はお止めになるんだそうですねと訊ねたんですが、そうすると、憲兵さんは、目を尖らせて、そんな事誰れに訊いた、誰れが云ってたと、大変な権幕で私を責めるんです。私は困っちまいました。」

その憲兵は、噂の元を執拗に問い糺そうとしたそうである。この地の外人は、数日前から日本降伏の事を確実に知っていたらしい。私などは何も知らぬばかりか、第一、日本人に取って降伏なんてことは、天と地が引っくり返っても有り得べからざる事として、生れて以来教え込まれて来たのではなかったか。四月の或る日、清沢冽君が軽井沢に来た時、私の家へ寄って、時局に関した浮世話を何くれと、私の耳に伝えたのであったが、その時、「日本は戦争を早く止めねばならぬ、このままでは、滅亡の外なし。」と力説した。「止めると云って、どういう風にして止めるんだ？」と、私が訊くと、「無論、無条件降伏さ。」と、彼は微笑して、事もなげに云った。そんな事が有るべき事かと、私は清沢説の実現を信じかねたが、その説を否定する知識もなかった。

ラヂオでは、その晩も当局者の放送があって、清沢君なんかの望んでいた無条件降伏の実現が、私の頭にも明瞭になった。大変な事になったものだが、これで国民が納得して、おとなしく、主権者の降伏態度に随いて行くだろうかと疑われた。国家の前途は気遣われた。しかし、差し当って、今夜から灯火管制のための窮屈な思いをしないだけでも好都合であると喜んだ。それから、軽井沢でも最近強制的に防空壕を掘らされていて、私の家では、人手がないので、一日延しに延していたのだが、休戦になったら、穴掘りの必要だけは消滅するのだから、これだけでも好都合であると喜んだ。それから、軍隊の峻厳なる命令で、何かの軍事施設のための徴用労働を、我々疎開者にも割当てて来るので、皆んながひそかに当惑していたのだが、それも今日から御免になった訳だと思うと、甚だ好都合であった。

その夜、私は開戦後の事を回顧した。自分の東京の家の焼けた事は甚だ悲むべき事であった。日米開戦の当日、或る会合に出席した時の米会者の心の動揺が思い出された。在京中は毎月一二度、何かの会に出て行って、世間に活動している諸氏の時局的高説をよく耳に入れたものだが、それ等の諸氏は、今日、如何に感じているであろうか。それを私は知りたいと思う。諸氏の最初の考えの見当ちがいであったことをどう感じているであろうか。それを私は知りたいと思う。

それから、私は、あれほど無条件降伏を切望していた清沢君が、私と会った後、間もなく逝去して、その望みの叶った今日の日に会えなかったことを気の毒に思っている。

（以上、与えられた課題に対する、与えられた紙数だけの感想であるが、数ケ月を隔てた過去の日に於ける感想の記録は、八月十五日当日の実感とはおのずから異なっているであろう。止むを得ない。この頃頻繁にあらわれる知名人の回顧録、過去の感想談も、眉に唾をつけて見るべきであり聞くべきである。）

（「新日本文学」昭和二一年三月）

新年の思い出

私は大磯に定住していた間に、何度も東京の帝国ホテルで歳末年始を過した。子供の無い私達夫妻は、新年を迎えるための何の準備もせず、餅さえ搗かなかった。面倒くさい事のきらいな私は、年賀の端書は、先方からのに対して、余儀なく返答するだけで、自分の方からは一枚たりとも出したことはなかった。

ところで、ホテルの新年は、何か面白い事があるかと云うに何もなかった。クリスマスは賑やかであるが、新年はいつの年でもひっそり閑としていた。元日の朝、親指の半分ほどの大きさの餅の入った鴨雑煮を特別料理として饗応され、それだけで「新年の御慶目出たく申し納める」のであった。近年は鴨雑煮でも味噌雑煮でも、汁粉でも、安倍川でも、餅という餅を腹一杯たべたくなっているが、そして、餅ほどうまいものはないと思うようになっているが、あの時分は、新年元旦の朝のたべ物としても、パンにコーヒーにハムベーコンの類いを喜んでいた。

遅い朝飯をすますと、図書室で新聞を読んで、それからロビーの椅子に腰をおろして煙草を吸いながら時を過すのであったが、誰れ一人私を訪ねて来るのではなし、甚だ退屈な訳であった。二十代三十代には知友と頻繁に往来していたものだが、四十過ぎての大磯住居以後は、次第に知人に遠ざかるようになった。新年になっても、互いにこれを祝すとか歎ずるとかする相手はなかった。

新年の面白かったのもやはり、幼少の頃であったと云っていい。大抵の人がそうなのではあるまいか。私の家には私を長男として多数の子供が生れていたので、甚だ賑やかであった。正月元日には、我々は未明に起きて、礼服着用の父に随って氏神に参詣する。冬の夜明け前でも、瀬戸内海沿岸の私達の村は左程寒くないのが常例である。新年は雪国の新年が、趣味豊かであると云う者があるが、正月が春らしく温かいのも悪くないのである。私の故郷は漁夫の村であって、近年まで陰暦標準で年中行事をやっていて、無論正月は旧式正月であった。それで、周囲の人々は何等正月らしい生活をせず、餅も搗かず、屋内屋外の仕事を休まなかったのであったが、私達の家では、何かの都合で、正月だけは新暦で祝うことにしていた。

神棚には灯火を点じて、その神棚の下であり、土間の上り口である一区劃が、昔から炊事場兼食事場になっているので、其処で、正月三ケ日の目出たい食事も採るのであった。ところで、故郷の正月の風習として珍しい事は、世間一般の雑煮という名称は用いていながら、三ケ日の朝毎に汁粉を喰うことであった。こんな風習は、わが故郷以外には鳥取県の何処かにあるきりだと聞いたことがあったが、私は悪風だと思っている。私が一生胃病に悩まされたのも、幼少期に於ける正月毎の汁粉の常食に原因していたかも知れない。しかし、今日のような物資不足時世に回想すると、三ケ日、汁粉を鱈腹たべ続ける事なんか、贅沢至極の沙汰と云っていいので、下男某が三十個ぐらい汁粉餅を食べたことを私は記憶している。私達も、年齢の数ぐらいたべるべきものだと、努力して貪ったことを覚えている。ところで、最も食欲旺盛であるべき筈の、十四五歳の頃から、私は可成り重い慢性の胃病に罹り、数年間に渡って正月餅が食えなくなった。それで、自分だけは、豆腐汁か卵でお粥を啜りながら、汁粉喰いの人々を怨めしそうに見ていたのであった。

幼少時代の故郷の正月が、最も懐しく興味有りげに回想されると云っても、汁粉とか雑煮とかの食べ物以外に、どういう新年的娯楽があったかと云うと、特種の何物もあったのではない。ただ兄弟が多くって、家族が多数で、賑やかに新年を迎えたと云うだけなのだ。ところが、歳を取った今になって考えると、幼少の兄弟が多勢揃って、賑やかに睦まじく新年を祝するのは、それだけで、人世の幸福此処に在りと云っていいのである。私は、年末年始を通じて、炬燵にあたって小説本なんかを読むのを楽みにしていた。時々は読んだ事を弟などに話して聞かせて自他共にそれを楽みにしていた。年は新たである。前途に新しい希望、面白い夢見たいな事を思い起される作品を読むことは、年少の頃に於いては、この上もない楽みであったのである。現在に於いては、そういう種類の作品、年少者をそういう意味で喜ばせる作品が世に現れているのであろうか。

この頃の私は、よくそう思うのであるが、過去の自分と周囲とが最も鮮明に記憶に浮ぶのは、故郷に於ける幼少時代のそれと、世界漫遊中の老年期の光景である。新年は、ロスアンゼルスで一度、ニューヨークで一度経験した。西洋では無論、新年よりもクリスマスが盛大に祝賀されるのであるが、大晦日の夜の市中の賑いは、ニューヨークなどでは大したものであった。それよりも、日本クラブで催される日本人の新年会と云うようなものが、私の心に興味深く印象されている。何年も何十年も海外で暮す人には、特別の感慨なんか起らないのであろうが、短い世界一巡の途中で偶然、新年や新年会にぶっつかった私には、何かが清新で、意味ありげで、興味豊かであったのだ。西洋大都会の一隅で、日本人だけが集って、日本流を発揮して、鬱を散ずるという風なのだが、来る日本人の多くが喜んでそんな所へ来るのではなかった。そんな所へ集って面白くもない余興なんか見るのは甚だ詰まらないと口でも云い、腹でもそう思っているらしいのに、しかし、会へやって来て、会の悪口を云ったりしているのは、そこに異郷に於ける日本人の心理が現れているのであろう。やはりまだ日本を拋棄し得ないのだ。

その時の会では、新漫遊の若い女性が、「野崎詣り」なんかを日本服姿で踊って、一人で人気をさらって、他の出演者に嫉まれたらしかった。その女性に欧洲行の旅費をも出してくれる好事者が幾人も現れたと云う噂も、あとで耳にした。しかし、私には、その女性の日本踊なんかよりも、その新年会に於いては、ある事件が面白かった。宴会闌《たけな》わなる頃、銀行員である一人の日本人が、その妻なる西洋婦人と共に来会したのであったが、顔色の赤らんだ肥満したその夫人は、瘦身の夫に言い付けて、階下のバーから、頻りにウイスキーを取り寄せさせて、自分も飲み、あたりの日本人にも飲ませたりして、盛んに話をしかけていたが、しまいには、酔いに乗じてコップを抛ったりした。涙をホロ〳〵とこぼしたりした。そして、夫を呼び寄せては、自分の頰に頻繁なキッスをさせた。夫は命のままに、気せわしく、妻の顔のあちらこちらをキッスした。

「私には何十万ドルの収入のある男が結婚の申し込みをした。私はそれを断って、このトミと一しょになった。この貧しい日本人と結婚してしまった。この人が可愛かったのだ。私はどうしてあの時、このトミを可愛いいと思ったのだろう。」

彼女は、衆人環視の中でそう云って、大粒の涙を広い頰の上へホロ〳〵とこぼした。夫は妻を連れ出そうとして腕を執ったが、力のある妻は動かなかった。そして、新たにウイスキーを命じて、飲みあましのコップは床へ叩きつけた。私達は呆気に取られてたが、いき〳〵した人生の一光景に接したような快感をも覚えた。私が英語をよく聞き分ける耳を持っていたなら、彼女の酔余の述懐は甚だ面白く、世界的小説の一片を読む思いをしたことであろうと察せられた。

「あなたは、映画のシナリオでもお書きになるんですか。日本でも何か書いて、世界一周の旅費が稼げることがあるんですかね。」

その銀行員は不思議そうに、私にそう訊ねた。

（「週刊朝日」昭和二三年一月）

少しずつ世にかぶれて

太平洋戦争が深刻になるにつけて、雑誌や執筆者が無法に弾圧されるのを見るにつけて、私は在来の文壇のようなものが復活する時があろうとは予期しなかった。少なくも、自分などの生きている間に、純粋の文学芸術が自由に出現し得る時が来ようとは夢想もしなかった。

それで、戦争の方はまだ敗軍ともきまらない前に、自分の文壇生活は今度こそ完全に終った事と観念して、そのつもりで残生をおくろうと心掛けていた。文壇の有無に関らず、世人に見せるも見せないもない、ただ自分の創作欲に駆られ、或いは自己一箇の消閑の方法として、日常、筆を採って、何かを書き続けることは私の為し得る所でなかった。日記

でさえ殆ん ど付けなかった。先頃頻りに発表されていた永井荷風氏の日記や徳田秋声氏の日記を見て、よくこんなに丹念に書いたものだと驚歎したのであった。秋声氏のような不精ものが、筆まめに日記をつけていようとは、私は思いもそめなかった。

私は、人に頼まれて、発表場所が極ってから、さて何を書こうかと、ペンを持って考え出すのを、数十年来の文壇生活の常例としていた。これからも依頼に接するかぎり、何かと書きつづけるであろうと、他人事のように空想されるのだが、将来は兎に角、過去数十年の執筆生活の間、自分が大なり小なり、周囲の影響を受け、時代の感化を被って生きて来た事が、この頃は殊に痛切に回顧されるのである。

今度の戦争では、日本が負けるだろうと、私ははじめから予想していたのであったが、それは先見の明があった訳ではなく、日露戦争の時にも、私は、小なる日本は大なるロシアに対して終局の勝利は占め得られないだろうと予定していたのであった。その予定ははずれたが、人間万事かくの如く、一寸先は闇の世である。

先頃ラヂオの講演の末節を偶然耳にして興味を感じたのであったが、それは、三宅坂に寺内大将の銅像が建てられていないで、内村鑑三や堺枯川の銅像が建てられているようであったら、日本のためによかったという意味の事であった。こういう興味ある事を誰れが云ったのかと、新聞所載のラヂオの番組を見ると、それは大内兵衛氏の所説であった。

私は、日露戦争当時は、読売新聞社に勤めていたのであったが、社の内外ともに、戦争熱は烈しかった。私は文化方面の種取りに美術家や文学者を訪問していたが、大抵は戦争讃美者であったようだ。戦争反対者なんかは殆んど無かったと云っていい。二葉亭がはじめから熱烈なる開戦論者で、開戦直後の日本の勝利に、いかに狂喜したかは、内田魯庵の二葉亭追憶記のうちに有り〳〵と写されている。国木田独歩の『号外』には、戦争が終結して号外が出なくなった淋しさが叙せられているが、それほどに、号外は市民の心を湧き立たせていたのだ。号外には大抵日本の勝利が報道されていた。

内村鑑三が基督教精神に立脚し、堺枯川、幸徳秋水などが社会主義思想から出発して、共に非戦論を唱えだしたのは、言論社会の異彩として私などの目にも映っていたが、しかし、彼等と調子を合せて戦争反対運動でもはじめようという気にはなれなかった。日清戦争の際には、正義の戦として、日本の態度を讃美し、日本の軍閥や政府から頼まれもせず、お礼も云われないのに、「国民之友」誌上などに戦争宣伝の英文を寄稿していた内村鑑三も、日露戦争当時は、前日の非を悟って、世に正義の戦争無しと高調しだしたのであったが、当時内村崇拝熱の冷めていた私は、この先生の非戦論にはかぶれなかった。私自身戦争嫌いでありながら、殊更らしく非戦論を唱える人は、ただの物好きに過ぎないように思われていた。戦争は有利に赴いていたらしく、領土拡張の快感に周囲が浮かれていると、私も次第にそれにかぶれたのであった。バイカル湖あたりまで我ものにしようという帝大の学者の議論は社の編輯局でも、毎日の興味ある話題となって賑っていたが、それを傍聴していた私は、はじめのうちは彼等の大言壮語を哂うような気持であったが、次第にそれを有り得べき事のように空想しだした。内村、堺の銅像が三宅坂に建立される事は、今の頭で考えると、さもあるべき事のように空想されるが（今は、また今の流行思想に私がかぶれているため）あの頃は、三宅坂にでも宮城前にでも、それ相応の軍人か官吏の銅像が屹立するのが当然であるように思っていた。

私は独自一箇の見解を有っているつもりであり、それを志していたのであったが、今から回顧すると、時代の影響の下に動いていたに過ぎなかった。基督教は外来の清新な宗教であったために、私などはそれにかぶれたのであったが、も少しおそく生れてマルクス主義の流布する時代に接触していたなら、私はそれにかぶれたに違いなかった。かぶれるのがいいか悪いかは別として、かぶれたものに徹底しないのを、私は悲むことがある。基督教にかぶれたのなら一生かぶれ通せばよかったものを、雑作なくこの教えを拋棄したのであった。マルクス主義には時代の関係から捲き込まれないで済んだものの、若しこの主義にかぶれていたら、おそいか早いか転向していたに違いない。自反して縮《なおく》んば千万人と雖も我往かんという気概は、昔から尊いものとされているが、これは泰平無事の時の空言のようである。孤往独邁の哲人として讃美していた人も、よくその正体を見ていると、そうでないのが常例である。

日露戦争前、私が学校を卒業した時分には、ニーチェ主義が文壇に紹介され論議され、それにかぶれたらしいものもあった。日露戦争後には自然主義が勃興して、文学製作の方法態度が在来のとは余程異なったものとなったのであった。私などはそれにかぶれた重な一人とされているのであるが、私は今それについて当時の事を述べようと思っている。日露戦争後の日本の文壇は自然主義の世であって、その指導者は田山花袋であった。花袋は真正直な人間であっただけに、自己革命を志していたのであった。高山樗牛などの唱えていたニーチェを、覚束なく噛っただけで、早くもそれにかぶれて、ニーチェの説いている如く強くならなければならぬと感奮した。彼の最初の三部作中の『妻』の終りの方に、従軍記者として出発せんとするに当ってそう書いている。当時の所謂ニーチェ主義は、酒を呑むこと、遊蕩を恣ままにすることのように、世俗的に云われていたが、花袋は、ニーチェによって自己の薄弱な精神に鞭を加えて、強烈化させんとした。鷲の如く獅子の如く強くなれなれと、花袋好みの表現によると、自分の唇を噛んだのである。戦地へ向わんとしたのも、それによって自己の精神革命を遂げんとしたのであろう。

それで戦争終結後、文壇にも旧套打破の気運が向いて来た時、花袋は、多年読み耽っていた西洋文学のうちで、自然派の作品にかぶれて、花袋流の解釈を試みて、それを背景にして、自己の自然主義文学観を盛んに発表しだした。「無技巧説」だの、「露骨なる描写」だの、「平面描写」だのと、盛んに新たなる小説作法を述べ立てた。坪内逍遙が、『小説神髄』と『当世書生気質』、『新楽劇論』と『新曲浦島』と云ったように、評論と創作とを並べて発表して、所論の見本を世に示したように、花袋も、評論と創作とを一しょに発表していた。有名な『蒲団』は、彼の自然主義文学観の最初の見本見たいなものであった。この小説は甚だ幼稚な作品であり、描写は下手で、内容も読者に快感を与えるものではない。あの時分アメリカから帰朝した田村松魚氏に聞いたのだが、かの地で『蒲団』の掲載された雑誌「新小説」を読んだ男が、二階から笑いころげて階下へ落ちて来て、「田山がこんな馬鹿なことを書いている。」と、留め度ない笑いにむせびながら、雑誌を田村氏に突きつけたそうである。当時の文壇人の『蒲団』読後心理は大体こんなものであった。

自然主義とは性慾を恣ままにする事であると世俗的に定義を下され、かつてのニーチェ主義同様に、或いはそれ以上に、国粋党から非難されていた。文壇の自然主義反対派からは、悪口雑言を浴せかけられていた。しかし、今日の民主主義同様に、世がそういう気運に向っていたせいか、自然主義大流行で、国粋的旧時代の作家も自然派の仲間入りをするようになった。これから文壇に出ようとする若い者は尚更である。政治の社会などとはちがい、狭い文壇でのはやるとかはやらぬとかの問題も、非難攻撃讃美追随も、広い世間からは児戯に類するように思われそうであるが、児戯に類すると云えば、広い世間の行動もそれと同様である。平家にあらざれば人にあらず、自然主義者にあらざれば作家にあらずと思われていた時があった。泉鏡花氏の如き天才も、自然主義者でないために原稿が売れなくて困った時もあったそうだ。

私は自分から進んで自然派に入党しないでも、文壇でその派の一人ときめられてしまったのだから都合がよかった。国木田独歩も、自然主義が分らず、また分ろうともしなかったのに、自然派の幹部にされてしまった。「僕は自然派にあらず、自分派だ。」と、私はひそかに思っていて、人にも話したこともあった。

あの頃の文壇の一現象に過ぎない自然派の興亡の経路を見ても、今日の社会相を類推し得られるのである。ニーチェは勿論の事、一時持て囃されたイブセンにしても、民主主義者ではなく、自然主義でもなかったようだが、社会に於けるその時の流行勢力は、彼等をもその仲間に引き摺り込むのである。イブセン自身も『民衆の敵』たることの生存に不利なる所以を、その作品の示している如く、よく知っているので、仮面を被ってでも流行勢力に伍しているのである。イブセンは、「すべてが皆無か。」の思想を持して『ブランド』なんかを書いていたと云われているし、「独り立つ時最も強し。」と独自一箇を強調したこともあったらしいが、これも空想裡の産物であったに過ぎない。

田山花袋は桂園派の歌人であって、熊谷直好などの和歌を推称していた。素直に有るがままの感じを歌っているのに好意を持っていたらしい。それで、花袋の自然主義は、必ずしも西洋かぶれというだけではなく、旧い日本の歌人から啓発されるところもあったのであろう。自然主義は古典主義ロマン主義理想主義などとは異なり、民主主義凡俗主義と共通したところがある筈だが、花袋は通俗を嫌い、個性を尊重し、個に徹することを志していた。全体主義とは相容れないところがあったが、個に徹し通俗を嫌うと云うと、民主主義とは理論上調和しない訳だ。あなぐり穿鑿すると、その時代の思想や主義にぴったり合う事は困難である。いい加減な所で調子を合せて行くより外ない。

過去の文壇に跋扈《ばっこ》した主義の文学は、自然主義文学と、プロレタリア文学であったが、前者に多数人が雷同したように、後者にも雷同しない訳に行かなかった。在来の作家も多くはプロレ派に色目を使った。表面それにかぶれない作家にしても、内心でそれを無視されないで、自分の作品に、その思想に理解がありそうな事をほのめかしたりしたものだ。私などもその一人であった。終戦後の今日、プロレ派繁栄時代に見られたような光景が、眼前に見られそうである。あの頃よりも、今日は文壇が拡大され、世間的に勢力があるらしくなっているが、私は、老いてなお、かぶれなければならぬ新時代的文学派の出現を予感している。世間なら世間、文壇なら文壇で、そういうものが時の勢いに乗って出現したなら、全面的に追随しないまでも、多少その方を心得ているような顔をしなければならぬのである。

一つに徹底したものは幸いである？ 長い一生の間、あれにかぶれこれにかぶれて、ついに奥底を極めるよすがもなかったことを回顧すると、人の世の淋しさがしみ〴〵と感ぜられるのである。

（「花」昭和二一年三月）

処女作の頃

改造社出版の「現代日本文学全集」のうちの白鳥集に添附されている年譜を見ると、

明治三十七年。『寂寞』と題する小説を、「新小説」誌上に載す。処女作と云うべし。この原稿料一枚五十銭。全額二十余円の半ばを割いて蒲団を新調した。

三十九年。文壇の風潮大いに変化せんとす。読売新聞の文芸欄は新時代を代表していた。「早稲田文学」へ『二階の窓』と題する小品を寄せ、「新小説」に『旧友』を寄す。稍々長きものなり。漱石の『草枕』と同時に掲載された。

四十年。『塵埃』を「趣味」へ寄す。世評大いによし。この短篇によって新進作家として嘱目せられた。

処女作の頃がこんな風に記録されている。その時分には、私は読売新聞社に勤めていて、文芸欄の編輯をしたり、美術界の消息を集めたり、演劇の批評をしたりしていた。日露戦役後、文壇の風潮は変化したのだが、それはロシア文学をはじめ西洋近代の文学の感化に依ったのであった。紅葉を中心とした硯友社文学は衰頽して、新作家新作品が続々現れたことは、今更云うまでもなく、世間周知の事である。

島村抱月が三十八年の初秋に、三年余の欧洲留学を終えて帰朝したことは、私の処女作時代の重要な一事件として回顧される。氏は早稲田の秀才として文壇に知られていて、私など同窓の後進は氏に期待するところが尠くなかった。坪内逍遙先生は、いろ〳〵な事業を計画されていたようであったが、何事も「島村が帰ってから。」と云っていられたそうだ。私は、氏の帰朝を迎えた時、「僕はあなたのお留守中何もしませんでした。」と云うと、「どうしてです?」と、氏は非難するように云った。帰朝後間もなく、氏を主宰者として、「早稲田文学」が復興することとなり、三十九年の一月に初号が刊行された。私は、三十八年の大晦日の夜、玉突屋から森川町の下宿屋に帰って、自分の机の上にこの新雑誌が届けられているのを見て、心を踊らせて早速巻頭の長論文、『囚われたる文芸』を通読したのであった。欧洲近代文芸の面目が美文調で叙述されていたのだ。ヴェルサイユ宮殿の光景を叙した『ルイ王家の夢の跡』や『沙翁の墓に詣ずるの記』などが、相続いて誌上に掲げられた。どれも若い読者に愛誦されていたようであった。しかし、氏によって、新しい文学態度が文壇に発生したのではなかった。島崎藤村、田山花袋などの作品に於いて、文壇は新しい文学の出現を見たのであった。聡明なる抱月は、海外の文学に於いて、「人生と文学」の真髄を学ぶよりも、花袋、藤村などの作品によって、啓発されたのであった。そして、彼等の所謂自然主義文学を理論的に説明することに努力した。鷗外などは後進が幅を利かせているような文学を快しとしないような態度を見せたが、抱月は馬鹿正直に、花袋藤村その他の自然主義文学の弁護者たることに甘んじていた。藤村の如きは、抱月の評論にあまり好意を寄せていなかったようであった。私などは、文壇に出るについては、同窓の先輩としての抱月に負うところが尠くなかった。当時は、抱月主宰の早稲田文学、田山花袋を編輯主任としていた文章世界、私の編輯していた読売新聞の文芸面が、自然主義の宣伝機関のように、文壇人に見做されていて、こういう文学の嫌いな人々から嫌われていた。これ等三者が徒党を組んで文壇にのさばっているように思う人もあった。しかし実際はそうでもなかった。

私は、早稲田卒業間際に読売新聞の日曜附録の文芸欄掲載のための合評会に加って、その時の批評文が、主任者の抱月によって、多少添削された外には、処女作以後のどの作品も、発表前どの先輩にも見て貰ったことはなかった。不馴れな幼稚粗雑な文章がそのままに発表されたのであった。処女作『寂寞』は、同窓の先輩後藤宙外に勧められて、同氏の編輯していた「新小説」に掲載される予定の下に執筆したのだが、はじめての作品としてどんなものが出来るか分りもしないのに、掲載を確約され、原稿引きかえに料金まで与えられたのは、氏の厚意であったと云っていい。後年反自然主義を唱道して、盛んに彼等に対して悪声を放った彼宙外にも、私は感謝していい訳である。私はその後続けて二三回「新小説」に寄稿した、一度は漱石の有名な『草枕』と一しょに出た。無論、私のは何の反響もなかった。

私がはじめて文壇の注意を惹いた作品は『塵埃』であったが、この作品の掲載された雑誌「趣味」の発行所たる易風社の主人西本波太は、早稲田出身で、まだ商人臭のなかった青年であった。私の最初の短篇集『紅塵』と、その次の『何処へ』は同社から出版されたのだが、当時の大書店春陽堂や博文館が、僅かな著作料を払って出版権を独占するような態度を執っていたのと異なり、話し合いだけで、手軽に出版されたのであった。後日に累を及ぼすような契約書なんか書く必要はなかった。しかし、それだけ淡泊であったためか、この一特色のあった雑誌「趣味」はその出版事業とともに永くは持続されなかった。

博文館の「太陽」「文芸倶楽部」春陽堂の「新小説」金港堂の「文芸界」などが、あの頃の大雑誌であって、早稲田文学、帝国文学、文章世界、趣味などが、純文学雑誌として注目されていたが、はじめはあまり問題にされなかった「中央公論」が、次第に勢力を得て、文学、殊に小説に於いて諸雑誌を圧倒するようになった。私は長い一生を通じて、中央公論誌上に最も多数の作品を寄稿した訳である。私の処女作以後数年間の作品は、本郷森川町の下宿で執筆されたのであるが、中央公論最初の依頼に応じ、『五月幟』を寄稿すると、それを読んだ滝田編輯主任は、慌しく、息もせか〳〵と私の部屋に入って来て、

「あれはいいですなあ。」と、激賞して、そのいい所以を熱心に説いた。こんなに褒められたのは、生れてはじめてであった。褒められて悪い気持はしなかったが、しかし、どうしてあれがいいのか、私には合点が行かなかった。はじめて瀬戸内の故郷の光景を書いたのだが、私は故郷の地方語は好まなかった。実際は、処女作以来の私の作品の会話用語は、東京生活を叙しても、田舎なまりの続出で、甚だ純粋を欠いで面白からぬのである。岩野泡鳴は、「小説には東京を書かにや駄目だよ。」と云っていた。私も同感であった。小杉天外氏は、「小説は田舎を書くのがいい。田舎を材料とすると、祖先以来の事がよく分っているから、本当の事が書ける。」と云っていた。その意味は、いろ〳〵な家族の遺伝がよく分ると云うのであろう。それにも私は同感した。佐藤俊子は、「東京の人はああは云わないのよ。」と、私の作中の会話を直してくれたことがあった。しかし、私は直す気はなかった。一ケ所だけ直したたって為様がないじゃないかと思っていた。あしこに生れた私があしこの訛を作中に用いるべく余儀なくされるのは宿命であると思ったりしていた。

私はあの頃、島村抱月に引き立てられ、田山花袋に教えられ、国木田独歩の作品に刺戟されたのであったが、大町桂月が或る時私の小説を批評して、「独歩の文章は簡潔だが、君のは、書き足りないと云った感じがする。」と、屹り〳〵話したことがあった。私は同感であった。しかし、初期の私の作品を賞讃した先輩も随分あったのだから不思議だ。不思議であると私は思っていた。有難い仕合せであった。二葉亭のロシア行の送別会か、或いは追悼会が上野の精養軒で催された時の帰り途であったが、矢崎嵯峨のやというロシア通の飄逸な老文学者が、私の側へ寄って来て、「あなたの小説にはロシアの小説と同じようなのがあります。ロシア物の真似ではなくて、自然にそういう感じが出ていると思います。」というような意味の事を云ったのは意外であった。それっきりの話で別れたのだが、私はこの批評を素直に受け入れることはしなかった。当時ロシアの小説は文壇で持てはやされていて、私も日本訳や英訳によって、手あたり次第に読んでいた。二葉亭訳によりガーネット訳により、ツルゲーネフを愛読していた。偶然丸善に来ていたチェーホフ短篇集の英訳二巻を愛読していた。そして、チェーホフの摸倣見たいなものを二三書いたのであったが、ロシア物と私の物と本当に似ている筈はないと思っている。

当時の私は、藤村、独歩、花袋などの直ぐ後から出た新進作家で、文壇の花形見たいな所であったが、実際の生活では花形らしい趣は全く無かった。本屋が出版したあとで失望するのを常例としたほどに本は売れなかった。原稿料の収入だって、今日の時世から顧みると零細なものであった。第一、作品その物に、若々しい華やかなところは皆無であった。私と同時に出た新進作家は、真山青果、小山内薫、岡田八千代、小川未明、水野葉舟、後藤末雄などであったと記憶しているが、これ等の作家も華やかではなかった。私などより数年後に出た谷崎潤一郎、長田幹彦などこそ作家の花形らしかった。小山内の妹岡田八千代は、当時小山内芹影として作品や劇評を発表していて、その処女作は私のと同時に「新小説」に掲げられたのだが、鷗外の弟三木竹二は、一葉の再来であると云って激賞していた。芹影は兄にまさる程の才筆を持っていたが、後日女流作家としてさしたる発展を遂げなかった。

明治二十年代の文壇には、逍鷗紅露という熟語が出来ていたくらいに、四人の文学者が代表的地位を占めていた。私などが文壇に出た時分には、独歩、藤村、花袋の三人が、自然派側の作家として重きをなし、これ等と対抗する如く漱石が一方で威を揮っていた。平家全盛時代の如く、自然派にあらずんば真の作家に非ずと云ったような文壇風景は数年間続いたのであって、私もその自然派仲間の一人であるように見做されて、余得にあずかっていたと云ってよかった。しかし損もしていた。自然主義者は獣欲讃美の不徳漢のように云われたりした。私は学生時代に信奉していたキリスト教から離れて、自由奔放の生活をしていたようであったが、実際は当時の私は身体羸弱であったため、消極的態度で自己を守る必要があったのだ。積極的に悪を為す力なんか有っていなかった。また私の作品には色気を欠ぎ、獣欲讃美のにおいなんかまるでなかったことは、今日読んで見ても明らかに分っている。

こんな風に、需めに応じて処女作時代を取り留めもなく回顧していると、自分がいちじるしく歳を取ったことが感ぜられて、甚だいやになるのである。処女作時代は四十年前の事なのだ。我が事とは思えぬほどに遠い昔の事なのだ。隔世の感とはこの事である。

すべて路傍の人？

（「光」昭和二三年二月）

終戦前に軽井沢に移転して以来、四年の歳月が経過した。その間、月に一二回はリュックサックを背負って上京するのを常例としている。終戦前と終戦後と、時世の著しく相違していることは云うまでもないが、平和になってからでも、上京毎に、世の姿の目まぐるしく変っていることに気がつくのである。

汽車の混雑は旧の如くである。いくらかゆるんだと思われることがあっても、また雑沓を極めるようになり、昔のような快い汽車旅の出来るのはいつの事やら予想されない。以前、避暑地としての軽井沢に往来していた時、関東平野の単調な眺めに退屈して、三時間半の準急行をもどかしく思ったのであったが、今から思い出すと、それは贅沢な沙汰であった。窓外の風光を翫賞するとか、無聊に苦むとかするのは、贅沢な沙汰であって、周囲の乗客からの圧迫を避けて、多少でも気楽な位置に身を置くことに全力全心を注いでいるので、退屈なんかする余裕はないのだ。東京で地下鉄、その他いろいろな電車に乗る時には、戦闘的態度を執らなければならぬので、老いたる私などは、いつも苦悶の状態を経験さされるのであるが、しかし、汽車が東京に着いて、車内の圧迫から開放されて、外へ出て東京の空気に接触すると、俄かに世が明けたような感じがするのである。昔、旅行して、宮島の宿屋に泊った時、そこの女中に、「こんな景色のいい所に住んでいられるのは仕合せだね。」と云うと、彼女は、「年中住んでいると、退屈します。たまに連絡船で、向うの岸に着くと、ホッとして、気持がせいせいします。」と答えた。そういうものであろうか。

　私は好まない田舎生活を余儀なくされていたので、毎年この冬こそ都会へ帰りたいと思っていながら、志を果すことが出来なかった。大学教授などは、還暦が停年期で職を退くことになるのだそうだが、優秀なる学者は、その頃から頭脳の働きが衰えると極ったものではあるまい。「五十から七十までが精神の活動時期だ。西洋ではそう見られている。」と、或る外人から聞いたことがあった。しかし七十以上にもなれば、東洋西洋の別なく、頭脳は衰えるのであろう。私など、自分で気がつかなくっても、頭脳は衰えているのであろうから、都会の生存競争の烈しいなかで奮闘するには堪えられなくなっている筈だ。それでも、私は、閑寂であるべき田舎よりも、喧噪であるべき都会に心を惹かれている。都会にいて人々の活動を見ながら、孤独の生涯を過さんとしているのである。

　ルソオは『孤独な散歩者の夢想』の劈頭に、「僕は地上でただの一人きりになってしまった。最早、兄弟もなければ隣人もなく、友人もなければ社会もなく、ただ自分一個があるのみだ。およそ人間のうちで最も社交的であり、最も人なつこい男が、全員一致で仲間外れにされたのである。どういう苦しめ方が僕の敏感な魂に最も残酷であるかと、彼等はその憎悪の極をつくして考えめぐらしたのだ。その揚句が僕と彼等を結ぶ羈絆を悉く理不尽にも絶ち切ったのである。」と云っているが、私は、誰れからも除けものにされ、仲間外れにされたのではない。兄弟隣人が無くなっているのではない。しかし、この頃は、地上でただの一人きりになったという感じが切実に心に起ることが多い。昔から私は空想的には屢々そういう感じに襲れていたのだが、この頃は、現実に左様な感じに打たれることがよくあるのである。

いつの世であっても、人間は孤独では生きていられない。今日はなお更そうだ。汽車に乗っていても、周囲の人々と絶えず妥協するか、或いは反抗を続けていなければならぬ。此方でつつましやかに小さくなっていると、次第に押し詰められて、ますます身体を窮屈にさされるばかりだ。超然と孤独を守っていられるものじゃない。電車ででも汽車ででも、茫然超然淡然としていようものなら、絶えずスリの餌食にされるであろう。雑誌社や出版社から、原稿料や印税を恵まれなければ、孤独な生活も出来ないのである。そして、これ等の雑誌社出版社に対しても、超然淡然の孤独を守っていては、損をさされ、馬鹿な目に会うこともあるのだから、警戒をゆるめてはいられない。先日も或る出版社から出た私の作品集に、私の指定しなかった物を勝手に入れているのを発見したが、この頃の時世では、そういう事は平気になっているらしい。著者も出版者も、互いに結托して儲けようという考えに変りはないのだが、両者の間に心の融和があるのではない。「すべてこれ路傍の人」といった感じで、私は相手を眺めることがある。汽車や電車で乗り合せた左右の人々は、足を踏んだり踏まれたり、肩を押したり押されたりしながらも、偶然行き合った路傍の人々たるに過ぎないのだが、もっと長い間に渡って接触している人々、――相面して、世間の事件を噂し合い、文学についても意見を交換し合ったりしている人々も、路傍の人たるに過ぎないと思われるのである。意見の一致することもよくある。相手の意見に感心することもある。しかし、要するに彼は彼、我は我。彼の説が我の説と一致していても、或いは反対であっても、彼は彼、我は我で、お互いに路傍の人々たるに過ぎぬのである。切実に云って見れば、その人の云っている真理は、その人だけの真理で、私に取っては、真理のようでもあり空言のようでもあると云っていいのだ。自分が真に感じたこと、心魂に徹して悲んだこと、喜んだこと、歎じたことが、相手の心にその通りに映るものか。自分がさまざまな痛い思いをして、それを傍人の誰れかに語って見ると、傍人は、「それはお気の毒です。」と云うだろうが、心の中では、此方の痛みを痛みとしていないに違いない。「人間は他人の不幸を喜ぶものなり。」という格言が西洋の昔にもあるようだが、喜ぶか喜ばぬかは別として、他人の痛みがそれと同様に自分に感ぜられよう筈がない。他人の不幸なる話は、我々の座興となるのである。

汽車や電車で、顔と顔とを擦り合せて、私は余儀なく相手の顔を見詰めながら、路傍の人と云う事を考える。同じ人間の顔をしていながら親しみが覚えられない。神は自分に似せて人間を造ったそうだが、こういう顔形を持った人間が神の理想の産物なのか。私は、上野駅で信越線列車の発車時刻を、行列に加って待っている間、或いは雑沓している列車内で多少隙間のある場合に、何かの書物か雑誌を読むことがあり、この頃は久し振りに聖書を読んで甚だ興味を覚えているが、ユダヤの神は、自分で人間を造りながら、それを後悔して、こんな奴はひどい目に会わしてやろうと憤慨したり、こんな人類は絶滅させて新しいものを造ろうと考慮したりしていたことがあった。神は絶大な創造力を有するとともに孤独であるが、孤独だからいろいろなことを夢想するのであろう。文学者は、神に比べると甚だ貧弱な創造力を備えていて、いろいろ貧弱な醜穢な人間を造り出し、描きだし、それを僭越にも「創作」と名づけたりしているが、これ等創作家は、神の如き孤独を守るには堪えかねて、同輩相会して一つの勢力をつくろうとしているようである。肝胆相照らすと云うようなのではなく、本当は路傍の人々同士なのだが、路傍の人々同士でも一しょになると、いくらか力がついて、衆をたのみに、強い口が利けるようになるのである。

私は東京に出ている間、雑誌記者や出版業者から、文壇の現状などを聞いて、自分の処世態度の参考にするのだが、時代の現状に調子を合せて行くことは、老年の身としては甚だ困難である。容易なことではない。路傍に立って傍観している態度で見ていると、世は百鬼夜行のようでもある。改札口を出ると雪崩《なだれ》をうって、先を争って汽車に乗り込もうとする群衆の態度行動を見ていると、百鬼昼行くの感じがするが、この頃のきたならしい、悪どい挿絵なんかの入った雑誌を見たり、誌中の記事を読んだりすると、百鬼夜行の感じがする。終戦後三年にもなり、政治経済の方面はとに角、文壇の方面はいくらか落着いて秩序が整って来た筈であるが、醜怪なる書籍雑誌の横行はまだ盛んである。それ等は私に取って関係のない路傍の人であるが、文学の本流も私などとは縁のないものになりつつあるのを感じる。終戦後に出かかった新進作家も、この頃になってようやく形を整え、文壇に新気運が漲るようになり、旧時代の作家の作品とは、根柢からして異っているような趣を呈しているのであるが、こうなると年齢的に文学鑑賞法も硬化している私など、随いて行けなくなるのである。石川達三氏の『望みなきに非ず』は、近来の新聞小説中、最も評判よろしく、私なども一読して多少の興味は感じたのであるが、読みながら作中に飛び込むことは出来なかった。私などとは縁の遠い別世界の小説だと云った感じがする。私はこの頃、研究用として、昔の新聞に出た長篇小説を読んでいるが、藤村や花袋や秋声の作品が、作風や表現が古くさく思われるに関らず、まだしも、私の心の接触するところがあり、私の文学鑑賞気分と縁がありそうである。新時代の人々は、すべて是路傍の人である。最も新しい新進作家、梅崎春生氏の『桜島』を先日偶然一読して、文章にも作風にも清新味を感じて、世間が新作家として迎えたのは、さもあるべき事と思われた。死についての感じ、死を前にしての心の動揺など、素直に、自然に書かれていて快く読まれるのである。しかし、死に対する青年の考えと、死に対する老年の考えとは、おのずから異なるので、路傍の人の感想を通りすがりに聞いたままでだといった感じがする。鷗外が『妄想』のなかに、「辻に立っていて、度々帽子を脱いだ。昔の人にも今の人にも敬意を表すべき人が大勢あったのである。帽子を脱いだが、辻を離れてどの人かの跡に附いて行こうとは思わなかった。」と云っているのには、私も同感で、敬意を表し、好感を寄せたにしても、追随はされないのだ。戦争中一億一心というようなことが唱道され、人皆その言葉を信じたような顔をしていたが、自己の個性に執着していると、他は皆路傍の人であり、他と一心にはなり得ないのである。人間は生れて以来周囲の世話になって生を続けて来たのであるが、死ぬる時は独りぼっちで死ぬるのだ。

死後の旅はどうだか分らないが、現世に於いて、人は路傍の人々を見て過すだけでは物足らず、生存の渦中に衆とともに活躍せんと志すのが普通の人間心理である。しかし、一方に傍観者心理も存在するのだ。鷗外その他文学者のうちには、この傍観者心理の所有者が数多ある筈だ。デュアメルの『文学の宿命』を渡辺一夫氏訳で、今読んでいると、そのうちに、エラスムスの門弟オフレールの言葉としてこう云っている。「僕は人類と呼ぶものと極めて薄弱な聯帯関係しかないような気がするのです。固より、僕は、人類を矯正したり、作り直したり、人類自身から人類を守ってやったりするつもりはありませんね。僕は人類を眺めるだけで満足なのです——一方には騒ぎまわったり、働いたり、啀《いが》み合ったり、集合したり、或は格闘したりして、要するに、来る日も来る日も、苦しみと欣びとの中で我事終れりとする人間共がいるとすれば、他方には、傍観し、傾聴し、計量し、批判し推論する不感不動の知性が控えているものなのです。」

こういう不感不動の知性の所有者たる人生の傍観者が、作家のうちに、評論家のうちに存在しているのであろうが、私は自分がたとえ傍観者であるにしても、こういう不感不動の知性の所有者ではないのであって、傍観しながら、心に動揺が続けられ、感想が濫発し、我独りの悩みを保っているのである。路傍の人々を無視し、孤独の生を続けることに安んじ得ないのだからこそ、田舎よりも都会を好み、わざわざ雑沓の巷に出て、吹きさらしの辻に立って、路傍の人々を見守ったりしたがるので、我ながら不思議である。文学の作家作品をも、私は吹きさらしの辻に立って、路傍の人々を見守っているように見守っているので、それ等路傍の人々がたまに私の方に目をつけて、歓喜の声を発しようとも軽蔑の態度を見せようとも、そういうことは、雲烟の過眼視して平気の平左でいればいい訳なのだが、その傍観態度が貫徹し得られないのだ。しかし、それもこれも、私がすでに老いていながら、文筆で生活しなければならぬ境涯に身を置いているためであろう。路傍の人々と観じながら場裡に出て、一働きしなければならぬ境涯にいるためであろう。生存競争ら、それ等の人々が知らず知らず自分の心の障りとなっているのである。雑誌記者や出版業者の一顰一笑が、路傍の雑人の偶然の表情とのみ見られないで、知らず知らずそれが気になるようになっているのだ。世知辛い世の中、目まぐるしい今の世の中では、些細な毀誉褒貶でも、あだおろそかには思われないので、自己の生存がおびやかされ、自己の運命が左右されるのである。デュアメルは、「純粋の傍観者というのは知識の妄想である。」と批評している。それで、エラスムスは、自分は傍観者であるという妄想を持っていたに拘らず、一切の争闘に参加せねばならなかったのである。「まず第一に、物を書くということは即ち行為であるからだ。」と、デュアメルは云っているが、岩野泡鳴も、机に向って物を書いていることは即ち人生行動なのだ、実行だと云っていた。

すべて是路傍の人であると思いながら、すべて無縁の人であると思いながら、私はその感じに終始していないで、路傍の人々と一しょに闘技場に出ているのであろうと、自分で自分の身を傍観している。

（軽井沢　二十三年三月）

（「新文学」昭和二十三年四月）

漱石と私

最初の漱石全集のうちの『書翰集』だけを持っているので、時々読んでいる。漱石の手紙は、大抵の人が大切に保存していたらしく、その書翰集は他の文学者のよりも豊富である。そして面白い。誰れの書翰集でも、概して興味深く読まれるものだが、漱石のは殊に我々の心を惹くのである。それ等の手紙のうちに、五六ケ所私の名前が出ているのは意外であったが、それに連関して、あの時分の文壇の状況が髣髴として浮んで来るのである。

明治三十八年一月二十三日、皆川正禧宛の手紙に、「僕の事を評するときは誰でも、必ず上田君を引合に出す。上田君は迷惑なるべし。あまり読売で学者の様に吹聴されると、大学の講堂で講義がやりにくくて困ります。白鳥子は一面識なき人なり。先達て尋ねてくれた時は、歌舞伎座へ行って留守であった。近い身より抔《など》より却って知らぬ他人の方が、時には買被ってくれるものに候。」と、書かれている。

「猫」執筆以前で、漱石がまだ有名人にならなかった頃の事だ。私は、読売新聞記者として、文学美術方面の消息を蒐集したり、何でも御座れの雑文を書き飛ばしたりしていたので、帝大出身で文筆にたずさわっていた人々（多くは、教師を正業として、傍ら何か書いていた人々）ををも時々訪問して、新聞種になりそうな事を聞こうとしていた。たまには、原稿の依頼もしていた。西片町の畔柳芥舟の家は、当時森川町などに下宿していた私の住居から近かったので、夜でも気軽に訪ねて行くこともあったが、芥舟氏からは、たびたび漱石の噂を聞かされた。氏は、高等学校の教師であったから、漱石とは日常同僚として交っていたのであろう。彼は高浜虚子と共に、俳体詩と云ったようなものを作って遊んでいるとか、英文学には通じていて、メレヂスの六ケしい小説を好きで読んでいるとか噂していた。私は当時、大学の教授や講師の人物論見たいな事を、粗暴な態度で書いていたので、芥舟などから聞いたことを材料として、上田敏と夏目漱石とを並べて雑評を下したことがあった。漱石の手紙の意味はその雑評に触れているのだ。私は、夏目を持ち上げて、上田をケナしたような書き方をしていたのであろう。上田には何かの会合の席でおり会っていたし、自宅をもよく訪問していたのであったが、私は当人のいやがるような事を屢々書いていた。それで、上田は、或る日私に向って、「積極的に何かやろうとしている者に難くせをつけて、消極的な態度の人を褒めるのはいい事だろうか。」と、詰問らしい口を利いたことがあった。当時の漱石はまだ消極的態度で、文壇に活動せんとする気構えは持っていなかったのだ。私も、「俳体詩」や『倫敦塔』を読んだくらいで、漱石を過度に推讃していたのであろう。私はその頃漱石訪問をしたとは記憶していないが、若し訪ねて行って面会していたなら、私はそれを機会に、頻繁に訪問して親しくなっていたかも知れなかった。自然主義がまだ出かかってもいなかった時分で、漱石派と自然派との対立なんか全然無かったのだから、分け隔てなく漱石に接し、淡泊にその教えを受けるようなことがあったかも知れなかった。

次に、明治三十八年三月四日、野間真綱宛のハガキ中の一節に、「柳村宅で文士会合の節白鳥来り候よし。栗原古城という先生も其席上にありし由。白鳥をひやかしたか、どうだかあやしきもの也。」とある。或る夜上田敏を訪問した時、馬場孤蝶生田長江森田草平などが集っていた事を私は記憶している。生田や森田はまだ学生であったのだろう。その時栗原がいたかいなかったか記憶していないが、ひやかされた覚えはない。私は、新聞記者としてではなく文学愛好者として上田敏訪問をしていたのだが、先方では、詰まらないゴシップの種にされるので、煩さがっていたにちがいない。或る晩訪問した時、隣りの茶の間で、来訪の女性が夫人に向って、「お宅ではこの頃読売新聞をお取りにならないんですか。」と云っているのを耳にして、私はハッとした。当時私の筆で上田に関する記事が書かれていたのであった。私は、おり〳〵上田柳村の文章に対して不遠慮な批評を下すことがあったにしろ、彼の西洋文学知識に対しては多少の敬意を払っていた。そして、彼によって何等かの新知識を得んと努めていた。だから、いやがられながらも屢々訪問していたのだ。

「猫」が出て、「ぼっちゃん」が出て、それから『草枕』が現れ、漱石の文名は一世を風靡したのだが、その時分には書翰の文句も威勢がいい。

明治三十九年六月三日森巻吉宛のは、田山花袋主宰の「文章世界」に漱石論の出ている事に関係している。そのうちに、「白鳥先生のつとめてやまずんば云々は、老先生から奨励の辞を頂戴した様な感がある。実際先生では其つもりなのだろう。」と書かれている。また三十九年十一月六日森田草平宛のには、「生田先生の恋愛文学が癪に障ったと思って、片上天弦が早稲田文学へかいた。夫《それ》を白鳥が賛成した。白鳥はチョッカイを出す事を家業にしている。云う事は二三行だ。夫で人を馬鹿にして自分がエラソウな事ばかり云う。厄介な男だ。」と書かれている。自然派と漱石派とは反目嫉視の情況に堕している時分だから、最初の頃の手紙から受ける印象とは趣が異っている。「チョッカイを出す事を家業」としていると皮肉を云っているが、しかし、私は新聞記者として、絶えず時事に関した雑文を書かなければならなかったのだ。二行でも三行でも、手っ取り早く書いて、紙面の穴埋めをしなければならぬ事があった。新聞記者はチョッカイを出す家業なのだから、チョッカイを出したままで止むを得なかったのである。

私が漱石を本郷の千駄木のお粗末な家に訪問したのは、『草枕』発表の後で、これが空前絶後唯一回の漱石訪問となったのだ。用事は、当時の読売主筆竹越三叉の命を奉じて、文学附録に寄稿を依頼するためであった。竹越主筆は漱石を読売文壇の担任者として招聘すべく、滝田樗陰を介して勧誘し、自分でも訪問して直接談判もしたようであったが、それは成功しなかった。明治三十九年十一月十六日の滝田宛の手紙に、拒絶の理由が詳しく記されている。漱石の考えの用意周到であることが、今読んでもよく分るのである。拒絶理由を列挙したあとで、こう附言している。「それから、よし以上の理由を念頭に置かずして御依頼に応ずるにした所で、到底文学欄が僕の当初の所期の様に行くものではない。読売に附属した在来の記者も居る。僕が文学欄を担任すれば、僕の近しい人の文字をのみ載せて、在来の人の文字を閑却する様になるかも知れん。そうすれば苦情が起る。――今度の御依頼に就て尤も僕の心を動かすのは、僕が文壇を担任して、僕のうちへ出入する文士の糊口に窮している人に幾分か余裕を与えてやりたいと云う事である。しかし事情を綜合して考えると夫も駄目である。」

こんな手紙に依って見ると、漱石の去就は、私の生涯に少なからぬ影響を及ぼすところであった。彼が読売の招きに応じて、紙上の文芸面を支配することになったなら、私は退社するか退社させられるか、或いは漱石支配の下に、彼の命を奉じて働くようになっていたかも知れなかった。しかし、これが自然主義も起らず、漱石も俳体詩なんかやって超然としていた時分であったら、私もおとなしく漱石の下で働いていたかも知れなかったが、文壇の風潮はそうさせなくなっていた。『草枕』の発表された「新小説」の同じ号に、私の『旧友』が載せられていた。ちっとも評判にならなかったが、百枚近い苦心の作であった。読売には、自然主義讃美の評論がぽつ〳〵現れかけていた。若し漱石が読売文壇を担任するようであったなら、「早稲田文学」「文章世界」とともに、自然主義評論の発表機関であった読売は、自然主義反対側の評論の巣窟になったかも知れなかったし、私は、漱石門下の跋扈《ばっこ》により、居たたまらなくなって社を辞していたであろう。

漱石が必ずしも、低徊趣味俳諧趣味の作家でなかったことは、書翰集によっても明らかに分るのである。『草枕』発表後に鈴木三重吉に与えた書翰中には、激越な文学観が述べられている。「俳句趣味は此閑文字の中に逍遥して喜んでいる。しかし大なる世の中はかかる小天地に寝ころんでいるようでは到底動かせない。しかも大に動かさざるべからざる敵が前後左右にある。苟《いやしく》も文学を以て生命とするものならば、単に美というだけでは満足が出来ない。間違ったら神経衰弱でも気違いでも入牢でも何でもする了見でなくては文学者になれまいと思う。――僕は一面に於て俳諧的文学に出入すると同時に、一面に於て死ぬか生きるか、命のやりとりをするような、維新の志士の如き烈しい精神で文学をやって見たい。それでないと、何だか難を棄てて易につき、劇を厭うて閑に走る所謂腰抜文学者の様な気がしてならん。」と云っている。「草枕のような主人公ではいけない。あれもいいが、矢張り今の世界に生存して、自分のよい所を通そうとするには、どうしてもイブセン流に出なくてはいけない。」とも云っている。一般世間の見ているような漱石的文学観ではない。

野上弥生子の少女小説『縁』を「ホトトギス」に売り込もうとした時に、「今の小説好きはこんなものを読んでつまらんというかも知れません。鰒汁《ふぐじる》をぐら〳〵煮て、それを飽くまで食って、そうして夜中腹が痛くなって煩悶しなければ物足らないという連中が多い様である。それでなければ人生に触れた心持がしないなどと云っています。」と云っているのは、当時流行の自然主義小説の或る物を諷刺しているので、私なども今から回顧して、その諷刺を是認したい気になるのだが、しかし、書翰集を通じて、漱石が最も感動して推讃した小説は、藤村の『破戒』であるのは不思議である。三重吉の『千鳥』や、左千夫の『野菊の墓』なんかを褒めるのとはちがって、本格的小説として重きを置いているのだ。西洋の傑れた小説を見ているような目で見ているのだ。

しかし、この両巨匠は、人柄も作風も異っていて、その対立的興味を我々に感じさせるのである。漱石の作品の普及率は、日本文学史上で群を抜いているのであろうが、藤村はこれに次いで末永く売れ行きがいいだろうと想像される。現代日本の読者の鑑賞力はいい加減なものなのだが、漱石や藤村が多数者に持て囃されるのは間違ったことではない。世上に広く読まれ、長年月に渡って読まれる作品は、道徳性を尊重したものであると、昔云われたことがあったが、漱石はそうであっても、藤村は必ずしもそうではあるまい。『破戒』は小説的読物であるが、藤村の多数の自伝的作品は、面白く快く読まれる種類のものではない。それに関らず多数の読者のあるのは、彼の作品の内在価値が読者の心を打つのであろうか。漱石は新聞小説を書きだしてからは、読者を惹き寄せること、面白く思わせることに力を注いでいたようである。藤村は読者の御機嫌を取ろうと企らんだことはなかったようだ。

「拵えものを苦にせらるるよりも、活きて居るとしか思えぬ人間や、自然としか思えぬ脚色を拵える方を苦心したら、どうだろう。拵えた人間が活きているとしか思えなくなって、拵えた脚色が自然としか思えぬならば、拵えた作者は、一種のクリエーターである。拵えた事を誇りと心得る方が当然である。」と、漱石は、田山花袋に答えているそうだ。そして、「独歩の作物は（巡査）以外は悉く拵えものである。但しズーデルマンのカッツエンステッヒより下手な拵えものである。花袋の（蒲団）も拵えものである。」と云っているそうだ。これだと、漱石の批評振りがハッキリしていて、私には面白い。彼は、自然主義の作品では、藤村の小説、或いは『破戒』だけを傑れた芸術として認めていたのかも知れない。しかし、『破戒』を拵えものであると何故云わなかったのであろう。傑れた拵えものであると思ったのであろうか。『蒲団』を拵えものとしたのは変だが、そこに漱石の人となりが見られるのではあるまいか。彼は、中年の知識人が、若い女弟子の用いていた蒲団を抱いて泣くような事は、有り得べからざる事と思っていたのであろう。見じめな日本の自然主義の本領は、彼は解し得なかったのである。独歩の作物の多くは無論拵えものであるが、そういう意味では、漱石の作品も無論拵えものである。どちらがうまく拵えであるかが問題なのだが、漱石のは、『坊っちゃん』『草枕』をはじめ、幾つかの新聞小説でも奔放自在で、泉がこん〳〵と湧き上っている思いがされるが、翻って冷静に考えると、『坊っちゃん』の如き、嘘八百のつくりものであり、藤村の小諸に於ける教師生活の描写のような真実は全くないのである。それに関らず、読者はこれを本当のつもりで読んで面白がるのである。拵えものでありながら、真実以上の真実として読者の胸に迫って来るのが、作家の身上で、独歩と漱石との手腕を比べたらどうだろう。独歩は他の自然派作家なみに、創作能力が貧寒であり、漱石の豊富さには遠く及ばないのだが、貧寒なところに、芸術離れした人間の木地がおのずから出ているのである。漱石のには御念の入った、そらぞらしい作り物がありそうだ。

明治四十三年五月二十三日、『それから』の批評に関し、阿部次郎に寄せた書翰のうちに、「消極的の衒気のみならず、積極的にも大分あるやに見受けられ申候。だから小生は自分の作を本になって読んだ事は無之候。何事も書いているうちが花に候。後を振りかえると冷汗のみに候。」と云っているのは、私には意外であった。漱石はもっと自信の強い作家であった筈だが、時々自卑の念に責められることもあったのか。この所鷗外とは異っている。

小宮豊隆の『夏目漱石』は、漱石を説いて、詳しく且つ確実であるようだが、それによっても、この文豪が生活費に悩まされ、病気に苦しんだことが痛ましく察せられる。日記や書翰によって見ると、留学生としての彼のロンドン滞在中の生活なんかは、甚だみじめであったようだ。見窄らしい有様ばかりが、書翰や日記に散見している。あんな零細な留学費で、物価の高い英国で人間らしい生活が出来るものかと想像される。「当地にては金のないのと病気になるのが一番心細く候、病気は帰朝までは謝絶する積《つもり》なれど、金のなきには閉口仕候。」と、夫人へ宛てて述懐しているが、外国旅行に金と健康の必要なるは誰しも感ずるところであるが、これは外地生活に限らず、内地に於いてもそうなのだ。漱石と前後して英国へ赴いた抱月だって、漱石同様の乏しい留学費を得ていたのに過ぎなかった筈だが、抱月の方はもっと西洋生活を享楽していたようだ。「日本に居る内はかく迄黄色とは思わざりしが、当地にきてみると、自ら己れの黄色なるに愛想をつかし申候。その上背が低く、見られた物には無之、非常に肩身が狭く候。向うから妙な奴が来たと思うと、自分の影が大きく鏡に写って居ったりなど毎々有之候。」と漱石は夫人宛てに書いている。抱月にはかかる自卑の考えはなかったようだ。「クワイトユーローピアン」と云われたと、お世辞をそのまま受けて得意になったりしていたようだ。

漱石の持病は胃病であった。私も年少の頃から胃腸の故障のために、一生悩みつづけたので、漱石の苦しみには同感しているのだが、この病気は肺患のような天才型の病気とは違って、頭脳の働きを痴鈍にするのである。気だるくなり憂鬱になるのである。カーライルの気六ケしい不平観は胃病のためであったかも知れない。漱石の作品には胃病的憂鬱は無いようだ。はじめのうちは陽気で洒脱な趣もあった彼の作品も、後年のは陰気な影が漂うようになっているが、これは必ずしも胃が悪くなったためではないだろう？　私は自分が胃腸の痼疾があるために、それと文学との関係について考えている。腸胃が健全であったら、自分の文学もおのずから趣を異にしていたであろうと想像している。私は肺患者の心境は体験したことはないが、胃腸の不快な時には、筆の運びも爽やかではないのである。そして、漱石が私と同じ痼疾に悩みながら、明朗爽快な文章を産み出していたのを不思議に思っている。「近頃身体の具合あしく、書くのが退儀にて困り候。早く片付けて休養致し度、今度は或は胃腸病院にでも入って充分療治せんかと存じ候。四十を越すと元気がなくなり申候。」とか、「小生胃病烈しく外出を見合せ、世の中を頓と承知不仕候。」とか、頻繁に病苦を訴えている書翰を見ると、そういう病苦を忍びながら、新聞の読者を喜ばせるような筆を動かしていた苦衷が、私には痛ましく想像されるのである。

或る夏の日記に、「劇烈な胃カタールを起す。嘔気、汗、膨満、酸敗、オクビ。面倒で死にたくなる。氷を噛む。味のあるものを食う人を卑しむ。本棚の書物の陳《なら》ぶ様を見て、甚だ錯雑堪えがたき感を起す。昏々。」とある。これは胃病の身心に及ぼす実感である。「面倒で死にたくなる。」と云うのは、大抵の人間、一生のうちにはたび〳〵経験するところであるが、その原因は千差万別である。花袋藤村泡鳴秋江など、その作品の上におりおりその気持をあらわしているが、それは女性関係であったり、貧乏のためであったりしいる女性を連れて身の振り方に困った果てに、北海道で窮迫の極、東京から追い掛けて来た性病に悩んでいる女性を連れて身の振り方に困った果てに、「面倒くさい、死んでしまおう。」と、咄嗟に、自暴自棄の決心をして、二人一しょに橋の上から川の中へ飛び込んだ。ところが幸か不幸か、川はすでに根雪で埋もれていたので、二人は土左衛門になることを免れた。それで二人は心中しそこねた後では、「ゴム櫛を雪の中に落したから拾って来い。」とか、「そんなものが拾えるものか。買ってやろう。」とか、「買う金はないだろう。ぜひ拾って来い。」とか、言い合いをしながら、町の方へすごく帰って来たのであった。私の「面倒で死にたくなる」気持は、泡鳴や秋江などのような女性関係からではなく、或いは貧困のためではなく、漱石のような肉体的不愉快によったのであった。

二葉亭が『私は懐疑派だ』と題した談話のなかで、「どんなに伎倆がすぐれていたからって、真実の事は書ける筈がないよ。よし自分の頭には解っていても、それを口にし文にする時にはどうしても間違って来る。真実の事はなかなか出ない。」と云っている。「此間盗賊に白刃を持って追掛けられて怖かったと云う時にや、その人は真実に怖くないのだ。怖いのは真実に追掛けられている最中なので、追想して話す時にや既に怖さは余程失せている。」と云っている。追想によって書く小説には実感が失せている。作をする時には、精神は非常に緊張させるけれども、心には遊びがある。つまり真剣勝負じゃないと云うのだ。「面倒くさくて死にたくなる。」という気持でも、漱石がそれを小説芸術として書く時には、遊びになるのだ。泡鳴の作品に於いても、心中的行動を描写したあたりは、切端詰まった心境を叙しているつもりでありながら、読む方では遊びを感じさせられるのだ。「だから小説は第二義のもので、第一義のものじゃない。」と、二葉亭は断じている。しかし、これも考え過ぎたあまりの妄語で、芸術は実感と不即不離のあたりに存在するのではあるまいか。古めかしい芸術観のようだが、今日の芸術、最新の芸術も、見詰めていると、そこに落着くのではあるまいか。

俳諧文学だけでは飽き足りないで、イプセンにも心を寄せたり、幕末維新の志士の気魄にも憧憬したりした漱石の文学観を書翰集のうちに発見したり、二葉亭が雑誌記者に洩らした文学偶語を彼の雑文集のうちに見つけたりしたことに、私は一種の興味を覚えている。今日から回顧して、文豪視されている彼等にしても、ああも考えこうも考えて、迷っていたのである。

（「文芸首都」昭和二三年七月）

座談会出席の記

三ケ月間の契約で、雑誌「群像」の合評会に出席する事になっている。それで八月の末にも、自分の雑用を兼ねて、その合評会に出席することに日取りを極めていたが、H誌の記者がわざ〳〵来訪して、小林秀雄氏との対談を熱望したので、私は断りかねて、合評会の次手にそれにも出席することにした。ところが、或る日東京から珍しく電話がかかって、S誌の思い付きで、熱海滞在の谷崎氏との対談を依頼された。数日中に谷崎氏が京都に帰られるのだから、成るべく早くとのことであった。熱海まで出掛けるのは厄介であるし、同氏と相対しても話のはずむことはないだろうと危んで心進まなかったのだが、S誌復興のためには何かやってやらなければなるまいと、かねて思っていたので、兎に角承諾した。それからB誌記者の原稿依頼に来た時に、それを断ったので、記者がぐず〳〵諦めかねている間に、「それでは座談でもしようか。」と、私の方から言い出したのであった。

四つ連続して座談会に出ることに極ったのだ。私として空前であり、絶後ででもあろう。座談会は誌上に流行しているが、それは読者の興味を惹いているのであろうか。或いは原稿執筆困難なためにその代用品として座談を使っているのであろうか。私としては、いつも同じような話をする外ないので、対談も合評も何の変てつもないのだが、軽井沢に於いて、終始孤独沈黙を守っているのだから、そういう会合の席へ出るのは世間の実状を見聞するに役立つのであった。座談会のために何の用意をするのではないが、ただ合評には編輯者の指定した雑誌小説幾篇かを読まなければならなかった。それで、頭脳の浪費であると思いながら、一つ〳〵読んで行ったが、読むと、現世の反映として多少興味のないことはなかった。私などの若い時分よりは、兎に角筆の運びは上手になっている。昔は単純だったが、今は悪ずれがしていると云ってもよかろう。

二十五日の朝、例の如く軽井沢始発の列車に乗って、前夜の眠不足の目で窓外の初秋らしい風光を眺めながら、うと〳〵と微睡を楽んだ。この頃は視力の疲れを恐れて成るべく車中の読書は慎むように心掛けている。東京に着いて、出迎えの社員に随いてS社へ行ったのだが、社員に聞くと、対談者には、武林無想庵君が加っているそうだ。谷崎君と二人きりでは気詰まりだと思っていたが、武林君のような話好きの人が一人加っていると、座が白けなくてよかろうと、気持が楽になった。社へ着くと、盲人の武林君は介添えの夫人と、既に社に来ていた。一同定刻に熱海行の汽車に乗ったが、私は久し振りに海を見て、晴々とした感じがした。大磯は殊に住みいい土地のように見られた。十数年住んでいたこの地に住み続けていたなら、空襲で資産を焼失される事もなく、東京で小屋を新築したり、軽井沢で冬の寒さに悩まされたりすることもなく、煩累と浪費を免れ、豊かに晩年を過すことが出来たのにと、役にも立たぬ後悔の念に襲れた。

近年の熱海は、新興成金の享楽場のようになって、私などの近づき難いものになっているが、私に取って、懐しい熱海の追憶は、少年の頃読んだ国民新聞紙上の徳富蘇峰の『熱海だより』である。氏は病後静養のため熱海へ赴いて、その間の悠々自適の心境を達意の筆で読者に通信していたのであった。私は文範としてそれを熟読し、熱海の土地にあこがれを寄せていたのであった。「上に遊禽の囀ずるを聞き、下に清瀬のむせぶを聞き、静かにワーヅワスの詩を朗吟いたし候。」なんかに書いてあったことを私は今も懐しく記憶している。そこには頼山陽に関する清新な感想をもたらしていた。私は小学卒業直後のその頃山間の漢学中心の私塾にいて、渓流のほとりの農家に下宿して、山陽の史論や風物詩を愛読していたので、徳富氏の『熱海だより』によっては殊に詩情をそそられたのであった。それから、坪内逍遙先生の双柿舎を数回訪問したことが濃厚に思い出されるのである。

久し振りに温泉に浴して、久し振りに魚介の料理を口にして、相手の二老人と取り留めのない昔の思い出話をした。谷崎君には、最初に会ったのは、三十余年前、浅草の鳥料理の大金で催された惜春会と名づけた会合の席であった。私は、はじめて龍土会という文学史的に意義のある会合の席（この時は柳田国男氏の宅で開催）に参会して、島崎藤村氏に会って、今日はえらい人に会ったと、後で感じたが、谷崎氏に会った時は、今日は稀代の名文家に会ったという感じがした。その後、おり〳〵幾回か何処かで会ったことはあるが、しみ〴〵話したことは一度もなかった。私などとは趣味も作風も全くちがった人物で、話の合う筈はないと、私はかねて極めていた。嶋中雄作君の発意で、谷崎君と佐藤とし子とが、築地の蘭亭で会食していた時、電話で招かれて、私は心進まぬ思いしながら出席したのだが、それ以来、谷崎君の風丰に接していなかった。あの時美食家、くいしんぼうの谷崎君が、「ああ甘かった。」と感歎の声を洩らしたのを私は覚えている。私としては、尚更、あれほどにうまい物をあの後喰ったことはないのである。あれは殆んど十年も前の事である。その前やはり嶋中君の招待で、里見弴君と谷崎君と私と、赤坂の白水で会食したことがあったが、あの時、嶋中君がゴルフの話をして里見君に勧めると、彼は「いやゴルフはやりたくない。義太夫なら稽古してもいい。」といったような事を云っていた。その時谷崎君は女色について簡単に語ったことも私の記憶に残っているが、それは田山花袋氏の感想と同様だったことに私は興味を覚えた。(その話の内容については神秘洩らすべからず。)

暫らく会わない間に、谷崎君は見るからにどっしりして、鬱然たる大家の風格を具えている。傍聴者として座に列していた舟橋君が「近頃若い作家の物をお読みになりますか。」との質問に応じて「読みません。」と答えると、「余程自信がおありになるんですね。」と反問され、「いやそういう訳じゃない。どうしたって為様がないから。」と軽くあしらった。時世の動きに取り残されたって止むを得ないと云う意味の言葉らしかった。私などは雑誌など読んで、現在の文壇の作風の変遷に心を注ぐことはあるが、そのために自家の作品に変化を来たすことはないようである。それでいいと思っている。藤村の話が出ると、谷崎君は藤村は嫌いだと云っていた。先日、長野の新聞に辰野隆、中野好夫氏などの座談が出ていたが、そこでは、辰野君が「藤村は某君に次いで大きらいな人間の一人だ。」と極言して、その嫌いな訳を云っていた。辰野君や谷崎君の藤村嫌いの気持は私にもよく分るのだが、私は小説の形を採って表現した藤村の人間苦に或る共鳴を持っているのである。その人間苦は愚かであるが、人間はその愚かな人間苦を抱いてじたばたしているのである。しかし、私は一方で藤村文学に同感しているとともに、一方では、谷崎文学を愛好しているのである。そういうと、舟橋君は、「それでは志賀さんの文学はどう思います？」と質問した。私は速答しかねた。文章道の大家と思っていたのだが、志賀氏の作品は、新たに通読して、自分だけの評価を極めたいと思っている。

武林君はゆったりした態度でポツ〳〵よく話した。氏は古今東西の書物をよく読んでいて、いろ〳〵な事をよく知っている。フランスには五度も行っているので、その見聞談は、次から次へとつづいて、私には面白かった。三人の青春回顧談は主催者の需むるところであったが、誰も興に乗って回顧する事もなく、誌上に掲げて読者の興を惹きそうな話は出なかったが、私は何となく一夕の歓興を味ったように感じた。歳を取っての盲目は殊につらいように推察され、武林君と対座していると、私自身の目のまだ健やかなことの幸福に、今はじめて気づいたように気づいた。谷崎君は『盲目物語』や『春琴抄』に於いて、盲人を巧みに描写しているが、武林君がそれ等の作品を読んだらどう感じるであろうか。谷崎君のは芸術化された盲人であって、実際の盲人たる武林君などの実感とは全然異った趣を持っているのではあるまいか。

海を眺め海岸の人家を眺めていると、明朗であり、華美であり、派手である。これでは、遊びに来るにもいいが、定住するには、私などには不適当であるように次第に空想されだした。やはり定住には山地の方がよさそうである。落着けそうである。また熱海に来る機会はないだろうから、次手に逍遥先生の墓にまいり、双柿舎を訪ねて、未亡人に会って見たいと思ったが、予定の対談会があるので、遺憾ながら翌日正午過ぎまでに帰京しなければならなかった。

H誌主催で、対談の相手は小林秀雄君である。場所は、熱海とは全く趣の異った、古ぼけた陰気な鰻屋の階上である。静かな和やかな、少し気抜けのしたような熱海の会談とは異なり、口数の多い、元気な、議論風発と云ったような、勇ましい対談であった。この主催者は、我々二人を嚙み合せて、誌上の呼び物にしようと妄想しているらしかった。懇意な編輯者が私を軽井沢に訪ねてその意図を伝えた時、私は無論躊躇した。私は面と向って人と論争するような事は絶対に嫌いなのだが、論争でないにしても、意気昂然たる論者と、物々しく文学を熱談することは好まないのであったが、この編輯者の顔を立てるために渋々承諾した。それに、小林君の方ですでに承知していると云うのだから、それを断る訳には行かないように、心弱くも考えたのであった。

小林君は私を帝国ホテルに訪ね、洗足池畔の家にも訪ねて来たことがあるそうだが、私は全然忘れている。ただ、一度河上徹太郎君と一しょに軽井沢の陋宅に来訪されたことだけはよく記憶している。おり〳〵私の作品について批評されたのも読んでいる。幾冊かの論文集を寄贈されたので、私は大体読んでいる筈である。文壇の酒豪であるという噂もよく聞いている。

酒が廻るとともに話ははずんだのだが、二人の話は次第に別々になって、座談会の常例であるように、互いに相槌を打って、「私もそう思います。」とか「それには同感です。」とか云うような事はあまりなかった。小林君は対談するに当って、あらかじめ下準備をするというような噂を聞いた。物に徹底しようという態度を持っているらしい。言葉のはしばしに、「この人の頭は、切れる所のあるらしい。」と云った感じがした。編輯者まで余計な口出しして頻りに私の棚おろしがされだしたのである。生酔い本性たがわず、泥酔者真実を吐露すと云ったような感じがして、素面の時には遠慮して云わないような事をつけつけと云うので、私も普通の座談会と異なり、得るところもあり、面白く思われる事もあった。しかし、次第にうるさくなった。酔っ払いは自分に勝手なことを云うだけで人の事を理解しようとはしないのである。とにかく酔っ払いの相手になるのは久し振りである。昔新聞記者時代には宴会毎に飲酒人が跋扈《ばっこ》して、下戸はその御機嫌取りを勤めるのが常例であって、我々は甚だ割の合わぬ思いをさされた。飲まぬ者は飲む者に媚びるような風習が私の目に映じて甚だ不愉快であった。それで私は中途で逃げ出すようにしていた。今度も脱出を思いついたが、それでは主催者が迷惑するだろうと思って我慢することにした。酒は飲めず、胃弱のため料理もあまり食べられない老体の私が、長時間、相手の論鋒をよけ〳〵腰を据えているのは、これも一種の人生苦ではあるまいか。小林君曰く、「藤村などが人生の悩みをどうとか云ったって、何千万の人間は人生を楽んで生きているじゃないか。それでいいではないか。」と、それはその通りである。しかし、酔いもせず、酔おうともせず、毒気ぷんぷんたる鰻屋の楼上に退屈の歯を噛み緊めて、果てしなき時間を耐え忍んでいる人生の人生苦も、また真実の現れではあるまいか。

「こんな話が面白いか。誌上の売物になるか。」と編輯者に訊くと、「非常に面白い。」と、彼等は答えて、ホク〳〵していた。本当にそう思っているらしい。不思議である。ようやく会を終って、二人に自動車で送られ、小林君は鎌倉に帰るべく東京駅まで来たのだが、氏は車から下りないで、私に向って何かを論じている。運転手は困っていた。何かについて私を説得し、問題の解決を見なければ気がすまないのであろうかと察されたが、それは下戸の私の思い過しで、ただ悪癖たるに過ぎなかったのであろうか。全体酔漢の心理は私には神秘不可思議であると云っていい。

その夜私は疲れた。さて、その翌日は「群像」の合評である。相手は、上林暁君と中村光夫君とで、両氏とも酒豪だそうだが、どちらもおとなしい。少なくも合評の席上ではおとなしい。合評は最近の雑誌小説を幾篇か編輯者が撰抜したのを問題とするのである。三回目で、私は近作を大分読むべく余儀なくされた訳だが、感歎させされたような作品には、まだ出くわさない。感受性が乏しくなったためであろうか。合評は単独の批評とはちがって、妥協的になるのである。此方から譲歩するのではなく、誰かの批評を聞くと、知らず知らずその感化を受けて、自説を変更するような気になるのである。自分だけ読んだ時の最初の印象がいくらか崩される事がある。それはいい事であろうか。最初の印象が尊いのではあるまいか。合評のあとで、文壇その他の方面のさま〴〵な噂話が聞かれるが、この会に出る私の慰めであると云ってもよかった。閉会後編輯者は、遠路出張の私の慰労として、映画とか演劇とか何とかへ私を案内してくれるので、今度は、日劇の落語の名人会へ連れて行ってくれた。名人会と云っても名人はありそうでない。私の知らない芸人ばかりで、大抵は古めかしいお噺であった。親孝行なんかが昔ながらに落語のなかの主要道徳になっている。昔は映画のような民衆娯楽がなかったので、私なども頻繁に寄席に通って、落語その他の演芸を楽んでいたので、こういうものによって江戸演芸の名残りを偲んでいたのである。田舎者の私が、外国の文学に心酔しながら、江戸伝来の落語や音曲や、演劇に浸染して、青年期を経過したのである。「青春回顧」の材料になるのであるが、しかし、私は今度聞かされたような落語が、今の代表的落語なら、もはや落語なんか進んで聞きたいとは思わない。残骸以上の何ものでもないと思った。今の大衆小説はそれ以上なのか。

その翌日、私は最後にK社の文学雑誌の座談会へ行った。青年作家相手の座談を望まれたが、孫のような青年を相手にしては、相手が遠慮した口を利くだろうし、自分も何となく教訓を垂れるような態度を採るだろうから、それは好ましくなかった。筆の上ならとに角、面と向って青年と論争するのもいやであった。適当な座談の相手を捜すのも時間の余裕がなかったし、私は編輯者だけを前に置いて独談をやる決心をした。ところが、いざやって見ると、これは難物であった。私も興に乗るとおしゃべりをする癖があるが、しかし、独白の連続は苦しい。掲載価値のない事を話すのでは雑誌社の迷惑であろうし、つけつけと人の悪口を述べ立てるのは、歳甲斐のないこととして慎みたくなっている。

それでも私が何かしゃべっている間に、一人の編輯者が、何故私の作品に狂的人物、神経に異状のありそうな人間がよく出ているのかと訊ねた。生活を大切にし、常識を守っていると自称している私が、何故好んで常識外れの人間を作中に出現されたのかと訊ねた。私の作中にアブノーマルの人間の有るか無いかは私の知るところでないと答えたが、それについて、私は思い出したことを話した。私は日記らしい日記を付けたことが殆んどなかったのだが、ただ一冊だけの日記を、軽井沢へ疎開した時に偶然見つけたので、それは保存している。二十歳の時、早稲田の文科に入る前、英語専攻時代の日記で、一部分は英文で書かれている。キリスト教を信仰していた時分であるが、終始一貫して、人間の苦悩を歎じているのだ。普通の学資は送られていたし、学業は自分の好む事を学んで順調に進んでいるし、胃弱と不眠症には悩まされていたが、そんなに身を悲まなくってもよかった筈なのに、自分の生を呪っているのである。苦悩感を享楽していたのでもなかったようだ。青春の感傷でもなかったのだ。そういう感じは級友に話したって同感される筈はなかったので、孤独で思い煩っていたのであった。私は、この一冊の日記を以って青年期の自分を知得する鍵としているのである。

それを私は編輯者に話した。そして、その日記は早晩焼却すべきもので、そうしたらせい〳〵するだろうと思った。未発表の二葉亭の日記の断片が最近発見されたと二葉亭研究者の中村君が合評会の席上で云っていたが、故人の日記なんか、有難がる人には有難いが、今まで物々しく発表された日記にも、詰まらないものが多い。私の日記だって、後日私が大作家に成り上ったら、後光が差すものになるだろう。いろ〳〵な物を焼き払われた私の家では、この日記の一冊だけが、家宝のような物である。

鰻屋での対談会の時、私がふと「僕はまあ絵が好きだ。」と云ったら、「そうじゃあるまい。」と、小林君が否定した。「絵の好きな人間は絵を買って愛翫する。美術館なんかで陳列画を観るだけでは、本当に絵が好きだとは云えまい。」と云った。全部の真理ではないが、一通り筋の通った理窟である。骨董好きは、金が無ければ無いで、露店などで、お粗末な壺なんか購って、磨いたり、ひねくり廻したりして愛翫している。私などにはそういう趣味はない。しかし、一冊の日記を我珍物とし、掘取り物として愛翫し、「早く大家に成れ、そうしたら、この日記が、石川啄木の日記のように珍重されるのだ。価値が出るのだ。」と念じているのは、私の心にも存在している一種の骨董趣味であろうか。

私は上京のたびに、雑用のため、或いは東京見物のため、終日外出しているのであるが、今日はこの記事執筆のために一日泊りつけの下宿屋の一室に鎮座して過した。四十年もの昔、このあたりの下宿にいて、文学に親しんでいた事が懐しく思い出される。八月の末であるが、今年は季節の推移が早いのか、空気の肌さわりが秋らしくなった。金風都門に入るという感じがされる。軽井沢に避暑していた時分、秋風がふき出して帰京すると、ホテルの庭で一群の男女が東京音頭を踊っていた。初秋の趣味ある人間風景であった。しかし、疎開後の軽井沢に於いては、虫の音しげき秋の季節が訪れると、早くも厳寒の恐怖が人心を襲って、防寒の準備に取りかからなければならぬのである。

（「文芸」昭和二三年一一月）

御前座談会の記

天皇陛下の御思召しをもって、芸術院会員に御陪食を賜ることになったという知らせがあったのは、近来意外の事であった。光栄を感じるとともに世の中も変ったものだと思っ

た。そして、空襲騒ぎの時分に、私は疎開さきの軽井沢からおりおり上京して、避難袋に

入れて持ち帰った目ぼしい衣類のなかに、モーニングが一着あったのが、今度は役に立つ

と、まず思い出した。私として、こういう西洋の礼服を着る機会は一度もなかったのであ

る。

そうでなくっても、九月の月末には上京しなければならぬ雑務がたまっていて、私は忙しい思いをして、いつものように老年の生きづらさを感じさせられたのだが、今度の上京は張り合いがあった。それで、予定の日にいろいろな物を詰め込んだ重いリュックサックを脊負って出発したのであるが、その朝の高原は寒かった。外套が欲しいくらいであった。忍び足で冬の近づきつつある事が、毎年感じるようにわびしく感ぜられた。でも、前日の猛雨が霽れて、途中の刈入れ時の秋景色は、例の如く絵のように美しかった。四五年来、毎月一二回は、東京軽井沢間を往復して、関東平野の季節の推移の光景を翫賞しているのだが、この頃のようないい季節に、東北南北のどちらでもいいから、もっと変った土地を旅行したいとたびたび志しながら、いろいろ身辺に故障があって出掛けられないのが残念に感じられた。日本の秋ばかりではない。世界の秋を見たいと、私はまだ空想している。

到着した晩には、俳優座の『黄色い部屋』を観させられた。この頃は上京のたびに、芝居か映画を観ているが、これは自分から進むで観たいのではなくって、誰かにそそのかされて、引き摺られて、不承不承にそういう場所へ行くのであった。でも、行って観ると、

それ相当の面白さは感じさされた。生れながら私は演芸は好きな性分なので、今でも時々、若い時分のような感激を覚える事もあるのだ。『黄色い部屋』は、読んで面白いと思ったが、読むだけでいいので、その舞台は観なくてもいいだろうとかねて思っていたのだが、観ると観るだけの価値はあった。これは私の作品のような紙上劇ではない。舞台装置もいい。役者もよくしこなしていた。作者の舞台技巧にも気がついた。新劇としては、一般の見物にも分りがよくって、近来の優秀なるものではないかと推察した。しかし、新劇にはまだ何か欠けているものがあると、いつものように感じた。女優もなかなかうまいが、それにかかわらず、古今の名女優にあるような或る魅力を欠いでいるのは如何ともしがたいのであろう。人間的魅力芸術的魅力、それは不思議なものである。附け焼刃ではいけないのである。

話は外れたが、その翌日、私はK社の好意で自動車に乗せて貰って早目に宮内府へ赴いた。極めて不作法な私は、御殿では、行動や言語に注意するように、また、おいしいものでもガツ〳〵食べないようにとの老妻の注意を胸に留めていた。今回は芸術院第一部の文学方面の会員だけが参列したのだが、そのうちで、小杉天外翁が参会されたのは珍しかった。軽井沢で会って以来十数年を経ているのだが、おきな錆びたる翁の風格は、人間のあくが抜けていて雅致があった。青年時代におりおり翁に会って、小説作法について教えを受けたことが思い出され、場所が場所だし、懐旧の感に打たれた。翁は別として、その他の参会者もみんな歳を取っている。皆んな一生の仕事をし尽した人のような顔をしている。陛下の出御あって、御陪食、それから御懇談ということになり、一時間ばかり、極めて和やかな時が過された。皆んなが取り留めない雑談に耽り、御前座談会の趣があったが、陛下は絶えず興ありげにお聴きになっていた。日本の芝居はただ一度、当時の英国の皇太子と御一しょに御覧になったという陛下のお話を拝聴して、私は明治二十一二年の頃にあった天覧芝居の事を回顧した。井上伯爵邸に明治天皇の行幸を仰ぎ、芝居を御覧に入れた事は、破天荒の事件として記録に残っている。俳優は天顔に咫尺《しせき》して演ずるので、身体がぶる〳〵震えたそうであった。団十郎の如きも、そのために、体重が一貫五百目減ったそうであった。

森鷗外の『渋江抽斎』のなかに、彼が将軍に謁見した記事が出ているが、遠く離れて挨拶しただけの事だが、その「お目見え」というのが、彼の生涯の一大事件であって、お目見え以上というと、その日から人間に箔がついて、周囲のものから特別に尊敬されることになったそうだ。その光栄を表現するため、家を増築して、知人を招いて盛大な祝賀の宴を催し、そのための莫大な費用に、一家を挙げての苦心をしたことが、鷗外の筆で明晰に記述されている。封建時代の世相の一端がそれによっても伺われるのである。

将軍に謁見してさえそうであった。時世の変遷が痛感されるのである。「今日は大へん面白かった。みんな、芸術のために力を尽せよ。」とは、閉会に臨んでの陛下のお言葉であった。天外翁をはじめ、我々一同肝に銘じて、陛下の御期待に背かざるようその道にはげまざるべけんや。

（「風雪」昭和二三年一月）

身辺記

人間は大抵同じ事の繰り返しをしている。この頃の私は殊にそういう風だ。毎月一二度軽井沢から上京しているが、上京の当日は必ず眠づらいのを例としている。それで、アドルムを一粒か二粒服用する。二日目も同様三日目から眠れる。帰宅する時には、高崎あたりから眠くなるのも常例となっている。軽井沢では禁煙しているが、上京すると喫烟するので、そのため眠りがさまたげられるのかも知れない。妙なもので電車の内では煙草が吸いたくないと同様、軽井沢ではさして喫煙慾が起らないが上京すると吸いたくなる。全然止めれば止めていいのだが、外に何の道楽もない私は、煙草まで止めなくてもいいと思って吸っている。

東京では、焼跡にどうにか家が建っているのに江戸川アパートの独身部屋に泊っている。私はアパート生活が好きだ。食事だの部屋の中の雑用をO氏に頼んでいるのだが、私としては、他人の家に寄寓しているような有様である。そういう他人との生活交渉を好まない私が、そういう事に甘んじているのは一生中の異例で、自分ながら不思議に思っているが、これはO氏の家庭が和やかで、私の不眠症的過敏な神経が刺戟されないためであろうか。

私は滞京中職業上取引の足場として、また出版界の事情を知るために、何処へか寄ることを例としていた。はじめは新生社に立ち寄ることにしていた。終戦直後で、宿屋にも欠乏していたので、その社の社長青山氏の世話で、いろんな家に一二泊していた。去年は一年間六興出版部を足場としていた。この頃は何処も安んじて身を置く所はなくなって、あちらこちらへ行って上京中の雑務について依頼することにしているが、歳を取ると秘書のような者があったらと思うようになっている。

執筆は次第に大儀になっているのだが、過去の著作の印税だけでは質素な生活もなし得られないほどに、本の売れない私は不承々々に何か「詰まらないもの」を雑誌に書きつづけなければならなくなっている。それにしてもその詰まらないものが売り捌かれるは不思議である。有難い事と思っている。皆んなが、詰まらないものばかり書いているので、私の詰まらないものでもどうにか出してくれる所があるのであろう。人の世はこんなものか、文壇生活はこんなものか。

（「心」昭和二五年一月）

円本のことなど

「改造」の創刊当時は、日本は第一次世界大戦争のために、経済的幸運に恵まれ、出版界もその余波を受けて、空前の繁栄が出現したのであった。すぐれた新進作家が続出し、新しい雑誌もさまざまな形を取って現れた。「中央公論」一人天下で、気楽にうまい汁を吸っていたところへ、「黒潮」という綜合雑誌が、それに対抗すべく創刊された。「中央公論」は本願寺系統の雑誌で、「反省雑誌」と云って、禁酒奨励を志した微々たる小雑誌から発展して新時代の文学を取り入れ、新思想の紹介にも目をくばり、堂々たる大雑誌として世に認められるようになったのであったが、「黒潮」も本願寺関係の僧侶の主宰した雑誌であったようであった。盛んに宣伝もし、原稿料も多額に支払うという噂が立っていた。「中央公論」に対抗するような編輯振りであった。私と徳田秋声とは、一夕その新雑誌の主宰者に、築地の待合で晩餐を饗せられたが、その主宰者は、丸い僧侶顔した快活豪放な壮年者であった。盛んにエロチックな話をして私達を笑わせた。あとで噂を聞くと、「文士は猥談が好きなそうだからあんな話をしたのだ。」と、彼は云っていたそうである。

それは狙いを外れていないかも知れないが、聞き手が、酒の呑めぬ陰気な秋声や私であったのだから、徒労して功が少なかったのであった。

ところで、この「黒潮」は勢よく出現して、文壇からも期待されていたのに関らず、短日月で飽っ気なく廃刊したのであった。主宰者も間もなく病死したとの噂を、よっ程経って私は耳にした。「改造」や「解放」は、「黒潮」廃刊当時に出たのだと、私は薄々記憶している。どれも中央公論型の編輯振りであった。内容はどれも同じようであったが、「解放」は無雑作に潰れて、「改造」だけが「中央公論」と並び立って雑誌界に勢いを揮うことになったのであった。「改造」創刊は、大正八年、私が麻布の我善坊に住んでいた頃であった。創刊披露は赤坂の三河屋で催された。大勢の美人が座にはんべった。参会者に文壇人が案外少なかったのは、社長山本実彦氏が文壇に縁がなく、薩摩人として軍人や政治家に知人が多かったためではあるまいか。秋声小剣が出席したことくらいを私は記憶している。小村欣一侯爵が来ていて私は久し振りで、彼と隣り同士で宿っていた森川町下宿時代の昔話に耽った。小村侯は学生の頃から芝居が好きだったので、読売で劇評をやっていた私の部屋へ遊びに来て芝居話をしていた。日露戦争後の講和問題に関する市民の不平から諸方に焼打ち騒ぎが起った時、小村外相宅は暴民に放火されたので、欣一君は、重要な荷物を下宿へ運んで来たりしていた。「改造」披露会時分には、親譲りの侯爵になり澄まして、相当の官職に就いて、この会合の席ででも床前の上座に就いていたのであった。

「僕に爵位はあっても、才能はない。」と云う意味の事を、謙遜した口調で云っていたが、あの時代は爵位勲章のまだ幅を利かせていたので、芸者でも女中でも、参会者でも、侯爵様として奉っていた。私自身もこの侯爵と同じ下宿仲間であったことを光栄として昔話に耽ったのであった。当時の宴会として型の如く、老妓若妓の舞踊音曲があった訳だが、『吾妻八景』を演じた若い女性が「目元可愛ゆき初桜」で、蕩けるような可愛い目つきをした事が今思い出されるのである。

初老という四十歳の坂を越した私は、執筆に倦み文壇生活に厭いて、一時郷里に引込む気になったのであった。「改造」の創刊号には、幸田露伴の『運命』、坪内逍遙の、馬琴に関する追憶談などが掲載された。『運命』は、露伴の一生の大作の一つである。馬琴談も面白かった。馬琴夫婦が不和であった原因として、馬琴と馬琴の子息の未亡人おみちとの間に暗い影が差していた事を挙げていたのが、私の興味になった。しかし、「改造」も、露伴逍遙その他在来の人家の作品を目標として編輯方針を極めるようでは発展の望みは薄かったのだ。ところが時世の潮流が変転し、文壇にも新旧の変化が起ったのである。そして「改造」はそれ等の変遷に調子を合せて進んだのである。運もよかったし、心掛けもよかったと云っていい。有島武郎が大流行作家として出現し、菊池、芥川、久米或いは宇野、広津、葛西などの新進気鋭の作家が続々と健筆を揮うようになったのだが、改造社はそれ等新作家の作品を自由自在に取り入れたのであった。昔、「中央公論」が自然主義の流行と歩調を合せたのが成功の重な原因であった如く、「改造」も時世の変遷に乗って成功したのだ。左翼思想が勢いづいて来ると、それに飛びついて誌上を賑わすようにした。「中央公論」の有名な編輯主任滝田哲太郎も、病魔に誘われ積極性を失っていたので、新進の改造社長の辣腕には及ばなかった。原稿料も「改造」の跡を追って余儀なく増額するような有様であった。左翼評論家の原稿を取り入れるについても、「中央公論」の方はまだ遠慮しているような趣があった。改造社の方は、彼等評論家と手を握り彼等の懐ろに飛び込むような態度を見せた。どちらの雑誌にしても誌面に活気をつけるために彼等を利用したのに過ぎなかったことは云うまでもない。アインスタインを招聘したことなんかは、日本の一雑誌社として壮快な行為であったが、これは、山本社長が、ラッセルに向って「今の世界で最もえらい人物は誰か。」と訊くと、「レニンとアインスタインだ。」と、ラッセルが答えたので、それではアインスタインを日本へ呼ぶ事にしよう、レニンは呼ぶ訳に行かないからと、山本社長は決心したのだそうだ。相対性原理の理解者は日本には五人か六人しかいないと云われていたが、私なども、「相対性原理早分り」と云ったような書物を買って見ただけで、何が何やら分らぬなりに、この世界の偉人の慈眼豊頬を仰ぎ見たのであった。帝国ホテルで歓迎会があったので、その時余興としてこの偉人のヴァイオリン演奏があった。

私は半年あまり故郷に帰臥していたが、その間に『泉のほとり』などの小品二三篇を、

「改造」に寄稿した。そして、大地震後の数年間は最もこの雑誌と親しくしていたのであった。滝田哲太郎が病気のため中央公論社から離れ、間もなく逝去したので、私は頻繁に「改造」の招きに応ずるようになったのであろう。

現代日本文学全集、すなわち円本なるものは、出版界劃期的事件であったが、これに関する文壇人の態度や心境は、さまざまで、面白い噂の種になったのである。私は世界漫遊の時、この円本の印税が役に立ったのだが、当時帝国ホテルに滞在していた私は、ロビーの机の上で、この印税の略半額一万円を銀行小切手で改造社員から受け取ったのであった。懇意なホテル従業員の一人がそれをぬすみ見していたのか、あとで、「金のないような、慾もないように見えても、文学者はよく金を取るものだ。」と、感心して人に話したそうだ。しかし、こんな大金が一度に懐ろに入るのは、千載一遇と云うべきであったのだ。印税の残りの半額はニューヨークへ送って貰うことにしたので、これは少し危まれていたのだが、正確に実行され、私達の旅費は豊かになったのであった。ところが、私が一年間の世界旅行を終って帰朝すると、文壇の形勢は著しく変化していた。我不在中に、左翼文学が天下を取っていたのであった。「皆さまお暇です。」と、或る編輯者が私に云ったが、つまり、私などの年輩の作家と、その作風は、時代おくれになり、雑誌社から寄稿の依頼をされなくなって、身辺甚だ閑散であると云う事なのだ。でも西洋見聞記見たいな小説の幾つかは、「改造」や「中央公論」に寄稿し得られたし、自分の作品の掲載場所が杜絶した訳ではなかった。

その後も私の執筆生活はほそぼそと続いてはいるが、あの頃ほどに、すなわち、「改造」「中央公論」の華やかな時代ほどに、私などは雑誌社から熱烈に寄稿を依頼されることはなくなった。戦争中は意気消沈した文壇にしょんぼり暮していたようなものであった。「改造」も「中央公論」も最近社長が代り、前社長の後継者はどちらも三十歳未満の青年である。両社の前社長よりも年長である私から見ると、新社長は孫見たいな者である。それ等孫の如き社長の経営している雑誌に、私などは文を売って生存の資を得なければならぬのかと思うと、我ながら哀れを催されるのである。

私は改造社の尽力のおかげで、アインスタインの風丰に接することが出来たのだが、バーナード・ショウを一瞥し得られたのも、改造社の取り做しに依ったのであった。ショウが世界漫遊の豪華船に乗って横浜に寄航した時、改造社が彼を捉えて、九段の能楽堂で誰かの能を観せたのであった。ショウはアインスタインとちがって奇峭《きしょう》な顔をしていた。彼に観て貰うための所演を彼はしまいまで観ないで、中途で帰ったのであった。無論面白くは思わなかったにちがいない。他の外人のように、面白くないものを面白いとお世辞は云わなかったにちがいない。

改造社は創業後、賀川豊彦氏の『死線を越えて』によって一儲けして、事業が続けられたと云われていたが、その時分私は社長に招かれて、帝国ホテルで賀川氏と午餐を共にした。賀川氏に会ったのは、後にも先にもこの時一度きりであったが、その時、社長は何かの話の次手に、私に西洋へ行けと勧めた。旅費を出して呉れそうな口吻であった。当時私は半年の故郷滞在から帰京して、貸家払底で宿屋住いしていた時だったので、この機会に西洋へ行けるものなら行きたいものだと思っていた。しかし、それもその場きりの空な話に過ぎなかった。ところが、円本の出版によって、その印税が偶然洋行費の足しになったのだから、因縁はあったのか。

（「改造」昭和二五年四月）

明治三十年代

明治三十年代の中期に博文館から「太陽」が出て、当時の綜合雑誌の最も有力なるものであったが、小説雑誌としては春陽堂の「新小説」が最も信用があり勢力があった。博文館から「文芸倶楽部」が刊行されたが、これは、芸者の写真などを挿入して、小説その他のものも卑近で甚だ通俗的であった。「新小説」は一代の大家、新進の優秀なる作品を網羅する方針で、文壇の動静はこの雑誌によって伺われる有様であった。新進で名声を博する作家が現れると、「新小説」では、これ等の作家と、特約を結んで月給を与えて、年に二度とか三度とか寄稿させるように計劃していた。

滝田樗陰が、当時まだ微々たる存在であった中央公論の編輯者としてはじめて活躍しだした時分には、「私にも新小説をやらしてくれたら。」と、口に唾を溜めて熱望するような口吻を洩らしていた。私がはじめて文壇に出た明治三十六、七年の頃であった。その前二十年代の末期から、日露戦争時分まで、自然主義の勃興する頃までが「新小説」の全盛期であった。新年号などはページの多量な増大号であって、評判のいい作家がずらりと並んで、文壇の注意を惹いたのであったが、ある年には、それ等知名人の作家の作品の過半が実は門弟などの代作であると噂が伝わった。まだ雑誌の少ない頃であったが、それでも代作は普通の事のようで、文壇でそれを特別に非難するような事はなかった。時代がのんびりしていて、文学者も遊び半分、洒落半分で筆を採っていたので、人生に対して六ケしい厳粛な考えを持っていたとは思われなかった。今日の流行作家のように夜を日に継いでせっせと執筆する者は少なく、遊んで暮すことが多かったようだ。無論原稿料は安く、皆んな貧乏ぐらしをしていた。小説なんか書いている者は世間から三文文士と呼ばれていた。西洋の真似で文学者をえらい者のように論評することはあっても、世間が重きを置いてはいなかった。それ故、真面目の家庭では子弟が小説家なんかになる事は嫌っていた。

私が小説をはじめて発表したのは、日露戦争中、明治三十七年の春の「新小説」で、同窓の先輩後藤宙外の勧告に従って、書き馴れぬ筆でどうにか書いたのであった。私は半年置きくらいに三度同誌に寄稿したので、自然主義の起ったのはその後であった。三度目のは百枚足らずのもので、夏目漱石の『草枕』と一しょに発表された。まだ、私小説の出なかった頃で、小説は作りものであると極められていたので、大いに趣向を凝らして製作したのであった。

自然主義作品の最初の代表作である田山花袋の『蒲団』は、新小説に発表されたのであった。この作品に連関して自然主義が唱道され流行するようになると、「新小説」の主任後藤宙外はこの主義に反対して、泉鏡花などの同志を糾合して、猛烈な反対運動を起した。それで「新小説」はこの反対運動の根拠地となって、自然主義作品ばかりでなく、その派の作家を人として劣悪なもののよう非難攻撃した。現今のエロ文学エロ作家を攻撃するような態度で攻撃した。

「中央公論」は、時代の潮流に乗じ、自然主義作品の発表に努力したので、ぐん〳〵売れ行きが増し、文壇の注意も惹き、文学雑誌としての貫禄がつくようになった。私なども、宙外と疎遠になり最初関係のあった「新小説」と絶縁することになった。

自然主義隆盛時代にこれに反対するのも、一見識のあった訳だが、宙外などのは世間無知の徒の自然主義攻撃と同様、この主義の真意はちっとも理解していなかったのだ。ただ人間の肉慾を取り扱うから不道徳だと云うだけであった。

「新小説」全盛時代は硯友社全盛であったのだが、紅葉山人は読売新聞のお抱え作家だったので、この雑誌に小説を発表することはなかったが、新聞に出たあとでは一冊に纏めて殆んどそのすべてを春陽堂から出版した。当時単行本の小説には口絵を入れるのが例になっていて、武内桂舟など春陽堂の小説の口絵画家として、有名であった。水野年方その門下など浮世絵系統の画家がそれ〴〵の小説に描いていた。

小説の出版業も多数であったが、明治三十年前後では、春陽堂に及ぶものはなかった。名作の多くはこの書店から出版された。明治の文学に於ける功蹟は偉大であったと云っていい。

私は若い時分には、雑誌では徳富蘇峰の主宰していた民友社の「国民之友」と、「新小説」とを耽読していた。紅葉は読売を離れたあとでは、『金色夜叉』を、「新小説」に掲載したのであったが間もなく病歿したので、この小説も中絶した。

春陽堂の創立者和田鷹城は、文学出版を単なる商売としたのではなくって、紅葉や逍遥など当時の知名な文人と交りを結んで文学奨励をやったので、今日の出版業者とは趣を異にしていたらしかった。

（「新小説」昭和二五年四月）

我が悪口雑言

かつて、明治末期の或る会合の写真が、或る人から贈られた。数十人の当時の文学者が写されている。私もそのなかに加っている。上野の精養軒で催された二葉亭追悼会の写真であるらしい事が、ようやく分った。それから、藤村全集のうちの一巻を、この頃偶然披いて見ると、そのなかに、大正五年、柳光亭で催された藤村帰朝歓迎会の写真が挿まれている。私の顔も写っている。そういう青年時代の自分の形姿を見ることは、この頃の私には何の興味もないことなのだ。自分の青春をなつかしむ感じは少しも起きないで、むしろ嫌悪の感じに打たれる。私になつかしいのは空想の青春でこそあれ、現実の青春である筈はない。私ばかりでない、それ等の写真に現れている人々は、一見して、見窄らしく、薄汚く思われるのである。日本衣服なんか皺くちゃで、紙屑でも纏っているように思われる。

こういう人々によって製作されたものが、近代の日本文学かと考えると、心淋しくなるのである。今日は文壇人の外形は、写真で見ると、昔の彼等よりも立派であるようでもあり、流行作家なんか、水ぶくれがしているようでもある。生活が豊かになったためか。私は敗戦後に文学が盛んになったのを、今まで不思議に思っている。絵画音楽などはどうだか、私には分らないが、文学は繁盛して、作家の金廻りも概してよくなったし、作品そのものも、戦前よりも勢いのいいもの、一般読者を喜ばせるものが現れたのに違いない。明治大正の文学そのものが、この頃私の見た昔の文壇人の会合の写真見たいに、概して見窄らしく貧弱なように回顧されるのである。

私は年齢の関係で、今日の文学に親しみが薄く、今日の有力な作家、新進作家の作品よりも、昔の作品に有難味を感じる傾向があるらしいが、しかし、無私公平に、後世の歴史家的立場から観察すると、今の作品必ずしも昔に劣らないのであろうとも思われる。軍国主義根性が滅亡して、文化尊重気風が瀰漫《びまん》したためかと鹿爪らしく真顔に考えるのも、少し滑稽なようであって、敗戦後の日本の文化尊重なんか、上っ面だけのチャチなものではあるまいか。しかし、兎に角、敗戦後数年間雑誌や新聞に現れた小説には、多少の新味もあり、面白味もあり、作家も元気がよく、自惚れもつよくなり、読者も喜んでそれ等の新作を読んでいたので、私はそれを不思議に思うのである。敗戦ということは、その敗戦国の文学者をして傑れた作品を案出して製作させる機縁となるのであるか。（敗戦と文学）について、私はまだ理解し得ないのである。敗戦によって旧弊陳腐な心境から脱却して、清新な人生味に目醒めたと云うと、少なくも文学に取っては、敗戦ほど結構な事はない訳であるが、人間心理はそんなものだろうか。日清日露両役では、日本人は勝利の快感に浸った筈であったが、あの勝利後の文壇と、今度の敗戦後の文壇とでは、どちらに文学精神の活躍が見られるであろうか。敗戦後の文学には、人生絶望の影が濃く深刻にうつっているか。否、作家の心がだらけているに過ぎないか。小説読みが殖えているのにいい気になって、附け元気で書きまくるようになったのが却ってよかったのか。そう云う事は今の私にはよく判断し得られないが、敗戦後に文学が栄えるのは私には不思議である。

絶えず不思議に思っていたが、この頃は出版界も他の商業の不景気同様に不景気になり終戦後に続出した新興の雑誌は相次いで倒れ殊に文学雑誌の如きは衰頽して、どれも経営困難に陥っていると噂されている。我々文壇人としては歎息すべき有様である。私など、四五十年に亙り、雑誌の盛衰を見て来たのであるが、営業として文学雑誌で利益を挙げていると云う話は聞いたことがなかった。春陽堂の「新小説」は、新作発表の檜舞台で、文壇で重きをなしていたのだが、それでも、毎月赤字だったそうだ。坪内逍遥時代の「早稲田文学」は、文学指導の地位にあり権威があったのだが、それでも毎月、逍遥が損失を埋めていたのだそうだ。雑誌王国の観のあった博文館でも、田山花袋を主任とした「文章世界」は儲らなかったらしい。中央公論とか改造とか、太陽とか云ったような綜合雑誌や多数の婦人雑誌、娯楽雑誌では、莫大な利益を得て、経営者は産を成したのであろうが、文学雑誌は彼等のお道楽のようなものであったのか。営利のためであろうと、道楽のためであろうと、結果として、文学雑誌発行者は文学発達の功労者であったと云っていい。有力なパトロンであったのだ。普通のパトロン以上に文学を擁護し奨励したことになるのである。多額の原稿料を投資し、辞を低うして作家の寄稿を乞い、それで損をするのだから甚だ割に合わぬ訳である。そして、作家の方では、雑誌があるお蔭で作品が発表され、作家としての地位がつくられ、生活費も得られそれ等の雑誌が潰れたって、作家の方では損失の連帯責任を取るのではない。

ところで、この頃のように文学雑誌が続々倒れ、しまいには一つも存在しなくなったら作家稼業はどうなるか。所謂、通俗雑誌、娯楽雑誌、大衆雑誌と名づけられている雑誌は栄えて、そういう雑誌に寄稿して多数の読者の御機嫌の取れる作家は、文筆業者としての立身出世の道が拓かれるであろうが、所謂純文学に志す作家は路頭に迷うことになるのだ。現在のような有様では、作家は文学に対する考えを変えなければなるまい。

僅かに残っている文学雑誌も、売るためにはさま〴〵な工夫をしているようである。実名使用の小説も、一つの際立った思い付きで、読者の好奇心をそそっていたが、これも一ときの流行に留まるようである。「新潮」の九月号に、悪口雑言と題された一欄が出来た。現存の作家を正面に据えて、覆面の論客が思う存分悪口雑言を云っているのである。否、そういう形式を採って読者の好奇心を惹こうとしている。これまでのいろ〳〵の雑誌に出ていた罵詈暴言は、大抵は、小さな活字で、隅っこでぶつ〳〵言われているに過ぎなかったが、今度のは堂々と、法廷で検事が論告するような態度で、しかも、それを無慚な言辞を駆使して言い現しているらしいのだが、雑誌社の思い付きによって、こんな事でもやって見るのか。多分毎号続けてやるつもりであろう。売るためにはこう云う事でも思いつくようになったのであるか。誰しも人の噂に興味を持つのであるが、それも人の悪口を聞いて、人は面白がるのである。人は自分の事なら、ちょっとした悪口も云われたくないが、人の事なら悪口雑言の烈しければ烈しいほど面白く思うのである。この心理に附け込んで、編輯上手の新潮が、謹厳な君子人や、訳知り顔の常識人が、わざと眉をひそめたりするのを憚る事なく、云っているような型を取るためのこういう欄を設けたことによって、私は雑誌経営の困難な現状を推測するのである。生きんためには何でもやらなければならぬという面構えをしているのは、ちょっと面白い。

これを読みながら私はふと思い出して、独居の部屋で、ひとり笑いを浮べたほどに興味を覚えたのであるが、これはこれとして、新潮という雑誌は伝統的に悪口雑言臭を多分に持っていたことが私には回顧されるのである。他人の事は記憶に薄らいでいるが、私に関したことはよく覚えている。私が港区我善坊町に住んでいた時分だから、大正五年か六年の頃、悪性感冒の流行して島村抱月なんかの死んだ頃である。あの頃の「新潮」は、私についていて、毎号のように悪口雑言を吐いたものだ。中村武羅夫の筆だと、私は極めて、彼に対しては私は始終憎悪の念を抱いていた。しかし、彼は蔭口を云うだけでなく、誌上に於いて明らかに悪罵の文字を並べているのだから正直でいいようなものだ。私に次いでは、永井荷風が悪態を吐かれた。これは、武羅夫が大久保の荷風邸を訪ねた時、荷風自身が出て来て、「荷風は留守だ。」と云って追い返したことが原因であると、私に知らせた人があった。私に対しての彼の悪感は慢性であったが一度我善坊陋宅へ、新潮記者が来訪して、或る問題についての私の意見を聴こうとした事があった。予定してページを空けてあると云うのであった。「僕は何故に新潮如き雑誌の命を奉じて、我が意見を述べる義務があるか。そっちで勝手に空けたページを、僕は埋める気にならない。」と云うような事を、私が極めて無愛想に云うと、記者は二の句がつげないで不機嫌な顔して帰った。それで、次号の新潮には、私の悪口雑言が必ず書かれるであろうと、私は予期していたが、この予期は外れなかった。

今日の新潮記者は、参考のために、あの頃の新潮を捜して、君等の先輩の悪口雑言振りを一覧するといいのである。或いは、今日の記者は、過去の記者の悪口雑言振りは、皮相であり浅薄であることに気づいて、自から時代の進歩をほこる気になるかも知れない。事実九月号の悪口雑言には、妥当な批判が含まれているとともに毒気があるようで、案外昔のような毒気がないようでもある。

普通の人情としてはそう歯に衣着せずには云いかねるところを、無遠慮に云ったまでで、悪口雑言は、人を惹くための看板だけで、実際は、かん〳〵がく〳〵の正論であるのかも知れない。それよりも一種の座興であるかも知れない。

実名使用小説にしても、悪口雑言にしても文学雑誌の頽勢を盛り返す力がなく、百計尽きる事になりそうに悲観されるが、それにつけても、若くして文学に志す者は、自分の前途を警戒しなければなるまい。明治以来の伝統的純文学の後を追っていては文壇に出て行けないのだ。身が立たないのだ。それは、文楽の人形使いのような、骨が折れて、金にならない古風な芸術でも、好きでやる人があるくらいだから、文学でも好きだから貧乏覚悟でやると云うのなら、それでもいいようなものの、清貧に安んずるという非人間的態度は長く続くものではない。それに、発表機関の文学雑誌が無くなったら、文壇が無くなったようなもので、作家としての目的を達することが出来なくなり、立身出世が遂げられなくなるのである。文壇と云ったような小さい社会をつくって、そのなかにあぶ〳〵しているような島国根性は抛棄して、大海へ出て泳ぎ廻ればよさそうだが、それも空疎な大言壮語である。私など、五十年間も、どうにか執筆生活を続けて、小さな池の中で餌にありついて来たので、これから大海へ出たら、泳ぎ切れないで息が絶えるであろうが、私の頭にある文学、文学者は、疾風暴雨、怒濤激流に堪えない弱者らしいのである。私などは運よく泳ぎ通して古稀の老齢に達したので、自分だけの太平楽が云っていられるが、純真に文学のたしなみのある青年については、気の毒に思うのである。純真の文学青年なんかは、空想裡の存在物で、今日の彼等は昔の彼等とちがって、未熟な原稿も直ぐ金にしようとするのだそうだが、生きる事の六ケしい現在では彼等の態度も現実に即しているので、止むを得ないであろうと思われる。しかし、敗戦後に出版が栄えるという変態の現象が続かないで、没落の道を辿るのが世の実際であるとすると、普通の人間が、頭脳を労し、原稿紙を浪費して文学の道に進むのは考えものである。万人に一人、まぐれ当りの成功者があるにしても、それは富籤に当るようなものだから、一生の事業としては考えものである。もっと堅実な他の仕事をやったらいいと思われる。俗才が豊かで、世道人心に害のあるような低調卑俗の小説を濫製して、多大な利益を貪り、栄華を傲っている作家もあるようだが、これ等の俗才だって得難いもので、その真似も容易に出来ないのである。

私なども、青年時代には、悪口雑言を書いて飯の種にしたこともあった。それも生活のため止むを得ないのであったが、悪口雑言で糊口の資を得ねばならぬような文筆業を一生の職とするのは、望ましい事でないとつねに思っていた。それから、自然主義から発達した、自己暴露の、所謂「私小説」だって、自分や自分の周囲の人々の行動を無慚に書き綴って、生活の資とするのも、好ましい生活態度であるとは思わなかった。藤村の『新生』のなかに、主人公の兄が、自分の不始末を売物にする弟の態度を憤って、「青くなったり赤くなったりして、自分の事を書立てなければ、商売が成立たぬのなら、あさましい商売だ。」と云ったような意味の事を云っているが、この批評も俗人の俗評であるとは思えない。神に懺悔する気なら懺悔するがいい。自己の所行を売物にし、云わば、自己の愚昧醜悪な所行に悪口雑言して、群集からお賽銭を貰わんとするような作家態度を、ひそかにほこるのはあさましいようなものだ。昔の戯作者にはまだしも邪気がなかった。尊い文化だの、尊い芸術だのと、あの人が云い、この人が云うのを、聞いて、腑に落ちぬことがある。本当にそう思っているのかと、その人に反問したいこともある。

（八月二十四日・江戸川アパートにて）

（「文学界」昭和二五年一〇月）

小杉天外翁と語る

「この頃の小説をお読みになりますか。」と、私は声に力をこめて訊ねた。

「読みます。」と、九十歳に数年を余すばかりの天外翁は答えた。

「どうお考えになります？」

「書く事に親切がない。」実が入っていない、真剣味が足りないという意味の言葉が、淡々とした口調でありながら、疑いを容れぬ、断定的の批判としてもらされた。

「私など、昔はそれは真剣にやったものです。」

「そうでしょうな。」私は、ほとんど半世紀も昔の、翁の風貌態度を鮮明に思い出した。明治文学史中のある時代が絵の如く、あるいは映画が回転している如く目に浮んだのであった。

尾崎紅葉を盟主とした硯友社文学の衰え、家庭小説と呼ばれていた浅薄な文学が流布した頃「自然は善でもない、悪でもない。」という人生観から発足した、真実の描写を小説の上に試みんとした小杉天外の作品は、あの時代に清新なものとして文壇の注意をひいていた。『初姿』『女夫星』など書き下ろしの長篇が出版された。

私が学校を出たばかりの時であったが、島村抱月に随行して、上野の展覧会を観た帰りに「天外の家へ寄って見よう。」と抱月はふと思いついたように言って、小石川白山の鶏声ケ窪という田舎びた所にあった天外宅へ行った。珍客として歓迎されたのだが、その時天外氏夫妻は、歌舞伎座見物に行くはずで、その身支度をしていたところであった。それで、数分間玄関先で立ち話をしただけであったが天外氏は、初対面の私に愛想よく、近いうちに遊びに来るように勧めた。そのときの歌舞伎座は、菊五郎が病気で、団十郎の一人芝居で『地震加藤』『島の為朝』と、喜劇の『吹取妻』が上演されていた。凧の行方を見詰めて、不安から安心するまでの、団十郎の無言の顔面が、若かりし頃の天外翁の目の大きな、色の白い、瘦形の顔面とともに、わが心の中に浮動した。空想から転じて、翁《おきな》さびたる現実の翁の顔を見ると、人世推移の跡がしのばれるのである。

私が読売に入社した時には『魔風恋風』掲載中で、これは、紅葉の『金色夜叉』以後の、読者受けした評判の小説であった。引き続いて『コブシ』『長者星』が掲げられて、天外全盛時代であった。その間翁は小田原に住んでいた。

「君は、天外は豪奢な生活をしていると、あの頃何かに書いていたが、何が豪奢なものか。」と翁は、お粗末だった昔の生活を回顧して形影相憐んでいるような心境を顔面にちらつかせてつぶやいた。

「今の目で見たら何でもないものが贅沢にも豪奢にも思われたほどにあの時分は、お仲間のだれもが貧乏だったのです。」

私は、天外氏がどの党派にも属せず孤身奮闘していたことを思い浮べた。硯友社にも対抗していたのだ。

「あなたは明治以来の作家ではだれがお好きですか。」と私は訊ねた。

「紅葉です。」と、翁が躊躇するところなく答えたのは、私には意外であった。昔、翁は紅葉に対してしば〳〵非難の語を放っていた。蒔絵の重箱で、上べは奇麗でも中身がなければ駄目だと言っていたのだ。あの頃もひそかに、紅葉に重きを置き、それを侮り難い敵として、努力してぶつかっていたつもりだったのか。

「夜叉の姿を書いた金色夜叉の立看板を見ていい題目だと思った。」と、翁はいった。ある年の新年元日から出る新小説の予告として、銀座の社屋の前に示されたその看板は、私の心にも印銘されているが、私は、その題目にも紅葉の名にも、心をひかれていなかった。

「お宮の父は、これくらいの財産を有っていると、仲介者が富豪富山唯継に話した時、富山が（知れたもんだね）と言ったと、金色夜叉に書いてあるのを、あなたは、あれはいけない。あんな場合には（ちょっとは有るね）と言うべきだと言っていました。」と、私は訊いたが、翁はそんな事は覚えていないようであった。

「あなたは、昔から小説には描写第一と思っていられるのでしょう。」と、訊くと、翁は首肯された。描写といってもその意味はいろいろであろうが、紅葉などが文章文章といっていたのを、天外氏は描写々々といったのは、小説術として一歩進んだ訳だと思う。

『長者星』を書く時に、天外氏は、財界の成功者に会って何かの知識を得ようとして、大隈伯に紹介を頼んだ。伯は森村と安田とを選んだ。それは二人の態度心掛けが異っているので、異った標本を見せるためであったという。

そういう過去の事をぼつ〳〵思い出しては話していたが、私は、翁が「自分の心の淋しさは歌にもならない。」と、だれかにいったという事を、絶えず思い出して、そこにわが空想の翁を描き出していた。相対していても、実際の翁の心境はどうであるか分らない。「淋しさを和歌や俳句にあらわし得る間は余裕があり、遊びがあるので、徹底した淋しさは、歌にも句にもならない。そんな生やさしいものではない。」といいそうなのが、わが空想裏の翁である。

座に、大佛次郎氏在り、氏は近年、新聞小説に特殊の手腕を揮って功を収めている人である。数十年前新聞小説家として一世を風靡した天外翁と対座しているのを、私は傍観しながら、「新聞小説半世紀の変遷推移の光景を目送した。

大佛氏いわく、われ等三人とも子供がないんですね。

ああそうかと、私ははじめて気がついた。その事について、いろいろ話がかわされた。

（「読売新聞」昭和二六年一月）

天外翁と私

初冬の或る日（正確に云うと、昭和二十五年十二月の二十日の午後）小杉天外翁と対談した。明治文学史の一節を読んでいるような気がした。或いは明治文学史中の一片の映画を見ているような気がした。老いたる明治の一文人に接触して過去を語っていると、私自身の老いたこともひしひしと感ぜられた。

はじめて天外氏に会ったのは、私が学校を卒業した年の翌年の春（明治三十五年）であった筈だ。殆んど半世紀も昔の事である。日露戦争前で随分旧い事であるが、私は、今度久し振りに翁と対坐していると、その時分の事が続々と心に浮んで来るのであった。あの時、私は島村抱月に連れられて上野の展覧会を観に行ったのであったが、その帰りに抱月は、「これから小杉君を訪ねよう。」と、ふと思い立ったように云った。その時代には、『初姿』『女夫星』と、書き下ろしの小説が、続いて春陽堂から出版され、天外の名は文壇の注意を惹いていた。硯友社文学は凋落し、紅葉も『金色夜叉』を書き悩み、文壇には、「家庭小説」と呼ばれる浅薄な作品が跋扈《ばっこ》していたその時代に、天外の新作には、何となく新味があるように思われていた。紅葉や緑雨とはちがった色っぽさがあり、艶があると思われていた。それで、私は天外訪問には興味を寄せて抱月に随行したのであった。当時天外氏は、小石川白山あたりの鶏声ケ窪という、その名の如く田舎びた所に住んでいた。その時代の作家は、文壇では多少名を売っていても、実生活は決して華やかでなく、住宅もお粗末な家に住んでいたのだ。

訪ねた時には、天外氏夫妻は、芝居行きの身仕度をしていた。それで、折角の珍客を迎える事の出来ないのを残念がっていたが、抱月は再度の訪問を約して、直ぐに家を出た。そして、本郷三丁目あたりに引き返して、或る牛肉屋へ入って午餐を採った。当時、私は早稲田の出版部に奉職して、傍ら翻訳仕事などやっていたが、「早稲田学報」や「文学講義録」には、文芸時評を書いたりしていた。この「学報」には、早稲田の文科を中途で退学した、平尾不孤という、私より数歳の年長者が、編輯者として勤めていた。彼は早稲田退学後は大阪の雑誌社の仕事をしていたようであったが、彼が、東京在住の或る女学生におくった秘密の手紙が、当時の赤新聞「万朝報」にそっくり掲載されたので、自分の身の処置に窮する事となった。それは堕胎を勧める手紙であったが、その女学生の泊っていた宿の主婦が横取りして、知り合いの記者に与えたのだそうだ。不徳な文士として、無名の文士平尾不孤の名が一朝にして有名になったのであった。平尾は善後策を講ずるつもりで東京へ飛んで来たのであったが、実際上、手がつけられなかったのだ。それを、坪内逍遙先生が不憫に思って、救助の手を出されて、二人を結婚させて新家庭を持たせ、「学報」編輯者の地位をも授けられたのであった。この平尾は、天外の小説の愛好者であったらしく、「学報」誌上に於いて微細に渡って、天外の新作品の批評をした。讃美を極めた批評振りであった。私など面白いと思って読んでいたが、「学報」という雑誌の性質上、そういう文芸時評を長々とするのは、不適当ではないかと、出版部内でも云われていた。どの党派にも属せず、孤身奮闘の有様であった天外氏は、無論この未知の青年の批評を喜んで、交りを結ぶようになったらしかった。

私が平尾の新家庭へ遊びに行っていた時に、天外氏が其処へ立ち寄ったこともあった。私の、シェーンキウィッチの短篇『音楽師ヤンコー』の翻訳を、平尾が天外氏の所へ持って行って、氏の手から「帝国文学」へ売り込んだこともあった。その翻訳には、天外氏の筆が入っていると、平尾は云っていたが、それは私の関知しないことであった。そういうような事から、一度独りで鶏声ケ窪を訪問した。「よくいらしった。」と、天外氏が云って私を迎えたことを、私は今ハッキリ思い出すのであった。それから、あの時、氏の見物した歌舞伎座の芝居話をして、「八百蔵の長右衛門は、謹んでやっていましたね。」と、批評を下されたことを、私は記憶している。

私は今度、天外翁と対坐しながら、殆んど半世紀前のあの時の、歌舞伎座の舞台を思い出したが、あの時の二番目が、八百蔵(後の中車)の長右衛門と芝翫(歌右衛門)のお半であった。一番目は、団十郎の『地震加藤』、それから、『吹取妻』と『島の為朝』。加藤清正の花道の述懐と、凧の行衛を見詰めて不安から安定にうつる為朝の無言劇を、あの頃面白いと思っていたことを思い出しながら、

「あなたは芝居はお好きでしたか。」と訊くと、「よく見ました。」と、答えられた。芝居を観るために東京にいたようなものだと云われて、「芝居を見ているうちに、泣けて泣けて極りの悪いことがよくあった。」

清正の述懐の時なども涙を誘われるらしかったが、それは、私には意外であった。私自身、不思議に芝居をよく観たものだが、観ながら泣いた事は一度もなかったと云っていい。為朝が我子の無事到着に安心すると、観ている我等も安心する訳であり、舞台の人々が泣いていれば、こちらも貰い泣きしていいのであるが、私はどちらにしても、泣いた事

はなかったように思う。そういう風でありながら、私は夢中になって芝居を楽んで観たこともあったのだ。

「それで役者は誰がお好きでした？」と訊くと、「九蔵（団蔵）が好きでした。」と答えられたは、意外であったが、「小説では誰のがお好きでした。」との問に応じて、

「紅葉の小説です。」と答えられたのは、一層意外であった。

あの時分、天外氏が紅葉の小説を非難するのを、私は屢々聞いたことがあった。蒔絵の重箱の外形は奇麗でも、中味はお粗末だと云うような事も云っていた。しかし、青年作家当時の天外氏は、上べは紅葉をケナしながらも、腹のなかでは紅葉に恐れを抱いていたのであったか。紅葉を目標として、それを凌駕せんとひそかに努力していたのであったか。

「今の小説はお読みになっていますか。」と、訊くと、「読んでいます。」と答えられた。

「どうお思いになります？」

「今の小説は書き方が不親切です。」

書く事に身が入っていない。真剣でないと云う意味の苛しい批評が、淡々たる口調で洩らされた。自分は今の人達とちがって、真剣に製作に努力したと、簡単ではあったが、誠意ある言葉で述懐された。これは、私も是認するのである。私が読売新聞社に入った時には、『魔風恋風』が掲載中であったが、これは、『金色夜叉』に次いで読者受けのした小説であった。これが当ったので、読売では作者を優遇して、『コブシ』『長者星』と、連続し

て二長篇を紙上に掲げるようになったのだが、それ等新作執筆について作者の苦心していたことを、私は傍観的に推察していた。コブシは握り拳で、力を現すのだと、作者が云っていた。長者星は富豪を書かんとしたのであった。「魔風」の恋。それから力、それから金と、この三つの立場から人世を描写せんとするのは、抱負ある作家の態度である。私は一度箱根帰りに、小田原在住の天外氏を訪問した事があったが、その時、氏の机の上にゾラの『金』の英訳本の載せられているのを見た。『長者星』を書くについて、大隈伯から、二三の富豪に紹介して貰うことになったが、大隈は、森村と安田とを、異ったタイプの金持として選んだと、私は島村抱月から聞いた。読み応えのある小説を書くためには、そういう事の調査研究も必要であるかも知れないが、私自身はそういう事に重大な価値を置く気にはなれないのであった。天外氏にしてもそんな事は役に立たなかったであろう。『長者星』は完結しなかったように私は記憶しているが、兎に角、この小説にしても、『コブシ』にしても、或いは『魔風恋風』を含めても、作者の意図にかない真実に肉迫した作品ではなかった。印象稀薄である。しかし、これは明治以来、何時の時代の流行作家にも、流行作品にも共通している現象ではないだろうか。いい題材を選んだものとして、天外氏も感心していた『金色夜叉』にしても、浅薄皮相の流行作品たるに過ぎなかった。私も年少の頃から紅葉の愛読者であって、三度も四度も読み返した彼の作品も少なからず、『金色夜叉』だって、一種の興味を持って読んではいるが、これは私が明治十年代に生れた旧人であるためなのである。この小説は狙い所はいいし、作中の人物も、いろ〳〵の類型的人物を集めていて、小説愛好者の興味を惹くように作られているとは云えるもので、すべてに於いて浅はかなものである。小説中の人物として、日本人に最もよく知られているお宮にしても、貫一にしても、如何に不徹底であることか。お宮は直ぐに後悔する。あの単純な、あっ気ない後悔ぶりが、あの頃の日本の若い小説読者の気に入ったのか。貫一の夜叉振りの弱々しさ。呪いも復讐もあったものじゃない。

私は今日の小説を読んで物足りない思いをする天外翁を是認するとともに、今日の読者が昔の小説に興味を失っているのも当然だと思っている。翁に接し、断片的に口から洩らされる感想語を、自分の耳で聴いていると、時代の推移がそこに具象的に写し出されているようにも感ぜられるのである。それは如何ともし難いので、老人に取ってはそれが真実であり、若輩に取ってはこれが真実であるのである。

近松秋江誕生五十年の祝賀会が帝国ホテルで開かれた時であったと思う。天外氏もテーブルスピーチをやったが、その時、「文学者の心は家族にでも分らない。」と、感慨を籠めて云った。自分のしている仕事は誰にも理解されず、孤独であるという意味を含んでいた。

「花袋藤村に会って論談した事があったが、あれはいつ頃であったか、誰が会合の世話をしてくれたか、どうも覚えていない。」と、天外翁は云って、日記をつけていない事も云った。人は日記をつけたがるもので、秋声のような人でも丹念に日記をつけていたのに、私は驚いたが、翁は私同様日記趣味を持っていないのであるか。翁が昔花袋などに会って論談したことは、私は他人事ながら記憶している。『破戒』も『蒲団』も出たあとの頃、滝田樗陰が天外花袋を、牛込の明進軒に呼んで会談させた事を、滝田は私に知らせた。彼は中央公論編輯者になり立ての時分には、小説作家としては風葉天外を最も推讃していた。この二人の技巧に感心していた。自然主義勃興前の文壇では、風葉天外は注目されていたのであったが、時の廻り合せが悪かったのであろう。風葉は田舎に逃避し、天外は婦人雑誌の小説に身を入れるようになった。『破戒』の出現には、風葉も天外も脅威を感じたと察せられたが、作品そのものにはあまり感心した訳ではなかったらしい。世間は、日露戦争後の時代の動揺につれて、何か新しいものは出ないかと期待していたので、『破戒』を買い被って、島村抱月が、この新作には描写に匂いがある。作者の嗅覚が働いていると云ったのに対して、天外氏は、自分の文章にはその感覚を取り入れていると自負していた。氏が当時盛んになりだした婦人雑誌に小説を寄稿しだして、それを本職とするようになったのも、藤村花袋などに圧迫されたためと云っていいかも知れない。こういう場合、天外風葉の立場は艱難であった。後進の藤村花袋などに調子を合せて行く訳には行かないし、競争して勝目がありそうではなかったのだ。こういう境地はいやなものだと思われる。「自然は自然である。善でもない、悪でも無い。美でも無い、醜でも無い。」というような、西洋かぶれの見解から出発した、天外の新しい小説作法も、一歩後れて出た自然主義者等の、一歩進んだ西洋かぶれの見解から出発する新しい作風に蹴飛ばされるようになったのである。鏡花のような特殊の作家は、自然主義流行時代には不遇の地位に在ったとは云え、独自一箇の存在に永久性があるのであろうが、天外風葉は、文学の大道を地道に歩んでいるようでありながら、道を踏み外していたのではないだろうか。そこに彼等の悩みがあり、我等が同感もするのである。『青春』は、風葉が時代を眼中に置いて全力を尽した作品であったが、狙いが外れていたのであろう。読者を捉えると云うほどでなかった。『魔風恋風』は、写実描写に努め、あの時代の風俗小説であった筈だが、作者努力の甲斐もなく、今読んで、あの頃の世相を偲ぶよすがともならないのである。まだしも、『はやり唄』や『仇なさけ』に、作者の企図するところが現れていて、あの頃の作品としての新味が見られた。

近松秋江は、学校卒業直後の短期間、博文館に奉職したことがあったが、彼は私に、「先日、天外が文芸倶楽部に原稿を持って来たのだが、原稿料は鏡花なみに呉れと請求した。編輯局ではそれに応じなかったので、天外は、憤然として原稿を持って帰った。」と話した。石橋思案巌谷小波江見水蔭など、硯友社の連中が博文館編輯局に勤めていたので、彼等は天外に好意を持っていなかったのだ。殊に水蔭は後進の天外などが自分を凌駕せんとするのを快しとしなかったのであった。そして、天外の要求拒絶の光景を、秋江は文壇の内幕話として面白そうに話していた。ところが、あとで、天外氏自身の口から私が聞いたのだが、あの時、博文館主大橋新太郎は、大晦日の日に、自分で、天外要求通りの原稿料を天外宅へ持参して原稿を持って行ったそうである。作家として快心の思いをしたにちがいない。

博文館の「文芸倶楽部」春陽堂の「新小説」に対抗して、有力な書店金港堂から、「文芸界」という雑誌が佐々醒雪を主任として新たに刊行された時、例の平尾不孤は、「早稲田学報」を辞して、その新雑誌の編輯者となり、急に得意顔をするようになったが、まず自分の心酔している天外に新作を依頼することにした。天外氏も知遇に感じて、苦心の力作を寄稿したのであったが、原稿料の点で、社と作者との間に悶着が起って、仲に立った平尾が困ったのであった。「小杉君もああまで突張らなくてもいいだろうに。」とこぼしていた。一枚二円と云う当時破格の原稿料の要求で、これは鏡花なみではなく、紅葉なみと云うところであった。それで、作者の要求は通過したのであったが、これによっても、当時の天外は青年作家として、花形とも云っていい地位に在った事が推察されるのであった。この新作が『仇なさけ』ではなかったか。

「君は、小杉は豪奢な生活をしていると、昔、何かに書いた事があったが、何が豪奢なものか。」と、翁はふと思い出したように云って、自嘲らしい笑いを浮べた。

今日の目で回顧すると、あの頃の文学者の生活は外の社会の生活にくらべて、余程貧乏だったので、多少でもゆとりのある生活者は贅沢しているように見えたのだ。最近になって刊行された石川啄木の「日記」を、私は先日熟読して、明治時代の詩人文人の貧乏振りを追懐したが、この日記の筆者が、よくこれで生きていられたものだと云う事が、この日記を読む上の興味となるのであった。そして、いつになっても、文学志望青年、無名文士、不遇文士の経験するであろう貧乏振りを、啄木が代表者として、詩に唄い、文につくり、日記に記しているので、彼はそういう点で、末永く伝るのであろうか。あの頃は下宿屋などが寛大で、あの宿料不払の天才詩人に三度の飯を与えていたのも不思議である。この「日記」のうちに、上野の文部省展覧会を見に行ったことが書かれているが、「日本画館の中で与謝野晶子さんと其子らに逢った。薄小豆地の縮緬の羽織がモウ大分古い——予は晶子さんにそれ一枚しかないことを知っていた。——そして襟の汚れの見える衣服を着ていた。満都の子女が装をこらして集った公苑の、画堂の中の人の中で、この当代一の女詩人を発見した時、予は言うべからざる感慨に打たれた。」と、啄木は云っている。女性としての大歌人が、明治の世にこんなに貧乏であったことを思うと、敗戦後の日本の文壇に、左程でもない者どもが、贅沢三昧の振舞いをしているのが、私には不思議に見えるのである。啄木は、蚊帳がないのに、蚊やり線香もなしに、夏の夜を過したりしながら、その日記には、徒らに世を罵ったり人を怨んだりしているところはない。人生観を事々しく並べたりしていない。ただ貧乏しながら、若い日の一日々々をどうかして潰しているだけと云った感じがする。私はそういう意味で、この日記を面白く読んだ。

天外氏が小田原に住んでいた間に、斎藤緑雨も其処に住んでいたが、緑雨は、「筆は一本、箸は二本衆寡敵せず。」の実例見たいに、窮死したのであった。平尾不孤も、金港堂で勤らず、肺患にも罹ったらしく、身の処置に窮していたが、天外氏の厚意ある招きに応じて小田原に転住することになった。其処で天外氏の仕事の手伝いもしていたようであった。おり〳〵原稿持参で上京して、そのたびに私を読売社に訪問して、自分の悲境を訴え、原稿売り込みの相談をしていた。私は彼とともに、雑誌社や本屋を訪ね、時には、私が劇評家たりし縁故で、芝居の楽屋を訪ねて、平尾の苦心の脚本の上演を需めたりした。風丰も話振も陰鬱な平尾が愚痴をこぼすのを聞きながら、金策の奔走をするのは、人世に於ける不快な一現象であるようだが、今になって回顧すると、私はむしろ興味を持って、平尾のお伴をしていたのじゃないかと思われる。独身の下宿屋住いで、乏しいながらも、今日の生活には困らず、新聞事業と云っても、展覧会を観たり芝居を観たり文学雑誌を読んだりして、美術や演劇や小説の批評などを、誰に遠慮もなく勝手に書きっ放すくらいで、甚だ気楽であり、暇もあったのだから、一人の不遇文人の介添えとして、あちらこちらへ出入りするのも、そこに、一種の青年的興味が覚えられるのであった。博文館へ行って、同窓の知人長谷川天渓に周旋を頼むと、平尾の訳した西洋小説は、既に他の青年文士の筆で訳されて、博文館の雑誌に出ていたので、採用はされなかったが、それでは気の毒だと云うので、天渓保証の下で前貸しをして呉れた。楽屋に於ける役者の、上べだけお体裁のいい、ちゃらっぽこの態度なんか、私にはむしろ面白かった。ところで、平尾は或る時悄然とした態度で上京し、悄然とした態度で帰宅したが、その時は、彼の留守中に彼の細君が逃亡したのであった。彼と同棲していても前途に見込みのないことを、彼女は独りで断定して、ひそかに行衛をくらましたのだ。こういう例は、若い文士の間に幾つもあったのである。面白くもない小説や脚本を書いて生活の資を得ようとするのは間違った心掛けであると、私は平尾を実例として警戒していたのである。平尾は関西の知人を手頼って行ったが、世の中すべて彼に不利で、最後には、京都の下宿を追い出されて、二条城の壁に顔をあてて、哭泣したと伝えられた。その時私が京都にいたら、彼と同行して、二条城の側に立って、彼の泣き顔を見ていたかも知れなかった。熱血詩人児玉花外がその時、宿無しの平尾に随いて京都の町をうろついて、しまいに二条城に辿りついたのだそうだ。その児玉も最後には養老院に身を置く事になったのである。

私は、昔若くして今老いている天外翁と対坐しながら、昔の文学者仲間の日常生活を思い出して、今日のそれと比較した。ペン倶楽部だの、芸術院だの、文化勲章だのと、文学者にも箔がつくようになったが、生活振りも贅沢になっている。昔を知っている我々には驚くべく、奇怪に思われるくらいに生活が向上して、他の社会の人々に歩を譲らぬほどになっている。あの頃、三文文士と極印を打たれていた文学者どもが、世間並になったのである。無論一部の好運児がそうなっているので多数の文学志望者は昔の文壇人同様に生活苦を嘗めているに違いないが、それはどの社会だってそうなのだ。昔は紅葉のような一流の流行作家でさえ生活は質素であったことを思い出すと、今の文学者が成金見たいに振舞うのが、変に感ぜられるのだ。滑稽に感ぜられたりする。

「小説家は田舎生れがいい。田舎だと、その土地の人間の先祖の事からよく分っているから、真実の人間が書ける。」と、昔天外氏は云っていた。小説に於いて、人間の遺伝や環境に重きを置いていたので、ゾラなどの感化があったのであろう。

封建町人の子孫で、明治初年に東京に生れた長谷川如是閑の『自叙伝』のうちで、「何事をも茶化したがる都会人的遁避主義のお蔭で、明治時代になっても、都会の江戸ッ児は、時代の歴史の当面に立つことを避けて——というよりも立ち得ないで——ただ横合いから、批判的の白眼で時代を睨んでいるのに留ったのである。だから明治時代に幅を利かしていたものは、みな地方出の人々で、いわゆる田舎ものばかりだった。江戸ッ子で世に聞えていたものは、今云うインテリと小説家だけだった。殊に小説家は江戸生れに独占されていた。これは小説には必ずなくてはならぬ会話の直写が田舎ものにはどうにもならなかったからであった。明治末までは、地方出の文士は、まず先輩の文士の家に寄食して、東京語に馴れるのを待つ外はなかった。坪内逍遙などは、美濃の産で、十八の歳に東京に出たが、大学を出るころは、すっかり、あの猛烈な名古屋訛りを克服して、立派な東京語を話すようになって、漸く小説を書出したのであった。新時代の小説家の皮切りも、二葉亭でも紅葉でも、露伴でも、みんな都会人であった。」と云っている。緑雨もそうであった。

「小説は都会を書かなければ駄目だよ。」

と、岩野泡鳴は私に云った。これは、言葉の関係だけではなかった。私はそれには同感であった。

私は、明治二十年代の「国民之友」数十冊の綴じ込みを持っていて、屢々それを見て、私の少年時代の日本を追懐しているが、そのなかには、天外の小説『三国物語』が二三回出ている。時代相応の古めかしい小説であって、交通不便の時代に、或る用事をもって上京する東北の青年が旅中に、若い女と道伴れになって、それに騙されるような筋立てである。天外以外にも、田舎の若い小説作家は、空想やあこがれを抱いて、新日本の首都である東京へ上って来る有様を、よく小説の題材としたものである。自分の経験そのものでも、作者の造り事であっても、そこに、あの時代の風潮がおのずから小説化されているのである。

それから、紅葉露伴緑雨など、都会生れの青年作家は、創作の初期に於いて、山河の美しい田舎に旅をして、山の奥へ奥へと入って行くと、其処に美女の住んでいるのを発見することを、小説の題材としている。そして、美女の山奥住いの経路が、作者それ〴〵の空想によって作り上げられるのである。『色懺悔』『対髑髏』『弓矢神』など、今読むと、詰まらないものだが、あの頃の都会生れの文学青年が、そういう空想の夢を見ていたのだと思うと面白い。今日の文学青年の描かんとする夢に比べて、明治初期の文学青年の夢のいかに幼稚で単純で、無邪気で、そして現実離れしていたことか。貧乏であってもそう云う夢に陶酔していられたことは、今日に比べて、むしろ幸福であったとは云えないか。

「文学者は、演説に出掛けたりしないで、書斎にこもって、自分の天職に努力していればいいのだ。」と、天外翁は、戦争中文学者が軍部の意図に服従して、柄にない演説騒ぎをしていたことをにが〴〵しく思って、頻りに警告を発していたそうだ。そして、「そんな不謹慎の言葉を公言していてはいけない。」と、近親に忠告されても聞かなかったそうだ。この程度の反抗心は昔からあった人だが、年を取って時代外れで、反抗的な口を利くのは、若い者の哂《わら》いを招くばかりであろう。私でさえ、古稀と云われる七十歳を過ぎた。あの時分に、余程の年長者で、文壇での大先輩の一人であるように思っていた天外氏が、八十を過ぎ九十近くなって、耳は遠くなっても、なおちゃんとした物を書いているのは不思議である。終戦後に、「苦楽」などに書かれたものは、明治初年の東北の田舎を材料としたものだが、『三国物語』のような幼稚な作品ではなくって、現代的本格小説の趣があった。私はこう云うものを読みながら、それよりも八十、九十、或いは百歳にも達した作家の心境はどう云うものか、それを徹底的に書き現したら面白かろうと想像した。しかし、他人を描くとはちがって、老境の淋しさなんかは、真に徹して書くのは、作家自身堪え難い事であろうと推察される。私でさえ自分の真の心境についてそう思っている。

（「群像」昭和二六年三月）

編集者今昔

この頃は回顧談が流行している。昔の有名人の噂などはことに雑誌の読者に喜ばれているらしくも思われる。読者の喜ぶか喜ばぬかは別として、筆者自身いい気持で書いているらしい。芥川に関する回顧談、回顧的作品など、私の目に触れただけでも幾つあったことか。芥川龍之介という大正期の作家が、どれほど傑かったにしろ、どれほど人間的妙味に富んでいたにしろ、その噂はもう沢山だと云った感じがしている。私も幾度か芥川に会って、その才人的話し振りに接したことを幸福とし、光栄ともしているのであるが、現在の芥川ばやりは、ちょっと合点が行かないのである。私もみんなの仲間に入って、芥川回顧談を一席打てば打てないこともないけれど、既に時期がおくれているので、それは止めることにして、まだ誰もやらないらしい「編輯者」回顧談に先鞭を着けようとしている。

回顧すると古い事であるが、私自身、編輯者であったのだ。私は学校を卒業すると、直ぐに早稲田の出版部に奉職した。文科講義録の編纂員となったのであった。伊原青々園の『日本演劇史』は、はじめてこの講義録に出ることになって、私は原稿取りに出掛けていた。出版部仕事は興味もなく、私には不適当であったので、半年あまりで辞職した。その後一年ばかりして読売新聞に入社して、訪問記者となり、編輯者となって、七年間どうにか勤めたのであった。その間の私の編輯者としての行動を、ここでくど〳〵と述べるのは遠慮すべきであるが、ただ一つだけ云って置きたいと思うのは、出版部の編輯者としても、新聞の訪問記者としても、私は名刺という物を殆んど用いなかったことである。出版部の時には名刺を作らなかったのではないかと回顧されるが、読売の時には作る事は作っても、殆んど用いなかったのではないかと、私は記憶している。現今は、新聞記者や雑誌記者、出版業者などは勿論の事、作家でも画家でも、やたらに名刺の交換をやっているのが、よく私の目につくのである。どうしてああ名刺のやり取りをするのであろうかと、私は自分の昔を回顧して不思議に思うのである。日本人はことに名刺交換癖があるのではあるまいか。

文学芸術方面の編輯を担任していた私は、自然主義主唱者側の評論を、紙上に採用するようになったらしかったが、世間で見られているように、私は熱心に自然主義の肩を持った訳ではなかった。泡鳴、秋江の感想や論文は、毎週の文学附録に掲載していたが、それは彼等が、これから生ずる零細な原稿料を定収入と極めて持ち込んで来るから、採用していたのに過ぎなかった。演劇の小山内薫も美術の石井柏亭も文学附録寄稿の定連であったのだ。木下杢太郎のひねった芸術論も幾度も出したし、新帰朝者永井荷風のものも何度か掲げた筈である。しかし、私の在社中の読売は、自然主義鼓吹か自然主義擁護かの色彩が濃厚であったようである。それから、雑誌では、抱月の「早稲田文学」、田山花袋の「文章世界」が自然主義の根拠地と見做されていた。博文館は、投書雑誌として「文章世界」を刊行していたつもりであったが、花袋が編輯主任になったため、それが文学雑誌見たいになり、花袋好みの自然主義の色がつくようになったのであった。文学史的に見たら、読売の文学欄と、早稲田文学と、文章世界とが、自然主義文学の機関誌と云われてもいいのであった。平家にあらざれば人にあらず、自然主義者でなければ文学者にあらずと云ったような空気が、数年間文壇に漂っていた。

この空気のなかで、強烈に自然主義に反抗した雑誌は「新小説」であった。「新小説」は、明治二十年代の末期から、新作発表の最高機関であって、新進作家はこの雑誌に売り込むことを心掛けていた。雑誌社の方でも、有望な若い作家が文壇に現れると、それ等の作家に月給を払って常雇いにして、年に何回か新作を寄稿させることにしていた。博文館の「文芸倶楽部」は通俗小説、春陽堂の「新小説」は純文学を掲載することに略々態度が極っていた。ところで、「新小説」が時代の流行に逆らい、自然主義に反抗するのは、一見識あるらしかったが、実際はそうでもなかった。当時の「新小説」編輯主任は後藤宙外であった。宙外は抱月と同期の早稲田出身者で、評論家としての抱月に劣らぬほど、小説家としての宙外は有望視されていたのだが、自然主義勃興時代には、何となく影が薄くなっていた。それで、抱月はじめ自然主義系統の評論家や作家の勢いのいいのが、いま〳〵しくなって、泉鏡花をはじめ、竹風、嘲風、龍峡など自然主義嫌いの文学者を糾合して、自然主義反対運動を起し、東京及び地方に講演会を催したりした。そして「新小説」を反対運動の根拠地として、誌上に、自然主義文士の個人攻撃をしたり、私行をあばいたりした。そうして流行に逆らった編輯振りをしていたため、「新小説」は次第に売れなくなった。社主、和田利彦がいつか私に、「後藤さんが雑誌を売れなくしてしまいました。」と云ったことがあった。春陽堂に取っては、自然主義も反自然主義もあったものじゃない。編輯者は雑誌が売れるような方針で編輯してくれればいいのであった。

その頃滝田樗陰が、中央公論編輯者として出現した。私は中央公論は、その前身の「反省雑誌」時代から知っているが、それは微々たる存在に過ぎなかった。中央公論と改題してからも、何を目標とした雑誌やら分らぬほどであった。近松秋江が少しの間編輯をしていたが、これは無法な編輯振りで、麻田社長を困らせたのであった。滝田樗陰は帝大の学生として、秋江の編輯の手助けをしていた。秋江の辞職後、滝田は一手で編輯をやっていたが、成績は面白くなかった。「私に新小説をやらして呉れたら。」と、口に唾を溜めて云っていた。

それでも、藤村、独歩などの短篇、それに漱石の小品をはじめて取って、時代の流行に乗り出した。「新小説」が流行の自然主義に反抗するのと反対に、自然主義作品を取り入れることに勤めたのが、中央公論が雑誌界に幅を利かすことになる第一歩であった。「新小説」は次第に権威を失い、「中央公論」は次第に、売れ行きも増し、文壇の信用も加った。滝田ははじめから自然主義作家を好いていたのではない。はじめは、天外と風葉を讃美していた。藤村や独歩の作品に心酔してはいなかった。時代の流行を捉えていたのだ。

若かった滝田は、いくらか売れ出したとは云え、まだ中央公論の前途を楽観してはいなかったらしく、その編輯者として安んじてはいられなくって、徳富蘇峰に頼んで国民新聞に入れて貰った。麻田社長にその事を報告すると、麻田は笑って、「新聞社で君は辛抱出来やしないよ。しかし、まあ行って、世間を見て来たまえ。」と云った。果して、一二ケ月すると元の社へ帰って来て、「駄目でした駄目でした。」と云ったそうであった。竹越三叉とも親しくしていたので、竹越が一年足らずの間、読売の主筆をしていた時分、竹越に頼んで、文学附録に文芸時評、小説月評見たいなものを寄稿して来た。中央公論編輯だけで安んじていられない所があったらしい。私は、主筆からの天下りの原稿を採用するのをいやがりながら、敢然と没書にもなし得なかった。幸い、これも二三回でお止めになった。

そのうち中央公論は他を圧するほどの勢いを得たので、気を紛らさないで、この雑誌に一生を托することに覚悟を極めたのであろう。

私が寄稿者として彼と親しくなったのは、『五月幟』を書いた時で、まだ角帽を被っていた彼は、原稿を読むと直ぐに、森川町の下宿屋の二階の私の部屋へ駆けつけた。足音荒く廊下を踏んで、障子を開けるや否や、「今度のはいいですなあ。」と叫んで、私の机の側に坐った。そして独りで昂奮して感想を述べた。編輯者としての滝田の面目を私はこの時はじめて見たと云っていいのであろう。これを機縁として、数十年間絶えず中央公論に寄稿することになったので、滝田の激励がなかったら、私の一生の作品の数は半分くらいに減っていたであろう。彼は他の作家に対しても、あの熱情で接触したのであろう。しかし、昂奮振りや熱情振りは、今日から見ると古めかしく思われる。私は、滝田とは長い間交際を続けた訳だが、酒食を共にしたことは殆んどなかった。私生活に立ち入った話をしたこともあまりなかった。彼は一時角力に熱中して、毎場所一桝取って見物していたが、私は一度も誘われたことはなかった。連れて行った人から、彼は費用の割前を取ったそうである。滝田は編輯者として豪奢な生活をしたらしく云われていたが、彼如何に威力を発揮していたとしても、要するに一介の編輯者であり、社長ではなかったのだ。月給以外に、売上げ高に依って歩合いを貰っていたそうだが、それだって高が知れている。編輯の苦心と云ったって、今日に比べると安易なものではなかったか。中央公論も、初期の「改造」も、創作中心で編輯されていたが、大体作家が極っていた。絶えず新しい趣向を凝らして編輯する必要はなかった。嶋中雄作がよく云っていたが、「滝田時代の苦労何ほどの事かあらん。」と。

滝田の編輯力も衰え、身体に故障も起った時分に、「改造」が現れて、中央公論の強敵となった。原稿料に於いても、改造に引き摺られるようになった。万事消極的な麻田社長を鞭打って、原稿料でも、同類の雑誌よりも幾らかよくしていた滝田も、「そんなに原稿料の値上げをしなくってもいい。」と云うようになった。「改造」社長山本実彦は、創刊当時金があったのかなかったのか、よく作家を饗応した。私なども、頻繁に原稿を依頼されていた時分には、屢々料理屋で御馳走になった。山本社長は編輯をも独裁していたようであった。滝田同様に目先が利いていて熱情もあったが、つまり滝田よりこの方が打算的であった。滝田は中央公論を自己生存の根拠としていたにしろ、社長ではなくって、雇われ人であったし、山本は編輯者社長であったのだ。滝田の働きで中央公論が莫大な利潤を挙げていたにしろ、滝田が病気で働けなくなって辞任した時の退職手当は五万円であったそうだ。

新進の改造が、地盤の堅い中央公論と対立するようになったのは、左翼運動とかプロレタリア思想とかが勃興したその時代の空気を取り入れたためであった。時代の気運を捉えた雑誌が栄えるのは常法で、中央公論は自然主義作品を熱心に取り入れたのがよかったのだ。泉鏡花の作品が徳田秋声を仲介者として中央公論に掲載された時、麻田社長は、「鏡花のものなんか出すことを自然派作家がいやがらないだろうか。」と、その所謂自然派作家の思惑を気にしていたと、滝田が話していたことがあった。改造が山川均だの、大杉栄だの、あの頃羽振りのよかったプロレタリア論客の論文を盛んに取り入れ出したのを見ていた私は、社長兼編輯長の山本は、そういう思想に共鳴し、そういう思想の上に自己の精神を樹立しているのかと思っていたが、それは、世間知らず、人間知らず、編輯者の心知らずの、私の妄想であったのだ。そうした方が、雑誌の景気がよくなり売れるからやっただけなのだ。寄稿者の、プロレタリア論客だって、作家だって、自分の論文や小説を採用して、いい原稿料を払ってくれれば、その雑誌に厚意を持つだけの事である。今日の雑誌に於ける編輯者気質、寄稿者気質は一層そういう風である。私はすべてそれ等を当然の事と思っている。しかし、明治二十年代の徳富蘇峰の「国民之友」や、三宅雪嶺の「日本及日本人」などには、売る事以外に、自己の主義主張を発揮する気持があったようである。中央公論や改造は、戦時中軍部に圧迫され、戦々兢々として編輯し、時々軍部に献金までして御機嫌を取っていたのに関らず、廃刊を余儀なくされる所まで追い詰められたのだが、戦争中の此等の雑誌を見ていると、編輯者の苦心は察せられる。戦時中の新聞や雑誌には、時代の真相が映されていないと云われているが、映されていないような所に映されているのである。恐る〳〵編輯しているようなのが、今見ると面白いのだ。編輯者だって執筆者だって、権力者から脅迫されている時分に、それをうまく潜って自己の所信を実現するところに、彼等の手腕が見られると云っていいのである。

兎に角、滝田時代は世間が小さかった。作家もあの時分は、大した金には有り附けなかったが、一度地位が極ったら当分安心であった。編輯者だって気楽であったのだろう。いろんな趣向を凝らさなくってもよかったのであろう。

「新潮」の中村武羅夫も、編輯者としての一つの標本的人物であった。中村は小栗風葉の門下見たいになっていたが、はじめは新潮のための訪問記事を採集していた。当時は、作家の文学感想や苦心談を談話筆記という形式で掲載することが流行していた。談話料は支払わないのだから、原稿料無しの原稿が集る訳で、雑誌社としては甚だ得策であったが、作家としては迷惑である筈であった。しかし、当時は、貧乏馴れた作家の心構えは悠長であったので、訪問記者相手におしゃべりをして、材料を無料で取られる事を気にしなかった。中村は、編輯者としては無給で、訪問筆記料を貰うだけだと云っていた。訪問しても面会拒絶されることもよくあったらしいが、中村はその筆記料が生活費になるのだから、押しが強かった。私などは、うるさがって、訪問されても沈黙を守って質問に答えなかったが、執拗く迫って、何か云わせようとするのであった。新潮と云う雑誌について私の記憶に残っているのは、こちらでその編輯者訪問記者を無慈悲に取り扱うと、仇をむくいられることであった。今日はそう云う事はないがあの時分には、新潮をはじめ、片々たる小雑誌に、文壇風聞録見たいな記事がよく出ていて、その欄内で、悪口雑言をまき散らすことがあった。中村はよくそれをやった。脅迫態度をほのめかしているようなところがあって、こちらの望みを容れなければ、誌上でやっつけてやるぞという意気を示していると も思われた。後には親分気取りであり、後進の世話をしたり、編輯者としての人望もあったようだが、私はついに親しめなかった。

いつの間にか衰微したが、私の学生時代から、文壇に出たあと数年間、雑誌界に君臨していた出版業社は博文館であった。博文館は、講談社と岩波書店とを合併したような出版社であって、雑誌の数も十数種に達していた。当時はまだ婦人雑誌が栄えていなかったが、綜合雑誌「太陽」をはじめ「文芸倶楽部」「文章世界」、週刊か旬刊かの「太平洋」、少年物など各方面に出版の手を伸した。それで文筆業者は博文館に隷属しているような有様であった。多くの作家が博文館の社主や編輯主任には頭が上らなかった。近松秋江が数年間この社に奉職して、その内輪の実状を話していたが、編輯者は、社主の夫人の草履を直すような行動を取っていたそうだ。月給は社主大橋新太郎の手から渡されるので、その前に平身低頭の礼を取るのであった。田山花袋の『東京の三十年』のなかに記されているが、大橋社長が日本地誌の編輯をしている花袋を戒めて、「紅葉でさえ遺族は窮境に陥っている。君など文学なんかやらないで、地理の方に身を入れてやれ。大学の地理の先生に学べ。」というような事を云っている。社長は文学者を軽視して、大学の教授を尊重していたのであった。それでも、逍遥、鷗外、紅葉、露伴ぐらいには、出版業者も多少の敬意は払っていた。

今は編輯者は編輯だけに忙殺されているようだが、あの頃は、編輯の余暇に自分の文学仕事をやっている者が少なくなかった。雑誌社の方でもそれを許していた。編輯者が自分の雑誌に作品評論を発表することは、むしろ常例となっていた。長谷川天渓は「太陽」を編輯しながら、盛んに文学評論をその雑誌に掲載して文壇の地位を得た。花袋でも小波でも、博文館の編輯員として奉職しながら、そこの雑誌を自作の発表機関としていた。抱月の「早稲田文学」は、彼の個人雑誌見たようなものだから当然であったが、宙外は「新小説」の編輯者として俸給を取っていながら、自己擁護のためにそれを利用していた。こういう点では、今の編輯者よりも昔の編輯者の方がうまい事をしていた訳だ。編輯者も作家も物質収入は少なかったが、気持がのんびりしていたようである。今日の編輯者も、持ち込み原稿の処分に累わされているであろうし、昔の編輯者も同様の煩累を感じていたであろうが、昔は今よりも原稿取捨の態度が甘かった。知人の作品、有力な紹介者からの原稿は、拙くっても出してやろうと心掛けていた。滝田や山本時代から、目に見えてその取捨がきびしくなったようであった。山本の如きは、名士の原稿紹介を嫌っていた。有島武郎などはやたらに紹介するので困ると眉を顰めていた。

（「群像」昭和二九年二月）

今年を回顧して

医術の進歩のためか、長寿者が多くなったようだが、百歳すなわち一世紀を生き通す人は、まだ無いようである。よほど〳〵の老人がやたらに殖えて来ても、人類社会は迷惑するだろうし、老人自身に取っても、生きる幸福は感ぜられない訳である。

私もこの頃は身心ともに急速に老いを感ずるようになった。いつ何処で倒れるかも知れないという予感に襲われることが、おり〳〵あるようになった。執筆読書も物懶くなり、朝も昼も寝て過すことが多くなるようになった。そして、時々座側にある寄贈書などを、気ままにあちらこちら披いて読んで、頭を持上げて世間の実相に目を留めることもある。東京に出て来ると、現世の混乱した実相に心の刺戟されるのを覚えるのである。

私はまだ生きているのである。大都会のあちらこちらで、さま〴〵な人世光景に接すると、何となしに心の動揺を覚えるのであるが、これが読書によって感得した人生光景と、どういう差別があるか、私としては、まだ明らかに判断されないのである。読書ばかりでなくって、いろんな芸術の鑑賞によって感得した何かと、直接接触した現実から感得した何かと、どちらが一層多く私を生かしているのか。

私は、美術展覧会場を一巡して外へ出たり、劇場でさま〴〵な俳優の所演を観たり、或いは新旧の小説を、その一部か全部かを読んだあと、静寂な山径や、騒々しい街上へ出たりしたあと、今まで見ていた芸術社会よりも、今見る現実の天地自然、現実の人間社会の方が、よっぽど面白くって、そして、自分の心の糧と名づくべきものにもなるらしく覚えるのである。そして所謂芸術なんかは、意味なしと思うことさえあるのである。

天地山川草木などにも、私の心がらとして、時には陳腐を覚えることがあり、四季の変遷にも、無限な妙味を感ずるよりも、造物主（仮りにかく名づくるもの）の所行の陳腐を感じたり、或いは人困らせの悪戯を感ずることもないではないが、人間の丹念に造り上げた芸術の境地では、どうにもならない陳腐の境地に陥っているのを見るのである。それも私が永生したためであろうか。嬰児の心を失った、心身ともに硬化した私に清新な感受性が全くなくなっているためか。幼年期少年期青年時代には、読むもの、見るもの、聞くものの多くが面白かった。

今、雑誌編集者の注文によって、強いてこの一年を回顧して、自分が偶然読んだり、観たりした芸術産物のうちで、よくも悪くも何が心に残っているかと云うと、その一つは、川端康成氏の小説『名人』である。これは以前、あちらこちらの雑誌に出ていたのを読んだことがあったが、最近纏めて一冊になったのを、改めて通読して、一種の人間の見本、一人の人間の生死の正体を、わが心に刻するような感じを受けたのである。

これは囲碁の名人本因坊某の人となり、日常生活、その心境などを叙述し描写した作品である。碁打ちの一人をモデルにした小説であると云い切ってもいいのであるが、これは、碁盤を中心に置いた小説図であって、その碁盤に対している間の彼、碁盤の周囲をうろ〳〵している彼を描いた彼の縮図であるに過ぎないので、碁盤を離れた彼の正体を追求しているのではないが、しかし、それはそれなりに、そこに一つの人生図が刻銘されているのである。作者は、小説のモデルである「名人」に深い敬意を寄せて筆を採っている。作者自身碁にたしなみのあるためか、その道の名人に終始尊敬を払って、小説執筆中、いやしくもしないで、寸毫も敬意を失しないように自から戒めているらしい。しかし、この小説の読者である私は、必ずしも敬意を払い通しで読んだのではない。私とても、或る種の技術に傑れた人にはおのずから敬意を寄せるのを常例としているが、小説鑑賞の場合はそれだけで足れりとするのではない。名人苦心談を読む時と、小説を鑑賞する時とは、私の態度がおのずから異っている。

一つの道に熱中した人、殊にこういう勝負事に身を入れた人は、頭脳を切り刻む思いをするらしい。骨を削りつつあるようである。人間の頭脳の働きなんか、高が知れていると、私は不断考えているが、こういう勝負師は、自分の頭脳の高の知れていることを知らないらしく、こんな無用な争いに頭をつかい果すのである。無用な争いとは、我々傍観者の云う事で、当人に取っては、勝敗が地位と資産に大影響を及ぼすのだから、等閑に附し難いのである。私は川端氏の行き届いた叙述描写により、或いは、それを自己流に補った私の空想によって、一人の人間が、生れながらに持っていた脳漿を絞り尽して、最後の一滴をも使いつくして、パッタリ倒れた人生光景を目に浮べて、肌寒い思いをした。一種の人間の痛ましい、或いはみじめと云っていいような姿である。この人物の足は細い枯れ竹のようになっていたそうである。武士は戦場、役者は舞台、その職のために倒れるのは、人間の理想であり、そこに生死に徹した人生の極致が見られると云うのが、古今の人間の輿論であるらしいが、私は、この小説から察せられるような、碁盤碁石の亡霊に祟られている人間の生存振りに敬意を寄せるよりも、みじめさを感ずるのである。それは私がそういう素質を欠いているためであるか。これは、この小説にあらわれている名人振りに関係しない余談であるが、英雄偉人の心境に感激をさされる事もあり、それに敬意を寄せるのも有り勝ちの事であるが、英雄の心境に阿房なところのあるのを、私は屢々感じるのである。

両脚が細って、枯れ竹のようになるまで、人生の闘いを闘って、パッタリ生を終った汝を、殉教者を迎うる如く、天使が純白な天衣をもってその屍を包んで、清浄な永遠な世界にそれを運ぶであろうか。川端氏の、いろ〳〵な小説には、その筆使いに詩趣があり、それが愛読者に喜ばれているようであるが、この小説『名人』には詩を欠いである。この勝負師の動作や心理を敬意を以って克明に叙述しただけであって詩はない。モデル自身が詩を欠いでいるためでもあろうが、この作品が私などにはみじめに思われる所以もそこにあるのではあるまいか。

そうは云っても、私に取って、この作品は、私が今年読んだ僅かな小説のうちでは、感銘に価いしているのである。私をして人生に思い及ぼさせるよすがともなったのである。私の足も、細い枯れ竹のようになりかかっているほどに老いているためか、川端氏の小説でも『千羽鶴』や『山の音』などからは、一通り読むには読んでもあまり興味ある感銘は得られなかった。他の多くの作者の、色っぽい小説などは、大抵読むに堪えぬ思いをするようになった。こうなっちゃ小説からも他の芸事からも縁が遠くなりそうだ。

しかし、そうも云い切れないではないか。私は今年も、歌右衛門の女形振りには興味を感じた。おり〳〵ではあるが、断片的ではあるが、心とろりとして見ることがあるのである。それは脚本の如何に依らず、演技の巧拙に依らない事さえあるのだ。「道成寺」など、回を重ねる毎に妙味を増している。舞踊の見巧者などは、古来の型の踏襲振りに文句をつけたりしているが、そんな事は、私に取っても、芸術自体に取っても、どうでもいいのだ。「恋の手習」のくだりなど、おどりの月並で、「勧進帳」の、「ついに泣かぬ弁慶も」と同様、陳腐になっているのだが、私は、今年の彼の「道成寺」で、かつて見たことのなかった清楚な色の姿態にとろりとしたのであった。日本舞踊もこの頃は、甚だ流行しているそうだが、それ等日本伝統的の手振身振では、所謂マンネリズムであり、真似事であるに過ぎないではないか。わずかに、歌右衛門によって、歌舞伎そのものと云っていい、昔ながらの味いが、彼個人に限った味いが、彼無意識のうちに出ているのではあるまいか。「朝顔日記」のような、脚本そのものは、あまり傑れていないのにも関らず、乾燥無味になりかかっている歌舞伎世界に、彼の扮した女性深雪《みゆき》は多少の甘露の味いを添えるような思いを私にさせたのであった。

それから、新劇では、私は、『セイルスマンの死』に心を惹かれた。役者の技倆が特に傑れていたとは思わなかったが、原作が面白いのであろう。小説が映画になり、その映画が芝居化されたのだとか、何とか云われていたようだが、それがどうであろうとも、また、通俗に堕したところがあったとしても、兎に角見ているうち、私でも、ああいう社会生活描写に心を動かされる事を如何ともし難いのである。この物ぐらい、日本の今の作家にでも書けそうに思われるが、現在雑誌界に幅を利かせている所謂「中間小説」掲載雑誌に、この程度の物が現れていないのか。或いは出ていても私の目に触れないのであるか。

映画では、無論チャプリンの『モダンタイムス』が他を圧しているように、私には鑑賞された。羊の群れが出て、それに続いて、勤め人らしい多数の男女が密集して出て来る場面からはじまって、終りまで見物を飽かせぬ面白さが続いた。しかし、結末に生活不如意の男女が手を携えて、幸福を求めて茫漠たる果てなき途に歩を進める結末の画面は、昔

『モロッコ』とか云う作品で見たことを思い出させる如く、西洋映画のマンネリズムである。見たあと、私は、「何処へ行ったって、そんないい所はないよ。」と、二人に云ってやりたい気持がした。

しかし、こんな映画ははじめから面白くって、それが、面白さを減さないで、終りまで進行した。現在日本の通俗小説でも、現在日本の歌舞伎などの新作脚本でも、余程辛抱して、読んだり観たりしていなければ、容易に面白いところに到達しないのである。辛抱して読んでも、いつか我心の捉えられるところが出て来るのなら、辛抱甲斐がある訳だが、大抵は、読み終って、「何だ、こんな事か。」と云うのが有り勝ちだ。私自身、沢山読んでいないのに、そんな事を云うのは、不心得であるが、多年の読書経験によって、たとえ読まないでも、たまに東京に来て、出版界の光景を一瞥し、或いは凝視していると、おのずからそう考えられるのである。老いて尚それだけの頭脳を持っているつもりであるのは、己惚れであるか、耄碌のせいであるか。

この一年を回顧して、こんな事くらいしか思い出せないのはたよりない事である。もう一年生き延びたら、どんな新しいもの傑れたものが鑑賞し得られるか。今日の私は、それを期待しているようでもあり、期待していないようでもある。（「文芸」昭和二九年一二月）

「新潮」と私

私は学校卒業直後には、早稲田の出版部に奉職していたが、一年足らずで止めて、翻訳や雑文で下宿料稼ぎをして、自儘な気楽な日を過していた。その時分に、平尾不孤という同窓の文学青年を、逗子に訪ねて四五日起居を共にしたことがあった。平尾は肺患に罹り、静養のため逗子の或る寺院に寄寓していて、話相手はなく淋しがっていて、私にでも懐しそうな手紙を頻りに寄越していたので、ふとした出来心で私はそこへ出掛けたのであったが、その時の滞在費には「新声」（新潮の前身）に寄せた雑文の原稿料を当てにしていた。当時この雑誌に関係のあった高須梅渓の依頼によって執筆したので、原稿料は逗子へ郵送すると約束されていた。

何かを入れた風呂敷包一つかかえただけで、身軽に出掛けたのだが、行って見ると、平尾のくらし振りはいかにもみすぼらしかった。余分な夜具は無いのに、貸して呉れるところもないので、私は肺病の平尾の薄い夜具のなかに潜り込んで寝た。私は、一生の旅行経験のうちに、こんなみじめな、汚らしい思い出はないのである。

寺で喰わして呉れるたべ物は、無論甚だお粗末であった。背のひょろ高い、顔の青ぶくれの平尾は、コホン〳〵咳をしていたが、話と云っては多く文壇の罵倒であった。文学者と話をするよりはこの土地の漁夫なんかと話をする方が気持がいいと云っていた。それなら、私の所に懐しそうな手紙なんか寄越さなければいいのにと可笑しかった。

私は一日二日のうちたび〳〵浜辺を散歩したりしたが、相手が相手なので、面白くなくって、一刻も早く帰京するか、外の土地へ旅行するかと、ひそかに考えていた。しかし、新声社から約束の原稿料が来ないので、自分の行動が自由になりかねた。

平尾も日々の小使銭にも困っていたようであったが、私が来たことから考えついて、彼自身東京へ二三日行って金策をして来るから、私に一人で此処にいて呉れと云い出した。私は人質同様になるのがいやだったが、いやとも云えないので、新声社から金が来るまで此処に泊っていることにした。ところが、一日千秋の思いで待っていたその金はいつまで経っても来ないのじゃないかと思われだした。催促したって確かに来るとは思われなくなったので、そうなると、一日でも、当てにならぬものを当てにして愚図々々しているのは馬鹿々々しくなったので、私は、平尾の帰った翌々日、寺の誰かに一言、帰京のことを知らせて其処を出た。数日間の食費は東京で平尾に渡せばいいと自分で極めただけで寺の人には云わなかった。東京までの汽車賃はどうにか持っていたからよかったものの、私は確実に旅費を持っていないで、旅行したことは、長い一生にこの時以外にはなかった。

平尾は私が人質になっていないで、独断で帰ったことを怒っていた。彼の部屋代食費は余程溜っていたらしく、寺では、東京の学生が二人喰い逃げしたと云っていたそうだ。私だって、一生に一度ぐらい喰い逃げの経験をしてもよかったのだが、小心の私はそれは為し得ないで、帰京早々平尾を経て、払うものは払ったのであった。新声社から約束のものを受け取って支払いに当てたのではなく、外から都合したのであった。

新声社は創業後数年間は乏しい思いをしていたらしかった。あの頃の大抵の出版業者は、作家同様、資力が乏しく、やり繰り算段が苦しかったらしく、潰れないで、どうにか持ち続けた者は甚だ尠いようであった。近年、七十年記念だの六十五年記念だの、五十年記念だのと、記念号を出す処があるが、それ等は、辛うじて滅亡を免かれた少数の幸運の出版業者である。目出たく記念号を出す処は、多年の悪戦苦闘を経験しているのであろう。出版業者の没落よりも文学者の没落の方が数が多く、私などの目には一層みじめに映っているが、平尾の如きは、最も悲惨な一例であった。可成りの才能は有っていながら、貧乏と肺患のために倒れたのだが、平尾ほど悲惨でなくっても、文学を志して詰まらない、生甲斐のない生涯を過した人間を、私は今次から次へと、幾人も思い出しているが、あの時分にでも文学志望者は多かったものだ。思い出して、ちょっと気味が悪いようである。

私は「新潮」とは縁が薄く、その社長の佐藤義亮氏とは、親しくしていなかった。秋声や秋江は社長と懇意であったようで、社長に関するいろ〳〵な噂を彼等から私はよく聞かされていた。縁は薄くても、新潮社は主として文学書を出版していたのだから、私の作品も幾つかは此処から出版されている。はじめて此処から出されたのは、『二家族』であった。早稲田文学に連載されたもので、評判はよかったのだが、単行本として出ると、ちっとも売れなかったようだ。新潮社の支配人中根駒十郎氏が「あの本では手を焼いた。」と私に云ったことを今もよく覚えている。「あなたのあゝいう小説は中学生なんかが読むくらいで、話に面白味がないから一般の小説読者には読まれません。」と云っていた。私としては、あゝいう作品は、臭味がなくって、むしろ自分で自分の物に好意を寄せていることになるのだが、色も艶もない田舎の家庭の描写なんか、なぐさみに読む小説として面白い筈はなかった。自分の本は売れないと云うことをこの時、はじめて確めたのであった。

新潮社からは、「代表的名作選集」とか、何とか題された、各作家の小型の作品集が続出されて、これは売れ行きがよかったのだが、どういう訳か中絶した。この頃の文庫本に類似していた。「現代小説全集」とか題された現代作家十六人の選集も出て、私もそのなかに加えられたが、これは近年二三の書店から刊行されている現代文学全集の先駆者と云っていいもので、売れ行きも可成りよくって、その作者等ははじめて纏まった印税を手に入れたことになったので、その印税の使い振りがいろ〳〵に噂されていた。

私も二千八百円ほど貰ったのだが、その時、「婦人之友」の自由学園がその経営の費用に当てるため、周囲の所有地を、知人に売却するように運動していて、私は一区劃を買うことを余儀なくされたのであった。買ったその土地は草茫々となったまま今日に至っている。その時の価格が丁度二千八百円くらいであったのだから、私の生れてはじめて獲得した大枚の印税は、三十年間そこに氷結している訳である。

新潮社はその頃、世界文豪の伝記叢書の出版計画を立てたことがあった。赤坂溜池の東京亭でその計画についての相談会が開かれ、私はゾラ伝を受け持つことになった。当時私は、ヴィゼテリの、大部のゾラ伝を読んでいたので、それを種本とすれば、どうにか書き上げられると思ったのであった。しかし、この計画は容易に実現されないで、ぐずぐずしているうちに、立ち消えになったようであった。私達に何の通知もなかった。実はこの文豪伝は止めにした方が賢明だったので、あの場合、ああいう顔振れではろくなものの出来る筈はなかった。私のゾラ伝なんか、この長篇作家の尨大な小説を幾冊も読んでいない私に、うまく書ける筈はなかった。

私の少年時代に、民友社から「十二文豪」という叢書が出て、民友社崇拝の私はその全部を読んだのであったが、そのうちの多くは甚だお粗末で、多くの文豪はあやまり伝えられているようであった。今日の文豪伝記だって多くはそうなのではあるまいか。私など、いい加減なものを読んで、軽率にそれを信頼しているのである。

「新潮」の合評会はこの雑誌の呼び物であったが、私もおり〳〵招かれていた。花袋、秋声、菊池、久米、芥川などが出席していたが、合評以外に、雑談で賑うので興味が深かった。合評の謝礼は十円であった。当時は今とちがって、自動車で送り迎えをしてくれることはなかった。テクで会場へ行って、帰りも歩くのだが、それは当り前となっていた。今は文学者も、社会的にも、日常生活にも尾鰭がついて、当代のお大名と云った趣を呈するようになった。

ところで、あの頃の新潮で我々の目を惹くものは、合評会と、それから、不同調とか題する欄内で、文壇人の作品私行などについて、無遠慮な悪罵毒舌を弄する事であった。この頃の文学雑誌にも、匿名の悪口録が出ているが、あの頃の新潮のは、悪口にしても、今のよりも間の抜けたところがあった。その点今の悪口家の方が昔の悪口屋よりも、悪知恵が利いて、根性も悪くなっているのじゃないかとも思われる。私などは殊にひどく罵られていた。ある時若い記者がやって来て、或る問題について、私に話せよと云う。私がにべもなく断ると、「ページを空けてあるから、そこに嵌るだけのものを話して貰わないと困る。」と云う。「そんな事おれの知ったことか。約束したのじゃなし。」と、私は取り合わなかったのだが、記者は気色ばんで帰って行った。来月の「不同調」欄には必ずこの仕返しをするだろうと予期していたが、果して書いた。ひどく書いたものである。

大地震の前年末であったか、新潮社が私の全集を出すと云ったので、私の方から社を訪ねて、社長と打ち合せをしたのであったが、社長は、「全集としましょうか、選集としましょうか。名前はどちらでも、全部出しますがね。」と云っていた。私は、同じような事ばかり書いている自分の作品を全部出版するのは無意味であると思っていたが、すべて向うまかせにした。選集の装幀は竹久夢二であった。ところが一巻出たっきり、あとが続かなかった。たま〳〵大磯の家に、中村武羅夫が訪ねて来たので、その話をして、売れないから止めるのかと訊くと、「そんな筈はない。一巻きりで止めたら、読者に相済まぬ。私から出版の掛りの者によく云っときましょう。」と、中村は受け合った。それで、二巻三巻と、跡切れ〳〵に出ることにはなったが、社の方では仕様事なしの出版であるらしく、大地震を機会に、著者には何の通知もなく、折角の全集が中絶となったのだ。

　中村武羅夫は、文壇人としても編輯者としても、私の最も嫌いな一人であったが、徳田秋声と親しかった中村には私も会う機会が多かった。新潮の訪問記者として、早くから私の下宿屋へもよく来ていたし、大磯の家へも時々やって来た。私は何か知ら快くなかったのである。風葉青果の一味徒党であることを嫌っていたのか。その義憤振りがいやだったのか。秋江は中村と馬鹿話をして喜んでいたようだが、私は一生のうち、たび〳〵会っていながら打ち解けた話をしたことは一度もなかった。ところが、終戦後、中央公論社が田村俊子の選集を出すことになって、俊子の知人数人を社に招いて、意見を聞いたことがあったが、その時私は久し振りに、中村に会ったのであった。秋声も秋江も風葉も青果も逝去していたので、中村と旧を談じているうち、昔の知人の面影が目前にちらついて、感慨を催したのであったが、中村も昔話になつかしい思いを寄せていたらしかった。「新潮」の中村と打ち解けた話をしたのはこの時がはじめであり、最後でもあったのだ。その時丈夫そうに見えた彼も、間もなく、あっ気なく死んだそうだ。

（「新潮」昭和三〇年四月）

人生おとぎばなし

年のはじめには、高齢者が音頭を取って、お目出たいことの一節をうたいはやすのが、季節に似つかわしい事なのだが、私は若かった昔から、いつの歳にも正月顔にはなれなかったので、老朽の今日はなおさらの事、新玉《あらたま》の春を祝うような風格からは遠くはずれている。

それで、私は自発的に年賀ハガキなんか出したことはなく、門松なんかも立てた事はなかったのだが、近年、新聞、雑誌から正月用の感想文みたいなものを、老人役として依頼される事もおりおりあるのである。

私は年齢のみを標準とする老若の差別にあまり拘泥する気持にはなっていなかったのだ

が、このごろは、肉体的にも精神的にも、自分で老若の差に拘泥せざるを得ないほどに、衰えを覚えるようになった。先日も、予定の日に、放送用の録音を取りに出掛けんとして、朝食を食べかけると、不意に二、三枚の前歯がぼろぼろと落ちた。総入歯の一部だ。余儀なき次第で、歯の抜けたままで放送をやろうと決心した。余儀なき次第とは、織田信長の口癖であったらしく、本能寺の凶変で、死を眼前に見た時でさえ、余儀なき次第とあきらめたようだ。それを思えば歯抜けの放送ぐらいなんでもないのだ。

そう覚悟したが、一応大いそぎで、近所の、掛りつけのデンチストにみてもらうと、短時間で、どうにか間に合うようにつくろってくれた。それから間もなく、のどに故障が起って、皺枯れ声になってしまった。昔、大書店博文館の大番頭であった坪谷善四郎という人は、のどの異変から皺枯れ声になり切って、一生そういう悪声の標本みたいであった。私もああじゃたまらんと恐れを抱いた。

私の胃腸は幼少からの痼疾であり、その病状はいろいろに変化するので、便秘であったり、不時のかわやがよいに悩まされたりするのである。そのために私は細心の注意をしている。私は東京のトイレットについて一応の知識を持っている。そして、設備のよく出来ている所を使用することにしている。先日、上野から信越線に乗車するに当り、車中の便所はいやなので、まだ時間の余裕はあるし、いろいろ心の中で物色してついに博物館へ出掛けた。あそこのトイレットはよかったように記憶に残っていたためだ。パリのルーヴルのトイレットなんか私の見に行っていた時分は旧式で汚らしかった。パリの街上の共同便所だって、無造作な美術品があったにしても清潔らしくはない。物質文明はアメリカがいいのである。

ところで、上野の博物館のトイレットは案外よろしくなかった。それでそれを利用することをあきらめたが、次手に、その時開催されていた仏教美術を一わたり見ることにした。古代からの仏画仏像の名作が幾つか陳列されているのである。私は奈良の博物館で見て面白いものとして記憶に印象されている天灯鬼龍灯鬼を名作視した。一つの鬼は右手で灯籠を差し上げ、口を開いているし、一つの鬼は頭に灯籠を載せ、両手を組んでいる。四天王に踏みつけられて、さまざまな相好をしている鬼どもは、ユーモラスな趣があり、むしろ四天王なんかよりも、この方が親しみが覚えられるのである。

観音様のいろいろな像型も、慈愛あふれる高雅な感じが、直ちに観覧者の心に起るとは思われない。釈迦の涅槃絵だっておとぎばなしの絵であるに過ぎないようである。密教の守り本尊であるという大日如来は、真理の極致を現実の人間の姿を借りて現しているのだそうだが、果してそうであろうか。このごろの古美術展覧会では、解説が書かれていて、われわれはそれに教えられて鑑賞する習慣がついて来たが、たびたび作品そのものを見つづけているとかえって解説の真意を疑うようになりそうである。

しかし、大日如来像でも、涅槃絵でも、おとぎばなしの美術品として見ていると、それが真実であるかウソであるかにこだわらないで、興味豊かなのである。幼少のころには、私などは人の世をおとぎばなしのように見なして育った。老来回顧すると、過去のきびしい現実の人生がおとぎばなしの如くに思い出されそうである。年の末にでも年のはじめにでも、自分の見聞し経験した世相人生をおとぎばなしとして思い出されるのは幸いである。おとぎばなしとして見るだけの余裕があればこそだ。真実そのままでは、安んじて鑑賞したり評論したりしていられないのに、芸術の鑑賞家も評論家も気づかないのか。

（「東京タイムズ」昭和三一年一月）

恐怖と利益

ふるい時代の文壇に育った私は、今でも政治に興味がない。現在の政治について意見をきかれると当惑する。

先ごろの大戦争時代に、小杉天外翁は、文学者は軍部や政治家に迎合して戦争に協力する必要はない。文学者はいつでも文学だけをやっていればいいと公言していたので、近親のものに戒められたそうだ。そんなことが権力者に知られると、大目玉を食わされるぞと注意されたのだ。天外翁は、不断思っていることを何となしに、口走っただけで、深い考えがあった訳ではなかったのだと、私は推測している。

そういえば私も、日露戦争中に、新聞紙上に、『戦時の文学』と題して、「戦争文学は阿世的である。文学者は自分だけ好きなものを書けばよいので、戦争や政治の手先に使われる必要はない。」と書いている。これも天外同様、深い考えがあったのではなく、その時心に浮んだことを、単純に正直に書いただけであったと回顧される。

ところが、今日はあのころとは人世の風潮が著しくちがった。文壇人の限界も視野も広くなり、言論自由のさわやかな風にあおられて、みんなが政治論をも勇ましく戦わすようになりだした。むろん、政治や軍事の手先ではなく、こちらから指導しようというのだから大したものだ。これで、私も、為様事なしに、努力して、職業的政治評論家以外の文壇人の政治論をも読んでいる。「安保条約改正」是非についても断片的に、いろんなのを読んでいる。賛成の方にも、反対の方にも、一理窟あって、私は簡単に一方ぎめにする気になれないのである。それに、言論自由の世の中だから、しいて一方にきめなくてもいいはずである。ナポレオン曰く「人間を支配する二つの梃子《てこ》は、恐怖と利益である。」と。スターリンやヒトラーや東条に逆らうのは、常人のあえてし得るところではなかったが岸首相などに反対するぐらい、何の恐怖も感じないでいられるのである。むしろ反対した方が、景気がよくなって、勇しくって、人聞きがいいようである。

今度安保条約が改められると、近いうちに戦争が起る恐れが濃厚であるというのが、青年学生を刺戟して、あんな強暴な反対の行動がとられたのであろうか。日本ではこりごりしているはずの戦争に、またまき込まれてはたまらないと、青年たちが恐れを抱いて、あらかじめ、そういう条約の成立を拒止しようとするのは当然のように思われるが、戦争拒否には、政府案がいいか、反対案がいいか、両者の新説を読んで、私には決定しがたいのである。どちらにしたって、戦争は起る時には起るだろうと、私には思われるだけだ。

条約改正よりも国語変更問題の方が、文壇人には痛切に感じられそうにも思われるが、この方は次第にどうでもいい事になりそうである。文芸家協会でも、この問題を熱意をもって検討せんとはしていないようだ。文部省などでは、蕪雑な手軽な民主主義で国語問題を解決しようと志しているように感ぜられるが、政界の民主主義もそういう程度のものらしい。日本の議会制度も、民主主義から発足しているはずなのに、いつまでたっても純真な民主主義に成り切れないでいることは明らかである。私は、政治の事はよくわからないながらも、政治上の民工主義は、空念仏みたいで、昔に実現されていなかったし、今も実現されていないし、将来も実現如何が疑われるのである。福沢諭吉が、その自伝か、『文明論之概略』かのなかに言っているが、豊臣秀吉だって、下級の足軽から身を起しながら、天下を取ると、傍若無人の権威者として、振舞い、寸毫も庶民の心を心とするようなところはなかった。

文学も自然主義以来、民主主義を身に着けるようになったようだが、文学愛好者は必ずしも民主主義に心酔するのではないらしい。暴力威力をふるって他を征服する傍若無人の強者の振舞いを讃美することは、徳田秋声の小説のような庶民生活描写の作品よりは、剣豪小説みたいなものが、多数の読者に喜ばれることによっても推測されるのである。私でも、信長が竹生島参詣の帰途、駿馬にむち打ち、疾駆して、途上に遊んでいる幼児なんかを踏み潰して、安土の城へ帰ることなんかを勇ましい行動として心に留めていた。ナポレオン曰く「人間を動かす二つの梃子は、恐怖と利益である。」と。世界の強国の権威者どもは、弱国に対して恐怖を感ぜしめるとともに、大小幾千かの利益を与えて、自己の方へ引き寄せんとするのであろう。

人間が恐怖も感ぜず、利慾に目をくらまされず、淡然として庶民の生活に安んじていられれば、世は楽園みたいになるのであろうが、それは望んでも得られないことのようである。要するに徹底的民主主義実現は、政治においても、文学においても痴人の夢なるか。

（「産経新聞」夕刊　昭和三五年五月）

新春に思う

市中へ出ていくと、よくもこう人がいるものだと思わないことはない。遊び場も仕事場も人の出入が多くヒッソリしているところガランとしているところは、めったに目につかない。先日私は郵便局へ現金封入為替を出しに行き、それから上野の展覧会を見に行ったのだが、どちらも繁盛だ。私は郵便局の窓口の数人の女事務員の、寸刻の暇もない忙しさを見て、気の毒に思った。終日こんなふうだと、よく勤まるものだと、その辛抱強さに感心した。展覧会では、部屋ごとに番人がいてイスに腰を掛けているのだが、その番人はたいてい若い女性である。終日、観覧者を監視しているのだがこれははなはだ退屈であろうと推察された。じいさんや、ばあさんでも勤まりそうな仕事だが、美術品陳列室によぼよぼの老人を監視人にするのは似合しくないのであろうか。私は忙しい郵便局の女事務員とイスに腰掛けて終日じっとしているだけの美術館の女番人とを比較して職業としてどちらが幸福であろうかと空想した。そして、若い女性としては（あるいは男性であっても）毎日、同じ美術品を見たり、ぞろ〳〵とはいってくる見物人を見たりするだけで日を過ごすよりは郵便局事務の忙しい、頭を働かせる仕事でもした方が、かえっていいのではないかとも推察した。郵便局員は、雑務に追われて物を考える余裕はないだろうが、美術館の番人は、見物人や美術品に目を触れながら、その人相応の何かを考えていられるのであろう。冥想にふけっていられるが、若い男女には冥想よりも活動した方がおもしろいのではあるまいか。

私なども、長い生涯の間冥想と活動を続けて来たのであるが、冥想のための冥想といったようなもので究極のところ、具体的にうるところはなかった。私としては物を書くことが精神的活動であったが、連続して物を書いていても、自己の心魂の結晶した物を創造したこともなかった。私は、健康維持のために年少のころから老いたるいままで、散歩をよくするし、庭の芝刈りもするし、家の中のそうじもするし自由に家庭の雑用をもする習慣がついている。

人生、なんの意味があって、どんなことをしつづけて、だれしもまぬがれがたい死を待っているのかと疑いながら解決の道は発見しないでいる。古来、聖人賢人といわれる人が、人間の帰趨について教えをたれていて、それに共鳴し、それに追随せんとすることもあったが、長く生きているうちにいつかそれから離れて行く自分を見て、唖然とするのである。美術展覧会の番人のように、会場に出入して美術品の鑑賞をしている多くの男女を見ているように、毎日目に映るいろ〳〵な人間の行動を見て、人間はわれも人もこんなものかと、冥想を遊ばせているだけである。

私の家は、庭が広くて周囲は閑静である。それで、人間過剰の大都会に住みながら自然の風光に親しまれるのは幸福であるといっていいのだが、自然の風光といっても私には、月の回帰が最も心に映るのである。また三日月か、また満月になったかと、ときの推移の示されているのに心ひかれるのである。また満月になったのかと、詠嘆するのを常例としている。

私も二、三の新聞を毎日読んでいるが多くの人が興味を持って読んでいるらしい野球記事は全く無視している。政治経済の記事にもあまり注意していない。職業関係で文化欄には一通り目を注いでいる。最もよく読んで、自己批判を施したりしているのは社会面であるが、有名人無名人の死亡記事も見のがしていない。ときどきはむかしの知人の死を知って感慨を催すのである。あの人はまだ生きていたのかと思うことがよくある。むかしは世間に知られていて、いつの間にか落伍者となって名前が消えていた人について、私は思いをいたすのである。世上にちやほや持てはやされないでヒッソリ日を暮すことは、かえって気楽でよさそうに想像されるが、当人はそれでは満足しないのだろう。私自身だって自分の名前が雑誌にも新聞にも出なくなり、四、五枚の雑文の寄稿も頼まれなくなったら、心さびしくなるだろう。魂もしょんぼりするだろう。あほうらしいことである。

（「岐阜日日新聞」昭和三十六年一月）

知人あれど友人なし

私には知人は多いけれど、友人と言うべき者は殆んど無いと言っていい。毎月開催される或る会合に、会員として数十年来続けて出席していても、それは会合の席に於いてだけの知人であり、その場切りの親しみがあるだけで、その席を離れては何の関係もある訳ではない。

私は長生きをしたため、昔の知人、若い時分からの親しい知人は、殆んど逝去しているようである。文藝春秋社の地下室に、終戦後、文春クラブというクラブが設けられていた。そこの管理人の松山省三君は、今から五十年も前に、カフェプランタンと言う、日本最初の西洋まがいのカフェの経営者であった。若い画家や文学書生が其処を遊び場としていたが、私も常連の一人であった。

それで、その昔を追懐して、私はプランタンへ行くと言った気持で、銀座散歩の次手におりおり文春クラブに立ち寄っていた。松山君に会うたびに旧を談じ、当時の知人の噂をするのであったが、最近、文春クラブの閉鎖されたあとで、松山君としみじみ浮世話をしていると、あの頃の、ブランタン通いの文学青年は、殆んどすべてこの世を去っているらしく追懐された。私一人が生き残っているようなものだ。私は心淋しく感じたが、あの青年時代にも、私には肝胆相照らすと言ったような親友があった訳ではない。龍土会という明治文壇史上の、記念すべき会合にもよく出席していたが、私に取っては其処に親友があったとも思われない。私には他と打ち解け難い素質を持っているのか。私には弟妹が多かったが、それ等とでも心を尽して親しくしていたような思い出はない。

文壇人のうちで最も親しくしたのは近松秋江くらいであろうか。先方でもそう思っていたらしい。死んだらまず私のところへ知らせよと、遺族に遺言をしていたらしく、彼が死ぬると、直ぐ私のところへ電話が掛って来た。しかし、私が彼よりも先に死ぬるのであったら、私は私の死を先ず彼に知らせよと、遺言をしなかったにちがいない。目下私は後事を托するような知人は一人もない。親友のないことがそれでも証明される。文壇関係の事、著作の始末など、それに葬式の事でも、前中央公論社長の嶋中雄作君に頼むことに自分で極めて、嶋中君の同意を得ていたのであったが、嶋中君が私に先立って死んだので、これは不可能になった。

私に取っては、親友とは、生存中、酒食を共にし、ゴルフやマージャンなどの娯楽を共にし、或いは芸術などについて談笑することよりも、死後の跡仕末でもして呉れるような人でありそうに思われる。生きているうちに日常親友と交り得られるのは幸福であろうが、君子の交りは淡き事水の如しとか、古聖賢が言っている如く、しつこい親友つき合いなんか鼻につくのではあるまいか。

（「日本経済新聞」昭和三七年一月）

弔辞（室生犀星）

先夜室生犀星君の逝去を電話で最初に知らせて来た或る新聞記者は、同君についての私の感想を求めた。が、私は咄嗟に返答することが出来なかったので固く断った。私は現代作家論を幾つも書いているが、犀星論はまだ一度も書いたことがなかったように思っている。それについていろいろ考えながら眠りに就いた。翌日弔問のために、氏の住所を記した紙片を持って出掛けたが、一二度新聞社の自動車で、氏の家の前に立ち寄っただけなので、単独では方角が分らなかった。タクシーの運転手にも分らないので乗車を断られた。あちらこちらまご〳〵した果て、通りがかりの巡査に訪ねて、その巡査に案内されて、ようやく目的地にたどりついたのであった。

はじめて氏の庭園を観た。小《ささ》やかな庭園であっても、私などとちがった芸術心境をそこに観たような感じで、座に就いてからも、いろ〳〵に氏の作品について空想を恣にして、私自身の作品との相違を考えたのであった。

犀星君は無論詩人である。生れながら詩を欠いでいるような私の窺い知らない純粋な詩人であるらしい。氏は自分の好みの庭を造るとか、さま〴〵な陶器を玩賞することに心根を労していたらしい。そういう芸術境地が氏の小説その他の作品に漂っているのである。私の作品にはどこを捜しても、そういう芸術心境が出現していないようである。私の住宅に庭と称せられる物があっても、それは荒れ地に、樹木雑草が出鱈目に植っているだけである。私の文学もその通りであろう。こんなものが芸術かと室生君には感ぜられそうである。庭や陶器など別として、君の小説を観ると、女性に関する関心が丹念に深さを進めていることが、私にも感ぜられるのである。ねばり強い事一通りでなさそうである。私はそれ等の点から新たに犀星君の作品検討を試みようかと、普通一般の宗教形式に由らない追悼の席に坐りながら思いを凝らした。室生君とは軽井沢に於いて親しくしていたのであった。心に隔てを置かず、世間話文壇話をしていたのであったが、陶器や庭園に関する立ち入った話、或いは文学そのものについての立ち入った話は一度もしたことがなかった。淡々とした話で終始していたのだが、それだからお互いに気まずい思いをしなかったのであろう。

私は君よりも老いている。今後いつまで君の面影を私の心に留める事であろう？

（「心」昭和三七年五月）

滅びゆくもの

このごろは、知人が続々と逝去して、その臨終のありさまもいろ〳〵に伝えられ、心痛ましい思いをさせられるのであるが、今ある随筆雑誌をひらいていると『岩野泡鳴の臨終』という記事が目についた。未知の作家の筆になるのだが、簡にして要を得て、読後の印象鮮明である。私は泡鳴逝去の際にはいなかに滞在していて、葬式にも行かなかった。「死ぬやつはばかだよ。」と、泡鳴の叫んでいたことなど思い出し、彼自身、死に際してどれほどおのれのばかを感じたかと思ったりしていた。

ところで、今読んだ随筆は、私がいろんな人から泡鳴の死の前後のありさまについて断片的に聞かされていたのとはちがって、死に行く人の真相が深刻陰惨に叙せられていて、私をして、新たに岩野泡鳴という人間を眼前に描き出させるのである。執筆者は大正九年の五月（今から四十年も前か）に、中学生として帝大病院に入院していたのだが、ある夜中に、その共同の病室に重患者がはいって来た。それが泡鳴であったのだ。粗末な六枚折りの屏風でかこまれたベッドから、低い苦しげなうめきが断続して聞こえて来る。「病名だけでも十幾つもあるんですって。これから当直の××先生の手術をうけるの。」と、付き添い看護婦が知らせてくれた。長い時間かかって手術されて、運搬車で帰って来た。病人はやがて麻酔のさめる時の苦痛のうめきをもらしはじめた。「×子！　×子。」とにかく女の名前であったことは確かなのだが、どうしてもその名前は思い出すことができない。麻酔のさめる一瞬は、一番心にかかっていることを叫ぶものだと教えられ、私も自分の手術の時を気にしたものだと、この随筆執筆者は記している。「たった一言の、女性の名前が、この病人の最後の言葉であった。」と筆者は感慨をもって記している。「悲痛の哲理」などを論究し、悲痛に徹することを志していた泡鳴の臨終の声も、つまりは×子×子であったのか。泡鳴の小説のなかからその×子はだれに相当するかと探り出そうとするのも評論家の仕事であろうか。私は泡鳴のかかわりのあった女性数人を知っているが、彼が死に臨んでそのうちのだれに思いを残したかは判断できない。

そんなことはどうでもいいとして、泡鳴はひとなつっこい人間で、会合が好きであった。このごろのように会合大流行の時代に生きていたら、いろんな所へ出しゃばって気炎を吐いていることだろう。彼自身も進んで何かの会を作らんとしていた。私も一度彼の主宰する会に出席したことがあった。粗末な洋食屋であったが、たしか二、三人の女性作家も来ていたようであった。当時は女がそんな会合に出る事はまれであったが、泡鳴は好んで彼女らを誘うのであった。この会では泡鳴の主張で、酒代はめい〳〵払いにすることになった。飲んだものが飲んだだけ払えばいいのだ。私はその説に同感した。その会に出ていた武林無想庵は「ケチなことを言う。」とつぶやいていた。私はこの会ではじめて武林に会ったのだが、彼はその翌日空也《くうや》の最中を手みやげに持って私の家に遊びに来た。よっぽど暇で困っていたのであろう。

ころごろは盛大な会合が頻繁に催されるようになったが、個人的訪問は乏しくなったようだ。昔は、私宅訪問をして、半日も一日も腰を据えて、取りとめのない世間話にふける人間が多かった。芸術家的のどかでよかったようだが、乏しい暮しののどかさで、今日は、夜を日に継いでかせいで、栄華をきわめているらしい売文業者をうらやまねばならぬような時世となった。売文業者といったって、必ずしもその業者を侮蔑するのではないだろう。売れない業者はひそかに売れる業者をうらやんでいる。が、このごろ流行の、パーティーなどに出て見ると、そのなかで売れる業者の顔が光っているように見えるのは私の迷妄か。

またとある小雑誌をひらいていると、若い作家や詩人たちが、ある機会に集った時、従来出ている文芸雑誌をどう見るかということについて意見を交換しようとしたことが書かれていた。ところが、大半の人たちが、そういう種類の雑誌は、あまり読んでいないというのだ。「要するに、だれも、自分の書いたものしか読まないのではないか。そんな気がする。」と、その記者はいっている。これは意味ある言葉である。純文学も作者だけが自分の物を読んでおもしろがっているだけではないかと思われることが多いのではないか。若い未熟な作家ほどそういう傾向があるらしい。

しかし、私は、年少のころから文学雑誌といわれる物を読み続けて来た。「少年園」「早稲田文学」「しがらみ艸紙」などをはじめとして「文学界」「新小説」など。今日の「群像」「新潮」などもそれが文学雑誌であるために、おもしろかろうとなかろうと、手に取って拾い読みして来た。どうくふうしても売れないそうだから、廃刊するだろうと気づかいながら、まだ勢いよく出ているので、ひそかに祝福をささげている。そして運命ったなく、純文学雑誌滅亡ときまったなら、訣別パーティーでも催したらいいだろう。参会者はきわめて少ないだろうが、少ないほどおもしろいのである。滅ぶるものは滅ぶるに任せよ?

（「読売新聞」夕刊　昭和三七年六月）

「つまらない」とつぶやき続けた人

解説

坪内祐三

正宗白鳥という作家の名前が強く記憶されるようになったのは小林秀雄によってである。

と言っても、小林秀雄と白鳥との間で交された有名なトルストイの家出論争のことではない(この論争については『白鳥随筆』に続いて刊行される『白鳥評論』の「解説」で触れるだろう)。

高校二年(一九七五年)の夏休み、代々木ゼミナールの夏期講習に通った。

代々木ゼミナールには代々木ライブラリーという書店があって、その中心は学習参考書や問題集だったが、一般書も扱っていた。つまり文庫や新書のコーナーもあった。

その文庫・新書のコーナーでもっとも目立つ位置に平積みされていたのが、新刊ではなく、小林秀雄の『考えるヒント』(文春文庫)と丸山眞男の『日本の思想』(岩波新書)だった（当時小林秀雄と丸山眞男は大学入試の現代国語に一番よく登場する筆者として知られていた）。

『考えるヒント』は『文藝春秋』の「巻頭随筆」を中心に構成されたエッセイ集であるから、小林の作品の中では一番読みやすいものだが、それでも、当時の私（現代文学や現代思想に無知だった青年）には難しかった。

きちんと理解出来たとは言えない。

しかし、小林秀雄ならではのフレーズにやられた。

小林秀雄は特に書き出しが上手だ。

『考えるヒント』に収められたエッセイの書き出しを私は幾つも暗唱していた。

「青年と老年」の書き出しもその一つだ。

「つまらん」と言うのが、亡くなった正宗さんの口癖であった。「つまらん、つまらん」と言いながら、何故、ああ小まめに、飽きもせず、物を読んだり、物を見に出向いたりするのだろうといぶかる人があった。しかし、「つまらん」と言うのは「面白いものはないか」と問う事であろう。正宗さんという人は、死ぬまでそう問いつづけた人なので、老いていよいよ「面白いもの」に関してぜいたくになった人なのである。

この書き出しに出会って以来、私たち（一緒に代ゼミに通った友人と私）は、時に、『つまらん』と言うのが、亡くなった正宗さんの口癖であった」と声に出して笑いあったりしたのだ。

浪人時代を経て大学に入学する頃には本格的な読書家になった。特に浪人時代は近代日本文学をかなり読んだ。

しかし正宗白鳥に手を出すことはなかった。

その頃になると私の中で近代日本文学史の見取り図が出来上っていて、いわゆる自然主義に対する私の評価は低かった。

自然主義の作家すなわち島崎藤村、田山花袋、そして正宗白鳥の作品は、カビくさく、くすんでいて読む気がしなかった（私の父が徳田秋声こそ近代日本最高の作家だと口にするのが不思議だった）。

国木田独歩の作品は大好きで、たくさん読んだけれど、私の見立てでは独歩は自然主義の作家ではなかった（今でもそう思っている）。

世田谷線の三軒茶屋駅、今キャロットタワーが建っている近くに進省堂という古本屋があって、その店の棚の上の方に昭和四十年代に新潮社から出た『正宗白鳥全集』全十三巻の揃がかなり廉価で並んでいたけれど、装丁がその中身を想像させるくすんだものだったので、手に取ることもなかった（この全集は私が初めて目にした時から、この店が閉店するまで、すなわち二十年近くずっと売れ残っていた)。

ちょうど私の大学時代、『今年の秋』、『思い出すままに』が相い継いで中公文庫に入り、父が買ってきたその新刊を読んだけれど、あまり楽しめなかった。

ただし私はずっと正宗白鳥のことが気になっていた。

今ではかなり冷静に見ることができるが、私の学生時代、小林秀雄はまだ現役の批評家で(彼が亡くなるのは私が大学を卒業しようとする一九八三年三月のことだ)、私もそれなりに小林秀雄に夢中になった。

その小林秀雄がライフワークとも言える大作『本居宣長』のあとで始めた仕事が「正宗白鳥の作について」だった。

「正宗白鳥の作について」は『文學界』に断続連載され、小林秀雄の逝去により未完(全六回)で終わった。

だから小林秀雄との関係の中で正宗白鳥も読まなければと思っていたのだが、小林秀雄に対する興味が薄れて行くに従って(むしろ反発をおぼえるようになって)、その行動は中断されたままだった。

しかし逆に、正宗白鳥その人に対する興味は高まっていった。

私が二十代の半ばを過ぎる頃から、テレビや雑誌や街がどんどんつまらなくなっていった。そして気がつくと、「つまらん」というのが私の口癖(声には出さない秘かな口癖)

になっていた。

正宗白鳥に対する興味は、また、彼が長生きしたことにも由来する。

明治十二（一八七九）年生まれの正宗白鳥と同い年の作家に永井荷風がいる。

昭和三十七年まで生きた白鳥同様、荷風も昭和三十四年まで生きたが、白鳥が最後まで現役だったのに対して、荷風は既に降りていた。

現役というのは作家として、さらに広い意味で言えばジャーナリストとしてである。

荷風は戦後も小説を幾つか発表していたが、ジャーナリストとしては戦前で終わっている。もちろん「断腸亭日乗」というジャーナルはずっと書きつづられて行ったが、ここで私が言うジャーナリストとは、新聞や雑誌に文章を発表する人という意味だ。荷風の新聞・雑誌嫌いはよく知られているが、白鳥は最後まで新聞や雑誌に文章を発表した（亡くなる前年に産経新聞や読売新聞でエッセイを連載していたし、亡くなった年には『文芸』に「白鳥百話」を連載中だった）。

しかも昭和三十四年と三十七年では時代相が少し異なる。

つまり、昭和三十七年の方が新しい。

これは、当り前のことを言っているわけではない。

昭和三十四年と昭和三十七年の間に、六〇年安保の昭和三十五年がある。そして六〇年安保のあとで本格的な高度成長が始まる。

正宗白鳥が亡くなった昭和三十七年十月二十八日は、東京オリンピックがすぐ近くまで来ているのだ。

学生時代、早稲田の古本屋街の日本近代文学専門店、平野書店でよく文芸誌のバックナンバーを買った。

主に追悼特集号を買ったのだが、その中に『文芸』昭和三十八年一月号、「正宗白鳥特集」がある。

六十頁を超える大特集で、中野重治や井伏鱒二らがその思い出を書き、小林秀雄と河上徹太郎の対談や丸谷才一の論考などが載っている（丸谷才一はついこの間まで現役で、その人が正宗白鳥の追悼特集に加わっているのだ）。

興味深いのはもう一つの特集（「新年創作特集」）に載っている深沢七郎の短篇「枕経」だ。

言うまでもなく深沢七郎は正宗白鳥と深い縁のある作家で、深沢の中公新人賞受賞作「楢山節考」を白鳥は大絶讃し、深沢の名作『言わなければよかったのに日記』の巻頭に収められている「言わなければよかったのに日記」は正宗白鳥との捧腹絶倒なやり取りが次々と登場する。

さて「枕経」だ。

『文芸』昭和三十八年一月号の目次にはこのような紹介文が載っている。

死期せまるガン患者に施す若い医師の最後の治療「朱色の塔」とは？　現世を超えたこの作者独特の終末観！

「枕経」のガン患者は五十二歳であるが、しかし、この作品は、正宗白鳥への追悼のように読める。

『言わなければよかったのに日記』と中公文庫の新刊で出会った頃、昭和六十二（一九八七）年秋、私は『東京人』の編集者になった。

そして私は、同誌の編集長だった粕谷一希さんからよく、正宗白鳥の話を聞かされた。この『白鳥随筆』に収められた文章を読めばわかるように、中央公論社は正宗白鳥ともっとも縁の深い出版社だった。そして粕谷さんは同社の出身（『中央公論』の編集長を二度つとめた）である。

正宗白鳥は戦争中に軽井沢の別荘に移り住み、昭和二十年五月の東京大空襲で洗足池畔の自宅が焼け、戦後は同潤会の江戸川アパートに部屋を借り、しばしば軽井沢から上京し、昔からなじみの出版社をノーアポで訪れた。一番よく訪れたのが中央公論社だった。上京する時に白鳥は必要なものをリュックにつめ、よく、そのリュックを逆にかついでいたという「伝説」があるが、粕谷さんの話によるとその「伝説」は本当だった。

粕谷さんは言った。いやぁ、白鳥というのは面白いジイさんだったよ、ある作品評を注文すると、まず、ほめるのか、けなすのか、と聞いてから引き受けるんだよ。つまり、ほめて下さいと言っても、けなして下さいと言っても、わかった、と引き受けてくれるんだよ。

究極のニヒリストだなと思って私は白鳥にますます興味がわいた。

そして創元文庫の『作家論』（一）（二）や『自然主義文学盛衰史』を読み進め、福武書店の『正宗白鳥全集』に出会ったのだ。

新潮社版と違って装丁も明るくモダンだった。

当時の福武書店の社長福武總一郎は地元岡山出身の作家の全集を出すと決めていたそうだが、例えば内田百閒はともかく白鳥のような地味な作家の全三十巻もの全集はそのような決意がなければ生まれなかっただろう。しかしそのおかげで私は白鳥の面白さに本格的に出会えたのだ。

白鳥の面白さ、と書いたが、それは、小説にではなく随筆や評論（福武の全集で言えば第十九巻以降）にある。

全集のそれらの巻の端本は古本展で二千円ぐらい（時には千円）で並んでいたので、それを私は買い集めていった（ただし私はまだコンプリートしていないので残りは世田谷中央図書館で借り出し何度も読み直している）。

今回その全集をもとに、単行本未収録の文章を選び、『白鳥随筆』と『白鳥評論』の二冊を刊行することとなった。

白鳥の文章は何故こんなに面白いのだろうか（少なくとも私にとって）。するするするすると読み進めることが出来る。

白鳥の面白さを解くカギは最初に引いた小林秀雄の文章にある。つまり、「つまらん」というのが白鳥の口癖だったが、そうつぶやくこと、「つまらない」と口にすることは、「面白いものはないか」と問う事であり、白鳥は死ぬまで「面白いもの」を探し続けたのだ。

戦後の混乱がまだ収まらない東京にしばしば軽井沢から訪れ、街を歩き廻り、編集者たちの話を聞くのもそのような好奇心があったからだ。

もちろん、同年齢の永井荷風も死ぬまで好奇心は捨てなかった。

しかし好奇心のベクトルは逆だった。

ある時期（いや、かなり早い時期）から荷風は同業者との関係を避けるようになった。

だが白鳥は最後までその関係を続けた。

正宗白鳥の追悼号である『文芸』昭和三十八年一月号の奥付に「編集者　坂本一亀」とあるのは感動的だ。坂本一亀は戦後日本文学を創り上げた編集者の一人なのだから。

年譜

正宗白鳥

一八七九年（明治一二年）
三月三日、岡山県和気郡穂浪村一三三番屋敷（現在、備前市穂浪三一〇六）に、父浦二、母美禰の長男として生れた。本名忠夫。正宗家は土地の旧家で、曾祖父雅敦は文政・天保期の文人で、狂歌・和歌・俳諧をよくし、その弟直胤も狂歌・和歌・国学を修めた。雅敦は妹の子雅広を養子として、雅広は雅敦の弟直胤の子浦二を養子とした。雅敦の妻鹿野、雅広の妻得、浦二の妻美禰はいずれも讃岐多度津藩士岡田氏から嫁している。二代も子供がなかった家に生れたため、わがままに育てられ、幼時はほとんど祖母得が面倒を見た。弟妹は九人あったが、夭折した男子の真は戸籍に記入されていない。次男敦夫（国文学者、明治一四年生）、三男得三郎（画家、明治一六年生）、四男律四（明治一九年生）、五男五男（日本パイプ会長、丸山姓、明治二三年生）、長女正子（明治二六年生）、次女乙未（島崎藤村の『処女地』同人、前東京大学教授辻村太郎に嫁す、明治二八年生）、六男巌敬（植物学者、東北帝大、金沢大学教授を歴任、明治三二年生）、三女清子（山尾氏に嫁す、明治三四年生）がある。

一八八三年（明治一六年）　四歳

村内の虎渓山柳青院にあった梔島《くちなしじま》小学校に入学。

一八八七年（明治二〇年）八歳

春、祖母と大阪の親戚を訪ね、一ヵ月ほど京阪地方を見物、道頓堀角座の「佐倉宗吾」を見る。「漢楚軍談」「三国志」などを読む。

一八八八年（明治二一年）九歳

隣村片上村の小学校高等科に進学。このころ「南総里見八犬伝」や江戸末期の草双紙・読《よみ》本《ほん》類を手に入る限り読んだ。

一八九二年（明治二五年）一三歳

春、小学校高等科を卒業。次いで漢籍を主とする池田光政時代からの藩校閑谷黌《しずたにこう》に一年半学んだ。在学中、『帝国文庫』や、近松、「水滸伝」などを愛読。民友社出版物に親しんでキリスト教に近づき、また『文学界』を購読して分らぬながら感動した。

一八九四年（明治二七年）一五歳

身体衰弱し、殊に胃が弱かった。近村香登《かがと》村の基督教講義所に通《かよ》い、また岡山市に寄宿して病院に通う傍ら、米人宣教師の経営する薇陽学院（校長は安部磯雄）で英語を学び、孤児院院長石井十次から聖書の講義をきいた。

一八九五年（明治二八年）一六歳

薇陽学院が閉鎖されたので、故郷に戻り文学書類を乱読した。殊に内村鑑三の著作を耽読するようになった。

一八九六年（明治二九年）一七歳

二月下旬、キリスト教と英語学習、観劇を望んで上京し、東京専門学校（早稲田大学の前身）英語専修科に入学。毎日曜日、市谷の基督教講義所に通って、植村正久の説教を聴いた。夏、帰省の途中、基督教青年会主催の興津での夏季学校に参加し、内村鑑三のカーライルに関する連続講演をきいた。

一八九七年（明治三〇年）一八歳

植村正久によって洗礼を受け、市谷の日本基督教会の会員となった。このころ学内では坪内逍遥のシェークスピアの講義、学外では内村の講演、それに観劇に熱心であった。
一八九八年（明治三一年）一九歳
一月から毎月曜に神田美土代町の基督教青年会館に通い、内村のカーライル、ダンテ、ゲーテ、ホイットマンらに関する文学講演に深い感銘を得た。七月、東京専門学校英語専修科を卒業し、大隈伯爵夫人寄贈の賞品を授けられた。次いで新設された史学科へ入学、ローマ史に興味を覚えた。この科で同郷の徳田（近松）秋江を知った。
一八九九年（明治三二年）二〇歳
同校史学科廃止により文学科に転じ、そこで小川未明を知った。このころ上野図書館によく通い、『しがらみ草紙』『めざまし草』を読み、また小金井きみ子訳の「浴泉記」（レールモントフ）に感銘をうけ、外国文学への眼が開かれた。
一九〇〇年（明治三三年）二一歳
夏、柳田国男にはじめて会い、「ベラミ」を借りて、モーパッサンを識った。
一九〇一年（明治三四年）二二歳
島村抱月の指導のもとに、秋江ら数名の同級生と、『読売新聞』の「月曜文学」欄に、毎週一回、文学・音楽・彫塑などの批評を発表するようになった。四月二二日の「鏡花の『註文帳』を評す」が文筆活動のはじめである。七月、文学科卒業に際して、大隈伯爵夫人から賞品を授けられた。九月、同校出版部編集員となり、文学科講義録を編集した。出版部発行の『名著綱要』に、モールトンの「文学批評法」や、アーノルドの「評論の任務」を抄訳した。この年、キリスト教を離れ、田山花袋を知った。
一九〇二年（明治三五年）二三歳
三月、ゴルキー原作「鞭の響」を、ドーデー原作・徳田秋声翻案『驕慢児』に収録、新声社より刊行。五月から一一月まで、「海外騒壇」を『新声』に連載し、海外文学界の所説を紹介した。

一九〇三年（明治三六年）二四歳
六月一日、石橋思案の紹介で読売新聞社に入社。美術・文芸・教育に関する記事を担当し、そこで上司小剣を知った。

一九〇四年（明治三七年）二五歳
一月より『読売新聞』に劇評を寄せはじめ、さらに剣菱、剣堂小史、XYZなどの匿名を用いて評論・翻訳を発表した。一一月、後藤宙外の勧めで処女作「寂寞」を『新小説』に発表。その原稿料二十余円の半ばを割《さ》いて蒲団を新調した。一二月よりXY生名義で「文科大学学生々活」を『読売新聞』に翌年二月まで連載。

一九〇五年（明治三八年）二六歳
三月ごろの龍土会に花袋に誘われて参加。はじめて島崎藤村に会った。そのころの龍土会には柳田国男、花袋、国木田独歩、蒲原有明、小山内薫らの青年文学者が大勢集った。夏、岩野泡鳴を知った。

一九〇六年（明治三九年）二七歳
一月より剣堂小史名義でケーンの「誰の罪業」を訳して、『読売新聞』に連載（三月まで）。六月、七月、剣菱生名義でノルダウの「パラドックス」を『読売新聞』に連載。

一九〇七年（明治四〇年）二八歳
二月、「塵埃」を『趣味』に発表、好評を得て新進作家として嘱目された。イプセン会に参加、国男、花袋、泡鳴、長谷川天渓、秋江、薫、前田木城らと作品研究を試みた。七月、「妖怪画」を『趣味』に発表。

一九〇八年（明治四一年）二九歳
一月、「玉突屋」を『太陽』に、「何処へ」を『早稲田文学』に連載（四月まで）。九月より「二家族」を『早稲田文学』に連載（翌年四月まで）。同月、老婢を雇い本郷東片町に一家を構えた。

一九〇九年（明治四二年）三〇歳
一月、「地獄」を『早稲田文学』に発表。二月、『早稲田文学』は「何処へ」の作者に対して「推讃之辞」を掲げた。『中央公論』は「正宗白鳥論」を特集し、秋声、小杉天外、藤村、花袋、相馬御風、秋江ら九名の評を載せた。

一九一〇年（明治四三年）三一歳
五月、読売新聞の本野新社長は同紙文芸欄が自然主義の拠点視されることを嫌っていたので退社。在職七年間、胃弱と不眠症に苦しめられた。七月、「徒労」を『早稲田文学』に、一〇月、「微光」を『中央公論』に発表。後者は非常な評判を得た。

一九一一年（明治四四年）三二歳
四月七日、中村吉蔵夫妻の媒酌により、甲府の油商清水徳兵衛の三女つ禰と結婚。七月、「泥人形」を『早稲田文学』に発表。一一月、「毒」を『国民新聞』に連載（翌年三月まで）。

一九一二年（明治四五年・大正元年）三三歳
四月、はじめての戯曲「白壁」を『中央公論』に発表。五月、「生霊」を『東京朝日新聞』に連載（七月まで）。

一九一三年（大正二年）三四歳
一月、「心中未遂」を『中央公論』に発表。「嵐」を『大阪朝日新聞』に連載（二月まで）。一一月、「悪女の囁」を『国民新聞』に連載（翌年一月まで）。

一九一四年（大正三年）三五歳
三月、読売新聞文芸欄専属となる。七月、北陸を旅行し第一次大戦開戦の報道を和倉で読んだ。

一九一五年（大正四年）三六歳
四月、「入江のほとり」を『太陽』に発表。五月より「夏木立」を『福岡日日新聞』に連載（七月まで）。

一九一六年（大正五年）　三七歳

五月、「牛部屋の臭ひ」を『中央公論』に発表。一一月、「波の上」を『東京朝日新聞』に連載（翌年三月まで）。

一九一七年（大正六年）　三八歳

一月、「蹂躪られて」を『婦人公論』に連載（九月まで）。『文章世界』は「正宗白鳥論」を特集し、赤木桁平、広津和郎ら五名執筆。八月、「響」を『家庭雑誌』に連載（翌年二月まで）。

一九一八年（大正七年）　三九歳

四月、「すべての終り」を『新小説』に連載（七月まで）。このころ次第に執筆難を感じ、人生に対する倦怠を覚えることはなはだしかった。

一九一九年（大正八年）　四〇歳

一月、「深淵」を『東京朝日新聞』に連載（四月まで）。一〇月、夫人と伊香保に赴き、京阪に遊んで、一一月に帰郷、できることなら文学を棄て、都会生活をやめようと思った。同月、「これから」を『大正日日新聞』に連載（一二月まで）。

一九二〇年（大正九年）　四一歳

五月、郷里の生活にも堪えられなくなり出郷、伊香保と軽井沢で四、五ヵ月過ごした。九月、「毒婦のやうな女」を『中央公論』に発表。一〇月、神奈川県大磯の台町へ転居。一一月、花袋・秋声誕辰五〇年祝賀会で講演。

一九二一年（大正一〇年）　四二歳

一月、「冷涙」を『婦人公論』に連載（一二月まで）。九月、「白鳥傑作集」第一巻を新潮社より刊行（第四巻まで）。

一九二二年（大正一一年）　四三歳

一月、「稲妻」を『婦人世界』に連載（一二月まで）。

一九二三年（大正一二年）　四四歳

四月、「生まざりしならば」を『中央公論』

に発表。九月、関東大震災に家は半壊したが、危く生命の難は免れた。

一九二四年（大正一三年）四五歳

二月、戯曲「影法師」を『中央公論』に発表、以後数年間頻繁に戯曲を執筆した。四月、戯曲「人生の幸福」を『改造』に、七月、戯曲「梅雨の頃」を『演劇新潮』に発表。一〇月、新劇協会が「人生の幸福」を帝国ホテル演芸場で上演、好評を博した。一二月、『新潮』は「最近の正宗白鳥氏」を特集、花袋、佐藤春夫ら六名が執筆。

一九二五年（大正一四年）四六歳

一月、「赤と白」を『婦人公論』に連載（四月まで）。

一九二六年（大正一五年・昭和元年）四七歳

一月、「文芸時評」を『中央公論』に連載（一二月まで）。以後文芸・演劇などの評論を数多く執筆、その所説をめぐって、永井荷風、青野季吉、藤森成吉らの弁駁があった。二月、戯曲「安土の春」を『中央公論』に発表。

一九二七年（昭和二年）四八歳

一月、「愚人の唄」を『婦人公論』に連載（一二月まで）。四月、「演芸時評」を『中央公論』に連載（一二月まで）。読売新聞社客員となる。

一九二八年（昭和三年）四九歳

一月、「白鳥随筆」として作家論を『中央公論』に連載（一〇月まで）。「男の一生」を『文芸春秋』に連載（七月まで）。一一月、夫人と世界漫遊の途に上る。

一九二九年（昭和四年）五〇歳

アメリカ、フランス、イタリア、イギリス、ドイツを遊歴し、その紀行文を『読売新聞』『大阪朝日新聞』『中央公論』などに寄稿。一〇月帰朝。

一九三〇年（昭和五年）五一歳

一月、「ある日本宿」を『中央公論』に、二月、「コロン寺縁起」を『文芸春秋』に、七月、「英雄論」を『中央公論』に発表。八月、「二つの髑髏」を『週刊朝日』に連載（一〇月まで）。この年、嶋中雄作の勧めによって二七会に参加。
一九三一年（昭和六年）五二歳
一月、「待人来らず」（後に「待つ人」と改題）を『婦人之友』に連載（四月まで）。八月、「髑髏と酒場」を『改造』に発表。
一九三二年（昭和七年）五三歳
三月、「島崎藤村論」を、四月、「永井荷風論」を、七月、「田山花袋論」をそれぞれ『中央公論』に発表。
一九三三年（昭和八年）五四歳
一〇月、「二人の楽天家」を『中央公論』に発表。この年、東京洗足池畔の大森区南千束二三七番地に、西洋館を購入転居。
一九三四年（昭和九年）五五歳
二月、『読売新聞』の「日曜論壇」の寄稿家となる。四月、父浦二死去し、家督を相続した。
一九三五年（昭和一〇年）五六歳
一月、『読売新聞』の「一日一題」欄に毎週執筆することとなる（四〇年九月まで）。六月、北海道、樺太に遊び、一〇月、朝鮮、北京、大連に遊ぶ。
一九三六年（昭和一一年）五七歳
一月、「トルストイに就て」を『読売新聞』に発表。「文芸時評」を『中央公論』に連載（六月まで）。トルストイの家出について小林秀雄と論争数次にわたる。七月、再び欧米漫遊を企て、ロシア、フィンランド、スウェーデン、ドイツ、オーストリア、ドイツを経てアメリカに渡る。
一九三七年（昭和一二年）五八歳
ニューヨークで新年を迎え、二月、帰朝。五月、時評「独り合点」を『文芸春秋』に連載

（一〇月まで）。六月、帝国芸術院会員に推薦されたが辞退した。

一九三八年（昭和一三年）五九歳

二月、「文壇的自叙伝」を『中央公論』に連載（七月まで）。九月、「文芸雑感」を『改造』に連載（一二月まで）。

一九三九年（昭和一四年）六〇歳

七月、「空想と現実」を『改造』に連載（九月まで）。一一月、「他所の恋」を『中央公論』に連載（翌年五月まで）。

一九四〇年（昭和一五年）六一歳

二月、財団法人国民学術協会理事となる。四月、「雑文帖」を『改造』に連載（九月まで）。同月、甥の丸山有三を養嗣子とした。八月、長野県軽井沢町一一九六番地に小宅を建てた。この年、再度の勧めにより帝国芸術院会員となる。

一九四一年（昭和一六年）六二歳

八月、「空想と現実」を『日本評論』に連載（一二月まで）。

一九四二年（昭和一七年）六三歳

一月、「根無し草」を『日本評論』に連載（八月まで）。四月、母美禰死去。

一九四三年（昭和一八年）六四歳

六月、「今年の初夏」を『八雲』に発表。一〇月、日本ペンクラブ会長となる。一一月、徳田秋声の葬儀に友人総代として弔辞を読む。同月、日本文学報国会小説部会長となる。

一九四四年（昭和一九年）六五歳

四月、近松秋江の葬儀委員長をつとめた。八月、一家三人、軽井沢に移った。

一九四五年（昭和二〇年）六六歳

五月、東京の本宅罹災。一二月、「文学人の態度」を『新生』に発表。

一九四六年（昭和二一年）六七歳

一月、「戦災者の悲み」を『新生』に、「『新』に惹かれて」を『人間』に、「変る世の中」を『潮流』に発表。五月、「無産党」を『女性』に連載（九月まで）。一一月、「東京の五十年」を『新生』および『花』に連載（四八年五月まで）。
一九四七年（昭和二二年）六八歳
二月、日本ペンクラブ名誉会長となる。六月、「正宗白鳥選集」を南北書園より刊行（四九年一月まで、四冊で中絶）。
一九四八年（昭和二三年）六九歳
三月、「自然主義盛衰史」を『風雪』に連載（一二月まで）。六月、「文芸閑談」を『文芸首都』に連載（一一月まで）。
一九四九年（昭和二四年）七〇歳
一月、「日本脱出」を『群像』（第二部は四月）に発表。「人間嫌ひ」を『人間』に連載（六月まで）。四月、「内村鑑三」を『社会』に連載（五月まで）。続稿の「内村鑑三雑感」を六、七月の『早稲田文学』に連載。一〇月、「地上楽園」を『改造』に連載（一二月まで）。一一月、「都会の孤独」を『世界春秋』に連載（翌年三月まで）。
一九五〇年（昭和二五年）七一歳
三月、はじめての詩「嘘の世界」を『群像』に発表。「日本脱出」後篇を『心』に連載（一二月まで）。四月、「近松秋江」（後に、「流浪の人」と改題）を『文芸』に連載（六月まで）。一一月、文化勲章を授けられた。
一九五一年（昭和二六年）七二歳
一月、「読書雑記」を『中央公論』に連載（一二月まで）。一二月、第一回文化功労者に選ばれた。
一九五二年（昭和二七年）七三歳
三月、「政治と文学」と題してラジオ東京よりはじめて放送。七月、「世界を見る」を『小説公園』に連載（一〇月まで）。一一月、立太子礼の宮中饗宴に列した。
一九五三年（昭和二八年）七四歳
一月、「社会時評」を『新潮』に（六月ま

で)、二月、「社会時評」を『文学界』に連載(七月まで)。一二月、芸術祭参加作品として「江島生島」を執筆、新劇合同で上演された。作品は『群像』(五四年一月)に発表。
一九五四年(昭和二九年)　七五歳
一月、「文壇五十年」を『読売新聞』に連載(八月まで)。
一九五五年(昭和三〇年)　七六歳
六月、「春はあけぼの」を『心』に発表。
一九五六年(昭和三一年)　七七歳
一月、「人生恐怖図」を『文芸』に連載(一二月まで)。同月、読売文学賞記念講演会で「文壇五十年の想ひ出」を講演。三月、「懐疑と信仰」を『中央公論』に連載(一二月まで)。五月、「回顧録」を『世界』に連載(翌年一月まで)。
一九五七年(昭和三二年)　七八歳
二月、老いてますます盛んな批評精神に対し菊池寛賞を受賞。三月、長年の軽井沢住まいを切り上げて、大田区南千束に移った。四月、「現代つれづれ草」を『文学界』に連載(一二月まで)。
一九五八年(昭和三三年)　七九歳
四月、日本ペンクラブの名誉会員に推された。一一月、次弟敦夫死去し帰郷。
一九五九年(昭和三四年)　八〇歳
一月、「今年の秋」を『中央公論』に発表。
一九六〇年(昭和三五年)　八一歳
一月、「今年の秋」により読売文学賞受賞。一〇月、長崎市国際文化会館で「読書と人生」講演放送。
一九六一年(昭和三六年)　八二歳
二月、『産経新聞』の「思うこと」欄に毎週一回執筆(七月まで)。一〇月、「秋風記」を『読売新聞』に連載(二日から一四日)。
一九六二年(昭和三七年)　八三歳
一月、宮中歌会始陪聴。三月、弟得三郎死去。室生犀星の葬儀に弔辞を読む。四月、女流文学賞受賞記念愛読者大会で「文学生活の六十年」を講演。同月、「白鳥百話」を『文芸』に連載（一〇月まで）。八月、軽井沢滞在中、食欲不振と上腹部に異物感があったので、飯田橋の日本医大附属病院に入院。一〇月二八日、同病院で死去。直接死因は全身衰弱、その原因は膵臓癌。三〇日、日本基督教会柏木教会で植村環牧師の司式で葬儀が行われた。

（中島河太郎編）

著書目録

正宗白鳥

【単行本】

ふしぎの魚　明35・1　冨山房
梅王松王桜丸　明36・2　冨山房
イリアツド物語　明36・4　冨山房
葛の葉姫　明36・5　冨山房
五斗兵衛　明36・6　冨山房
マアテルリンク物語　明36・9　冨山房
文学批評論　明36・9　早稲田大学出版部
（ゲーレー著の抄訳）
文科大学学生々活　明38・10　今古堂書店
（XY生）
誰の罪業（ケーン作）　明39・8　今古堂書店
パラドツクス　明39・9　読売新聞社
（ノルダウ著）
紅塵　明40・9　彩雲閣
紅塵（同右改版）　明41・4　易風社
何処へ　明41・10　易風社
白鳥集　明42・5　左久良書房
二家族　明42・7　新潮社
落日　明42・12　左久良書房
微光　明44・6　籾山書店
泥人形　明44・8　春陽堂
毒　明45・5　春陽堂
白鳥小品　大元・8　春陽堂
心中未遂　大2・5　植竹書院
（現代傑作叢書1）
生霊　大2・6　金尾文淵堂

青蛙　大2・6　忠誠堂
半生　大3・1　春陽堂
心中未遂（文明叢書24）　大3・10　植竹書院
微光　大3・12　春陽堂
まぼろし　大4・1　植竹書院
何処へ　大4・3　新潮社
地獄　大4・3　鈴木三重吉
入江のほとり　大5・6　春陽堂
夏木立　大5・12　須原啓興社
心中未遂（植竹書院の改版）　大5・12　三陽堂書店
死者生者　大6・1　春陽堂
まぼろし（植竹書院の改版）　大6・3　三陽堂出版部
梅鉢草　大6・4　平和出版社
五月幟　大6・5　春陽堂
牛部屋の臭ひ　大6・5　春陽堂
波の上　大6・12　春陽堂
烈日の下に　大7・10　天佑社
深淵　大10・9　金星堂
悪夢　大10・9　金星堂
冷涙　大11・1　南郊社
人さまざま　大11・3　金星堂
二階の窓　大11・9　近代名著文庫刊行会
光と影　大12・3　摩雲巓書房
泉のほとり　大13・1　新潮社
生まざりしならば　大13・3　玄文社
ある心の影　大13・9　改造社
人生の幸福　大14・1　新潮社
人を殺したが……　大14・10　聚芳閣
一日の平和　大14・12　新潮社
白鳥随筆集　大15・3　人文会出版部
安土の春　大15・3　改造社
歓迎されぬ男　大15・6　改造社
生まざりしならば（玄文社の改版）　大15・10　成光館出版部
青蛙（忠誠堂の改版）　大15・11　忠誠堂
文芸評論　昭2・1　改造社

勝敗 他三篇　昭2・4　南宋書院
文壇観測　昭2・6　人文会出版部
現代文芸評論　昭4・7　改造社
文壇人物評論　昭7・7　中央公論社
我最近の文学評論　昭9・6　改造社
異境と故郷　昭9・12　芝書店
思ひ出すまゝに　昭13・3　人文書院
予が一日一題　昭13・12　人文書院
文壇的自叙伝　昭13・12　中央公論社
旅行の印象　昭16・7　竹村書房
空想と現実　昭16・8　大東出版社
作家論㈠　昭16・8　創元社
待つ人　昭16・12　実業之日本社
作家論㈡　昭17・1　創元社
旅人の心　昭17・3　青磁社
文学修業　昭17・11　三笠書房
根無し草　昭18・6　実業之日本社
我が生涯と文学　昭21・2　新生社
泥人形　昭21・2　扶桑書房
古典文学論　昭21・9　三笠書房
「新」に惹かれて　昭22・4　新生社
深淵　昭22・6　京屋出版社
変る世の中　昭22・8　創元社
文芸論集　昭22・10　実業之日本社
路傍の人々　昭22・12　京屋出版社
不思議な書物　昭23・2　丹頂書房
人間の研究　昭23・4　生活社
正宗白鳥―自叙伝全集―　昭23・4　文潮社
女性恐怖　昭23・5　雄文社
毒婦のやうな女　昭23・6　鎌倉文庫
過ぎ来し方　昭23・7　展文社
モウパッサン　昭23・9　文芸春秋新社
空想の天国　昭23・11　中央公論社
自然主義盛衰史　昭23・11　六興出版部
コロン寺縁起　昭23・12　全国書房
内村鑑三　昭24・7　細川書店
お伽噺　日本脱出　昭24・8　大日本雄弁会講談社
流浪の人―近松秋江　昭26・1　河出書房

読書雑記　昭27・9　三笠書房
思想・無思想　昭28・8　読売新聞社
文壇五十年　昭29・11　河出書房
懐疑と信仰　昭32・3　大日本雄弁会講談社
青春つぶれ　昭32・6　新潮社
今年の秋　昭34・5　中央公論社
一つの秘密　昭37・11　新潮社
人生恐怖図　昭37・12　河出書房新社
紅塵（彩雲閣の復刻）　昭43・9　近代文学館
懐疑と信仰　昭43・9　講談社
（名著シリーズ）
人を殺したが……　昭58・5　福武書店
（文芸選書）
作家の自伝5　平6・10　日本図書センター

【全集】

白鳥傑作集　大10・9〜15・5
全四巻　新潮社
正宗白鳥選集　昭22・6〜24・1
四巻（一、二、八、九のみ）　南北書園
正宗白鳥全集　昭40・5〜43・12
全十三巻　新潮社
正宗白鳥全集　昭58・4〜61・10
全三十巻　福武書店
現代小説全集14　大14　新潮社
現代戯曲全集15　大15　国民図書株式会社
明治大正随筆選集17　大15　人文会出版部
日本戯曲全集45　昭3　春陽堂
現代日本文学全集21　昭4　改造社
明治大正文学全集32　昭5　春陽堂
日本小説代表作全集1　昭13　小山書店
現代日本文学選集2　昭24　細川書店
現代日本小説大系12　昭25　河出書房
現代日本小説大系14　昭26　河出書房
現代日本小説大系37、60　昭27　河出書房

現代随想全集9　昭28　創元社
新選現代戯曲1　昭28　河出書房
現代文豪名作全集21　昭29　河出書房
昭和文学全集34　昭29　角川書店
現代日本戯曲選集6、11　昭30　白水社
現代日本文学全集14　昭30　筑摩書房
現代日本文学全集67　昭32　筑摩書房
現代日本文学全集97　昭33　筑摩書房
日本国民文学全集33　昭33　河出書房新社
現代教養全集8、14　昭34　筑摩書房
日本推理小説大系1　昭35　東都書房
日本現代文学全集30　昭36　講談社
日本文学全集18　昭37　河出書房新社
日本文学全集12　昭38　新潮社
現代日本思想大系13　昭40　筑摩書房
現代文学大系12　昭41　筑摩書房
日本文学全集2　昭42　新潮社
日本の文学11　昭43　中央公論社
日本短篇文学全集11　昭43　筑摩書房
現代日本記録全集5　昭44　筑摩書房
豪華版日本現代文学全集12　昭44　講談社
現代日本文学館12　昭44　文芸春秋
日本文学全集11　昭44　集英社
現代日本文学大系16　昭44　筑摩書房
カラー版日本文学全集12　昭44　河出書房新社
現代日本戯曲大系3　昭46　三一書房
日本文学全集豪華版11　昭48　集英社
日本近代文学大系22　昭49　角川書店
世界教養全集35、36　昭49　平凡社
近代日本思想大系35　昭49　筑摩書房
近代日本キリスト教文学全集5　昭50　教文館
土とふるさとの文学全集3、12　昭51　家の光協会
筑摩現代文学大系11　昭52　筑摩書房
近代日本キリスト教文学全集11　昭53　教文館
近代日本キリスト教文　昭56　教文館

学全集12　昭56　平凡社
日本人の自伝16　昭58　弥生書房
現代の随想27　昭63　小学館
昭和文学全集2　昭63　郷土出版社
長野県文学全集第1期
3、7　平1　郷土出版社
長野県文学全集第2期
7　平5　国書刊行会
日本幻想文学集成21　平9　大空社
明治翻訳文学全集 新聞
雑誌編18　平9　日本図書セン
シェイクスピア研究資
料集成11　ター
明治翻訳文学全集 新聞
雑誌編49　平11　大空社
明治翻訳文学全集 新聞
雑誌編33　平12　大空社
編年体大正文学全集5　平12　ゆまに書房
編年体大正文学全集4　平13　ゆまに書房
明治の文学24　平13　筑摩書房
編年体大正文学全集10、
12　平14　ゆまに書房
編年体大正文学全集13、
14、15　平15　ゆまに書房

【文庫】

生まざりしならば　昭3　岩波文庫
入江のほとり（昭4・6
より解=谷川徹三）　昭3　岩波文庫
泥人形外二篇　昭7　春陽堂文庫
人生の幸福　昭8　春陽堂文庫
人さまざま　昭21　日本文学名作
文庫
微光　昭22　手帖文庫
死者生者（解=正宗白鳥）　昭22　日本文学選
地獄（解=宇野浩二）　昭22　文潮選書
人生の幸福　昭25　春陽堂文庫
（解=青野季吉）
何処へ・泥人形 他二篇　昭26　岩波文庫

人生の幸福 他二篇　昭26 岩波文庫
生まざりしならば　入江のほとり　昭26 新潮文庫
作家論(一)（解＝中村光夫）　昭26 創元文庫
（解＝平野謙）
作家論(二)（解＝中村光夫）　昭26 創元文庫
自然主義文学盛衰史　昭26 創元文庫
（解＝中村光夫）
人生の幸福　昭28 近代文庫
（解＝青野季吉）
読書雑記　昭29 角川文庫
自然主義文学盛衰史　昭29 角川文庫
（解＝中村光夫）
作家論（一）　昭29 角川文庫
（解＝中村光夫）
作家論（二）　昭29 角川文庫
（解＝中村光夫）
作家論（一）　昭29 新潮文庫
作家論（二）　昭30 新潮文庫
文壇五十年　昭30 河出文庫

今年の秋　昭55 中公文庫
思い出すままに　昭57 中公文庫
内村鑑三・我が生涯と文学（人＝高橋英夫　年＝中島河太郎）　平6 文芸文庫
何処へ・入江のほとり　平10 文芸文庫
（解＝千石英世　年・著＝中島河太郎）
作家論（新編）　平14 岩波文庫
（高橋英夫・編）
自然主義文学盛衰史　平14 文芸文庫
（解＝高橋英夫　年・著＝中島河太郎）
世界漫遊随筆抄　平17 文芸文庫
（解＝大嶋仁　年・著＝中島河太郎）
文壇五十年　平25 中公文庫
（解＝持田叙子）

「著書目録」は原則として、編著・再刊本等は入れなかった。／【文庫】は本書初刷刊行日現在の各社最新版「解説目録」に記載されているものを原則とするが、本書では既刊のものを網羅した。（　）内の略号は、解＝解説　人＝人と作品　年＝年譜　著＝著書目録を示す。

（作成・中島河太郎）

本書は福武書店刊『正宗白鳥全集』第二十六巻（一九八六年三月）、第二十七巻（一九八五年六月）、第二十八巻（一九八四年九月）、第二十九巻（一九八四年三月）を底本として、新漢字、新かな遣いに改め、多少ふりがなを加えました。本文中明らかな誤植と思われる箇所は正しましたが、原則として底本に従いました。また、底本にある表現で、今日からみれば不適切と思われる表現がありますが、作品が書かれた時代背景および著者（故人）が差別助長の意図で使用していないことなどを考慮し、底本のままとしました。よろしくご理解のほどお願いいたします。

白鳥随筆《はくちょうずいひつ》

坪内祐三《つぼうちゆうぞう》選

正宗白鳥《まさむねはくちょう》

二〇一五年五月八日第一刷発行
二〇二五年一月二二日第四刷発行

発行者――篠木和久
発行所――株式会社　講談社
東京都文京区音羽2・12・21　〒112-8001
電話　編集（03）5395・3513
販売（03）5395・5817
業務（03）5395・3615

講談社文芸文庫

デザイン――菊地信義
印刷――株式会社KPSプロダクツ
製本――株式会社国宝社
本文データ制作――講談社デジタル製作
Printed in Japan
定価はカバーに表示してあります。

ISBN978-4-06-290269-4

講談社文芸文庫

椎名麟三—深夜の酒宴|美しい女	井口時男—解／斎藤末弘—年
島尾敏雄—その夏の今は|夢の中での日常	吉本隆明—解／紅野敏郎—案
島尾敏雄—はまべのうた|ロング・ロング・アゴウ	川村 湊—解／柘植光彦—案
島田雅彦—ミイラになるまで 島田雅彦初期短篇集	青山七恵—解／佐藤康智—年
志村ふくみ-一色一生	高橋 巖—人／著者—年
庄野潤三—夕べの雲	阪田寛夫—解／助川徳是—案
庄野潤三—ザボンの花	富岡幸一郎-解／助川徳是—年
庄野潤三—鳥の水浴び	田村 文—解／助川徳是—年
庄野潤三—星に願いを	富岡幸一郎-解／助川徳是—年
庄野潤三—明夫と良二	上坪裕介—解／助川徳是—年
庄野潤三—庭の山の木	中島京子—解／助川徳是—年
庄野潤三—世をへだてて	島田潤一郎-解／助川徳是—年
笙野頼子—幽界森娘異聞	金井美恵子-解／山崎眞紀子-年
笙野頼子—猫道 単身転々小説集	平田俊子—解／山崎眞紀子-年
笙野頼子—海獣|呼ぶ植物|夢の死体 初期幻視小説集	菅野昭正—解／山崎眞紀子-年
白洲正子—かくれ里	青柳恵介—人／森 孝—年
白洲正子—明恵上人	河合隼雄—人／森 孝—年
白洲正子—十一面観音巡礼	小川光三—人／森 孝—年
白洲正子—お能|老木の花	渡辺 保—人／森 孝—年
白洲正子—近江山河抄	前 登志夫—人／森 孝—年
白洲正子—古典の細道	勝又 浩—人／森 孝—年
白洲正子—能の物語	松本 徹—人／森 孝—年
白洲正子—心に残る人々	中沢けい—人／森 孝—年
白洲正子—世阿弥 —花と幽玄の世界	水原紫苑—人／森 孝—年
白洲正子—謡曲平家物語	水原紫苑—解／森 孝—年
白洲正子—西国巡礼	多田富雄—解／森 孝—年
白洲正子—私の古寺巡礼	高橋睦郎—解／森 孝—年
白洲正子—[ワイド版]古典の細道	勝又 浩—人／森 孝—年
鈴木大拙訳-天界と地獄 スエデンボルグ著	安藤礼二—解／編集部—年
鈴木大拙—スエデンボルグ	安藤礼二—解／編集部—年
曽野綾子—雪あかり 曽野綾子初期作品集	武藤康史—解／武藤康史—年
田岡嶺雲—数奇伝	西田 勝—解／西田 勝—年
高橋源一郎-さようなら、ギャングたち	加藤典洋—解／栗坪良樹—年
高橋源一郎-ジョン・レノン対火星人	内田 樹—解／栗坪良樹—年

▶解=解説 案=作家案内 人=人と作品 年=年譜を示す。 2024年12月現在

講談社文芸文庫

高橋源一郎	ゴーストバスターズ 冒険小説	奥泉 光——解／若杉美智子—年
高橋源一郎	君が代は千代に八千代に	穂村 弘——解／若杉美智子・編集部—年
高橋源一郎	ゴヂラ	清水良典——解／若杉美智子・編集部—年
高橋たか子	人形愛｜秘儀｜甦りの家	富岡幸一郎—解／著者———年
高橋たか子	亡命者	石沢麻依——解／著者———年
高原英理編	深淵と浮遊 現代作家自己ベストセレクション	高原英理——解
高見順	如何なる星の下に	坪内祐三——解／宮内淳子——年
高見順	死の淵より	井坂洋子——解／宮内淳子——年
高見順	わが胸の底のここには	荒川洋治——解／宮内淳子——年
高見沢潤子	兄 小林秀雄との対話 人生について	
武田泰淳	蝮のすえ｜「愛」のかたち	川西政明——解／立石 伯——案
武田泰淳	司馬遷—史記の世界	宮内 豊——解／古林 尚——年
武田泰淳	風媒花	山城むつみ—解／編集部——年
竹西寛子	贈答のうた	堀江敏幸——解／著者———年
太宰 治	男性作家が選ぶ太宰治	編集部——年
太宰 治	女性作家が選ぶ太宰治	
太宰 治	30代作家が選ぶ太宰治	編集部——年
田中英光	空吹く風｜暗黒天使と小悪魔｜愛と憎しみの傷に 田中英光デカダン作品集 道籏泰三編	道籏泰三——解／道籏泰三——年
谷崎潤一郎	金色の死 谷崎潤一郎大正期短篇集	清水良典——解／千葉俊二——年
種田山頭火	山頭火随筆集	村上 護——解／村上 護——年
田村隆一	腐敗性物質	平出 隆——人／建畠 晢——年
多和田葉子	ゴットハルト鉄道	室井光広——解／谷口幸代——年
多和田葉子	飛魂	沼野充義——解／谷口幸代——年
多和田葉子	かかとを失くして｜三人関係｜文字移植	谷口幸代——解／谷口幸代——年
多和田葉子	変身のためのオピウム｜球形時間	阿部公彦——解／谷口幸代——年
多和田葉子	雲をつかむ話｜ボルドーの義兄	岩川ありさ—解／谷口幸代——年
多和田葉子	ヒナギクのお茶の場合｜海に落とした名前	木村朗子——解／谷口幸代——年
多和田葉子	溶ける街 透ける路	鴻巣友季子—解／谷口幸代——年
近松秋江	黒髪｜別れたる妻に送る手紙	勝又 浩——解／柳沢孝子——案
塚本邦雄	定家百首｜雪月花(抄)	島内景二——解／島内景二——年
塚本邦雄	百句燦燦 現代俳諧頌	橋本 治——解／島内景二——年
塚本邦雄	王朝百首	橋本 治——解／島内景二——年

塚本邦雄──西行百首	島内景二──解／島内景二──年
塚本邦雄──秀吟百趣	島内景二──解
塚本邦雄──珠玉百歌仙	島内景二──解
塚本邦雄──新撰 小倉百人一首	島内景二──解
塚本邦雄──詞華美術館	島内景二──解
塚本邦雄──百花遊歴	島内景二──解
塚本邦雄──茂吉秀歌『赤光』百首	島内景二──解
塚本邦雄──新古今の惑星群	島内景二──解／島内景二──年
つげ義春──つげ義春日記	松田哲夫──解
辻 邦生──黄金の時刻の滴り	中条省平──解／井上明久──年
津島美知子-回想の太宰治	伊藤比呂美-解／編集部──年
津島佑子──光の領分	川村 湊──解／柳沢孝子──案
津島佑子──寵児	石原千秋──解／与那覇恵子-年
津島佑子──山を走る女	星野智幸──解／与那覇恵子-年
津島佑子──あまりに野蛮な 上・下	堀江敏幸──解／与那覇恵子-年
津島佑子──ヤマネコ・ドーム	安藤礼二──解／与那覇恵子-年
坪内祐三──慶応三年生まれ 七人の旋毛曲り 漱石・外骨・熊楠・露伴・子規・紅葉・緑雨とその時代	森山裕之──解／佐久間文子-年
坪内祐三──『別れる理由』が気になって	小島信夫──解
鶴見俊輔──埴谷雄高	加藤典洋──解／編集部──年
鶴見俊輔──ドグラ・マグラの世界│夢野久作 迷宮の住人	安藤礼二──解
寺田寅彦──寺田寅彦セレクション I 千葉俊二・細川光洋選	千葉俊二──解／永橋禎子──年
寺田寅彦──寺田寅彦セレクション II 千葉俊二・細川光洋選	細川光洋──解
寺山修司──私という謎 寺山修司エッセイ選	川本三郎──解／白石 征──年
寺山修司──戦後詩 ユリシーズの不在	小嵐九八郎-解
十返肇──「文壇」の崩壊 坪内祐三編	坪内祐三──解／編集部──年
徳田球一 志賀義雄──獄中十八年	鳥羽耕史──解
徳田秋声──あらくれ	大杉重男──解／松本 徹──年
徳田秋声──黴│爛	宗像和重──解／松本 徹──年
富岡幸一郎-使徒的人間 ─カール・バルト─	佐藤 優──解／著者──年
富岡多恵子-表現の風景	秋山 駿──解／木谷喜美枝-案
富岡多恵子編-大阪文学名作選	富岡多恵子-解
土門拳──風貌│私の美学 土門拳エッセイ選 酒井忠康編	酒井忠康──解／酒井忠康──年

講談社文芸文庫

永井荷風	日和下駄 一名 東京散策記	川本三郎——解／竹盛天雄——年
永井荷風	[ワイド版]日和下駄 一名 東京散策記	川本三郎——解／竹盛天雄——年
永井龍男	一個|秋その他	中野孝次——解／勝又 浩——案
永井龍男	カレンダーの余白	石原八束——人／森本昭三郎-年
永井龍男	東京の横丁	川本三郎——解／編集部——年
中上健次	熊野集	川村二郎——解／関井光男——案
中上健次	蛇淫	井口時男——解／藤本寿彦——年
中上健次	水の女	前田 塁——解／藤本寿彦——年
中上健次	地の果て 至上の時	辻原 登——解
中上健次	異族	渡邊英理——解
中川一政	画にもかけない	高橋玄洋——人／山田幸男——年
中沢けい	海を感じる時|水平線上にて	勝又 浩——解／近藤裕子——案
中沢新一	虹の理論	島田雅彦——解／安藤礼二——年
中島敦	光と風と夢|わが西遊記	川村 湊——解／鷺 只雄——案
中島敦	斗南先生|南島譚	勝又 浩——解／木村一信——案
中野重治	村の家|おじさんの話|歌のわかれ	川西政明——解／松下 裕——案
中野重治	斎藤茂吉ノート	小高 賢——解
中野好夫	シェイクスピアの面白さ	河合祥一郎-解／編集部——年
中原中也	中原中也全詩歌集 上・下 吉田凞生編	吉田凞生——解／青木 健——案
中村真一郎	この百年の小説 人生と文学と	紅野謙介——解
中村光夫	二葉亭四迷伝 ある先駆者の生涯	絓 秀実——解／十川信介——案
中村光夫選	私小説名作選 上・下 日本ペンクラブ編	
中村武羅夫	現代文士廿八人	齋藤秀昭——解
夏目漱石	思い出す事など|私の個人主義|硝子戸の中	石﨑 等——年
成瀬櫻桃子	久保田万太郎の俳句	齋藤礎英——解／編集部——年
西脇順三郎	*ambarvalia*|旅人かへらず	新倉俊一——人／新倉俊一——年
丹羽文雄	小説作法	青木淳悟——解／中島国彦——年
野口冨士男	なぎの葉考|少女 野口冨士男短篇集	勝又 浩——解／編集部——年
野口冨士男	感触的昭和文壇史	川村 湊——解／平井一麥——年
野坂昭如	人称代名詞	秋山 駿——解／鈴木貞美——案
野坂昭如	東京小説	町田 康——解／村上玄一——年
野崎 歓	異邦の香り ネルヴァル『東方紀行』論	阿部公彦——解
野間 宏	暗い絵|顔の中の赤い月	紅野謙介——解／紅野謙介——年
野呂邦暢	[ワイド版]草のつるぎ|一滴の夏 野呂邦暢作品集	川西政明——解／中野章子——年

橋川文三	日本浪曼派批判序説	井口時男──解／赤藤了勇──年
蓮實重彥	夏目漱石論	松浦理英子─解／著者──年
蓮實重彥	「私小説」を読む	小野正嗣──解／著者──年
蓮實重彥	凡庸な芸術家の肖像 上 マクシム・デュ・カン論	
蓮實重彥	凡庸な芸術家の肖像 下 マクシム・デュ・カン論	工藤庸子──解
蓮實重彥	物語批判序説	磯﨑憲一郎─解
蓮實重彥	フーコー・ドゥルーズ・デリダ	郷原佳以──解
花田清輝	復興期の精神	池内 紀──解／日高昭二──年
埴谷雄高	死霊 Ⅰ Ⅱ Ⅲ	鶴見俊輔──解／立石 伯──年
埴谷雄高	埴谷雄高政治論集 埴谷雄高評論選書1 立石伯編	
埴谷雄高	酒と戦後派 人物随想集	
濱田庄司	無盡蔵	水尾比呂志─解／水尾比呂志─年
林京子	祭りの場｜ギヤマン ビードロ	川西政明──解／金井景子──案
林京子	長い時間をかけた人間の経験	川西政明──解／金井景子──年
林京子	やすらかに今はねむり給え｜道	青来有一──解／金井景子──年
林京子	谷間｜再びルイへ。	黒古一夫──解／金井景子──年
林芙美子	晩菊｜水仙｜白鷺	中沢けい──解／熊坂敦子──案
林原耕三	漱石山房の人々	山崎光夫──解
原民喜	原民喜戦後全小説	関川夏央──解／島田昭男──年
東山魁夷	泉に聴く	桑原住雄──人／編集部──年
日夏耿之介	ワイルド全詩（翻訳）	井村君江──解／井村君江──年
日夏耿之介	唐山感情集	南條竹則──解
日野啓三	ベトナム報道	著者──年
日野啓三	天窓のあるガレージ	鈴村和成──解／著者──年
平出隆	葉書でドナルド・エヴァンズに	三松幸雄──解／著者──年
平沢計七	一人と千三百人｜二人の中尉 平沢計七先駆作品集	大和田 茂──解／大和田 茂──年
深沢七郎	笛吹川	町田 康──解／山本幸正──年
福田恆存	芥川龍之介と太宰治	浜崎洋介──解／齋藤秀昭──年
福永武彦	死の島 上・下	富岡幸一郎─解／曾根博義──年
藤枝静男	悲しいだけ｜欣求浄土	川西政明──解／保昌正夫──案
藤枝静男	田紳有楽｜空気頭	川西政明──解／勝又 浩──案
藤枝静男	藤枝静男随筆集	堀江敏幸──解／津久井 隆──年
藤枝静男	愛国者たち	清水良典──解／津久井 隆──年
藤澤清造	狼の吐息｜愛憎一念 藤澤清造 負の小説集 西村賢太編・校訂	西村賢太──解／西村賢太──年

藤澤清造 — 根津権現前より 藤澤清造随筆集 西村賢太編　六角精児——解／西村賢太——年
藤田嗣治 — 腕一本｜巴里の横顔 藤田嗣治エッセイ選 近藤史人編　近藤史人——解／近藤史人——年
舟橋聖一 — 芸者小夏　松家仁之——解／久米 勲——年
古井由吉 — 雪の下の蟹｜男たちの円居　平出 隆——解／紅野謙介——案
古井由吉 — 古井由吉自選短篇集 木犀の日　大杉重男——解／著者——年
古井由吉 — 槿　松浦寿輝——解／著者——年
古井由吉 — 山躁賦　堀江敏幸——解／著者——年
古井由吉 — 聖耳　佐伯一麦——解／著者——年
古井由吉 — 仮往生伝試文　佐々木 中——解／著者——年
古井由吉 — 白暗淵　阿部公彦——解／著者——年
古井由吉 — 蜩の声　蜂飼 耳——解／著者——年
古井由吉 — 詩への小路 ドゥイノの悲歌　平出 隆——解／著者——年
古井由吉 — 野川　佐伯一麦——解／著者——年
古井由吉 — 東京物語考　松浦寿輝——解／著者——年
古井由吉
佐伯一麦 — 往復書簡『遠くからの声』『言葉の兆し』　富岡幸一郎-解
古井由吉 — 楽天記　町田 康——解／著者——年
古井由吉 — 小説家の帰還 古井由吉対談集　鵜飼哲夫——解／著者・編集部-年
北條民雄 — 北條民雄 小説随筆書簡集　若松英輔——解／計盛達也——年
堀江敏幸 — 子午線を求めて　野崎 歓——解／著者——年
堀江敏幸 — 書かれる手　朝吹真理子-解／著者——年
堀口大學 — 月下の一群（翻訳）　窪田般彌——解／柳沢通博——年
正宗白鳥 — 何処へ｜入江のほとり　千石英世——解／中島河太郎-年
正宗白鳥 — 白鳥随筆 坪内祐三選　坪内祐三——解／中島河太郎-年
正宗白鳥 — 白鳥評論 坪内祐三選　坪内祐三——解
町田 康 — 残響 中原中也の詩によせる言葉　日和聡子——解／吉田凞生・著者-年
松浦寿輝 — 青天有月 エセー　三浦雅士——解／著者——年
松浦寿輝 — 幽｜花腐し　三浦雅士——解／著者——年
松浦寿輝 — 半島　三浦雅士——解／著者——年
松岡正剛 — 外は、良寛。　水原紫苑——解／太田香保——年
松下竜一 — 豆腐屋の四季 ある青春の記録　小嵐九八郎-解／新木安利他-年
松下竜一 — ルイズ 父に貰いし名は　鎌田 慧——解／新木安利他-年
松下竜一 — 底ぬけビンボー暮らし　松田哲夫——解／新木安利他-年
丸谷才一 — 忠臣蔵とは何か　野口武彦——解

丸谷才一	横しぐれ	池内 紀——解
丸谷才一	たった一人の反乱	三浦雅士——解／編集部——年
丸谷才一	日本文学史早わかり	大岡 信——解／編集部——年
丸谷才一編	丸谷才一編・花柳小説傑作選	杉本秀太郎-解
丸谷才一	恋と日本文学と本居宣長|女の救はれ	張 競——解／編集部——年
丸谷才一	七十句|八十八句	編集部——年
丸山健二	夏の流れ 丸山健二初期作品集	茂木健一郎-解／佐藤清文—年
三浦哲郎	野	秋山 駿——解／栗坪良樹—案
三木清	読書と人生	鷲田清一—解／柿谷浩一—年
三木清	三木清教養論集 大澤聡編	大澤 聡——解／柿谷浩一—年
三木清	三木清大学論集 大澤聡編	大澤 聡——解／柿谷浩一—年
三木清	三木清文芸批評集 大澤聡編	大澤 聡——解／柿谷浩一—年
三木卓	震える舌	石黒達昌—解／若杉美智子-年
三木卓	K	永田和宏—解／若杉美智子-年
水上勉	才市|蓑笠の人	川村 湊——解／祖田浩一—案
水原秋櫻子	高濱虚子 並に周囲の作者達	秋尾 敏——解／編集部——年
道籏泰三編	昭和期デカダン短篇集	道籏泰三—解
宮本徳蔵	力士漂泊 相撲のアルケオロジー	坪内祐三—解／著者——年
三好達治	測量船	北川 透——人／安藤靖彦—年
三好達治	諷詠十二月	高橋順子—解／安藤靖彦—年
村山槐多	槐多の歌へる 村山槐多詩文集 酒井忠康編	酒井忠康—解／酒井忠康—年
室生犀星	蜜のあわれ|われはうたえどもやぶれかぶれ	久保忠夫—解／本多 浩——案
室生犀星	加賀金沢|故郷を辞す	星野晃一—人／星野晃一—年
室生犀星	深夜の人|結婚者の手記	髙瀨真理子-解／星野晃一—年
室生犀星	かげろうの日記遺文	佐々木幹郎-解／星野晃一—解
室生犀星	我が愛する詩人の伝記	鹿島 茂——解／星野晃一—年
森敦	われ逝くもののごとく	川村二郎—解／富岡幸一郎-案
森茉莉	父の帽子	小島千加子-人／小島千加子-年
森茉莉	贅沢貧乏	小島千加子-人／小島千加子-年
森茉莉	薔薇くい姫|枯葉の寝床	小島千加子-解／小島千加子-年
安岡章太郎	走れトマホーク	佐伯彰一—解／鳥居邦朗—案
安岡章太郎	ガラスの靴|悪い仲間	加藤典洋—解／勝又 浩——案
安岡章太郎	幕が下りてから	秋山 駿——解／紅野敏郎—案
安岡章太郎	流離譚 上・下	勝又 浩——解／鳥居邦朗—年

講談社文芸文庫

安岡章太郎-果てもない道中記 上・下　千本健一郎-解／鳥居邦朗——年
安岡章太郎-[ワイド版]月は東に　日野啓三——解／栗坪良樹——案
安岡章太郎-僕の昭和史　加藤典洋——解／鳥居邦朗——年
安原喜弘——中原中也の手紙　秋山 駿——解／安原喜秀——年
矢田津世子-[ワイド版]神楽坂|茶粥の記 矢田津世子作品集　川村 湊——解／高橋秀晴——年
柳 宗悦——木喰上人　岡本勝人——解／水尾比呂志他-年
山川方夫——[ワイド版]愛のごとく　坂上 弘——解／坂上 弘——年
山川方夫——春の華客|旅恋い 山川方夫名作選　川本三郎——解／坂上 弘—案・年
山城むつみ-文学のプログラム　著者——年
山城むつみ-ドストエフスキー　著者——年
山之口 貘——山之口貘詩文集　荒川洋治——解／松下博文——年
湯川秀樹——湯川秀樹歌文集 細川光洋選　細川光洋——解
横光利一——上海　菅野昭正——解／保昌正夫——案
横光利一——旅愁 上・下　樋口 覚——解／保昌正夫——年
吉田健一——金沢|酒宴　四方田犬彦-解／近藤信行——案
吉田健一——絵空ごと|百鬼の会　高橋英夫——解／勝又 浩——案
吉田健一——英語と英国と英国人　柳瀬尚紀——人／藤本寿彦——年
吉田健一——英国の文学の横道　金井美恵子-人／藤本寿彦——年
吉田健一——思い出すままに　粟津則雄——人／藤本寿彦——年
吉田健一——時間　高橋英夫——解／藤本寿彦——年
吉田健一——旅の時間　清水 徹——解／藤本寿彦——年
吉田健一——ロンドンの味 吉田健一未収録エッセイ 島内裕子編　島内裕子——解／藤本寿彦——年
吉田健一——文学概論　清水 徹——解／藤本寿彦——年
吉田健一——文学の楽しみ　長谷川郁夫-解／藤本寿彦——年
吉田健一——交遊録　池内 紀——解／藤本寿彦——年
吉田健一——おたのしみ弁当 吉田健一未収録エッセイ 島内裕子編　島内裕子——解／藤本寿彦——年
吉田健一——[ワイド版]絵空ごと|百鬼の会　高橋英夫——解／勝又 浩——案
吉田健一——昔話　島内裕子——解／藤本寿彦——年
吉田健一訳-ラフォルグ抄　森 茂太郎——解
吉田知子——お供え　荒川洋治——解／津久井 隆—年
吉田秀和——ソロモンの歌|一本の木　大久保喬樹-解
吉田 満——戦艦大和ノ最期　鶴見俊輔——解／古山高麗雄-案
吉田 満——[ワイド版]戦艦大和ノ最期　鶴見俊輔——解／古山高麗雄-案
吉本隆明——西行論　月村敏行——解／佐藤泰正——案

吉本隆明──マチウ書試論｜転向論	月村敏行──解／梶木 剛──案
吉本隆明──吉本隆明初期詩集	著者──解／川上春雄──案
吉本隆明──マス・イメージ論	鹿島 茂──解／高橋忠義──年
吉本隆明──写生の物語	田中和生──解／高橋忠義──年
吉本隆明──追悼私記 完全版	高橋源一郎-解
吉本隆明──憂国の文学者たちに 60年安保・全共闘論集	鹿島 茂──解／高橋忠義──年
吉本隆明──わたしの本はすぐに終る 吉本隆明詩集	高橋源一郎-解／高橋忠義──年
吉屋信子──自伝的女流文壇史	与那覇恵子-解／武藤康史──年
吉行淳之介-暗室	川村二郎──解／青山 毅──案
吉行淳之介-星と月は天の穴	川村二郎──解／荻久保泰幸-案
吉行淳之介-やわらかい話 吉行淳之介対談集 丸谷才一編	久米 勲──年
吉行淳之介-やわらかい話2 吉行淳之介対談集 丸谷才一編	久米 勲──年
吉行淳之介-街角の煙草屋までの旅 吉行淳之介エッセイ選	久米 勲──解／久米 勲──年
吉行淳之介-[ワイド版]私の文学放浪	長部日出雄-解／久米 勲──年
吉行淳之介-わが文学生活	徳島高義──解／久米 勲──年
リービ英雄-日本語の勝利｜アイデンティティーズ	鴻巣友季子-解
渡辺一夫──ヒューマニズム考 人間であること	野崎 歓──解／布袋敏博──年